Amour...

SANS LIMITE

ANDREW GREY

Amour...

SANS LIMITE

ANDREW GREY

Publié par
DREAMSPINNER PRESS

5032 Capital Circle SW, Suite 2, PMB# 279, Tallahassee, FL 32305-7886 USA
www.dreamspinnerpress.com

Amour… sans limite
Copyright de l'édition française © 2014 Dreamspinner Press.
Titre original : Love Means… No Boundaries
© 2010 Andrew Grey.
Première édition : février 2010
Traduit de l'anglais par Black Jax.

Illustration de la couverture :
© 2010 Anne Cain.
annecain.art@gmail.com
Conception graphique :
© 2010 Mara McKennen.
Les éléments de la couverture ne sont utilisés qu'à des fins d'illustration et toute personne qui y est représentée est un modèle

Édition imprimée en français : 978-1-63477-874-9
Première édition française en papier : octobre 2016
Édition e-book en français : 978-1-63476-018-8
Première édition française : décembre 2014
v 1.0

Édité aux Etats-Unis d'Amérique.

À Jackie, celle qui m'a inspiré ce roman.

PROLOGUE

L'AIR, FRAIS et revigorant se plaqua sur sa peau lorsqu'il parcourut pour la dernière fois les routes désertes. Entre ses jambes, le rapide démon violet et blanc exigeait d'être libéré. Il voulait foncer droit devant, à toute allure. Aussi, baissant la tête, il le laissa filer, s'enivrant de liberté, de vent, de route. Par ici, il n'y avait personne. Il était seul, ce qu'il adorait. Demain, il ferait ce que sa mère lui avait demandé et rangerait sa moto, mais aujourd'hui, il s'envolait sur son bolide tout en ailes de métal, pneumatiques et pistons vrombissant.

Le soleil lui parut glorieux, si brillant et si haut dans le ciel. Ses rayons réchauffaient le cuir de son blouson que le vent rafraîchissait. Tout était parfait – il pourrait rouler ainsi éternellement.

La voiture surgit brusquement, en face de lui.

Il ralentit, serrant les freins. Mais ça ne suffit pas, rien ne bougea. Il entendit le crissement métallique, le choc, le claquement. En zigzaguant, il tenta de les éviter.

Trop tard.

Pendant une seconde il crut savoir voler, puis vint la douleur, suivie de moiteur brûlante et de cécité...

Ensuite, ce fut le néant.

I

— COMMENT SE sont passé tes cours ?

Joey pénétra dans la cuisine, la porte de derrière claquant derrière lui tandis qu'il tapait des pieds dans l'antichambre afin de dégager la boue de ses bottes.

Eli se détourna de l'évier dans lequel il nettoyait des légumes.

— Très bien. Ce sont des élèves vraiment intéressants. Je préfère les adultes. Ils sont là pour apprendre à monter et pour ça, ils sont prêts à travailler dur.

Il reprit sa position et se remit au travail.

— Demain, j'aurais les enfants. Eux aussi sont toujours amusants. Ce sont les adolescents que je trouve pénibles… Parfois.

— Merci de me prévenir. Je veillerai à ne pas me montrer.

Pas question qu'il soit là quand les gosses viendraient monter.

Eli posa ses légumes et abandonna son évier pour regarder Joey. Il grommela entre ses dents :

— Tu n'as pas besoin de te sauver ! Les enfants t'adorent, ils me posent toujours des questions concernant 'M. Joey'.

Joey leva les mains jusqu'à son visage, ses doigts traçant la ligne rose des cicatrices qu'il aurait tellement souhaité ne pas porter.

— Je ne supporte ni les regards ni les questions.

Joey vit s'attrister les yeux d'Eli. En général, il détestait ce genre d'expression – sauf chez Eli et Geoff. Il savait qu'avec eux, un tel regard indiquait l'inquiétude, non la pitié. Et Dieu sait qu'il avait déjà reçu toute la pitié qu'il pouvait endurer ! Il évitait d'aller en ville pour ne pas avoir à supporter la compassion des visages qu'il croisait ou les 'tss-tss' réprobateurs.

— Ils ne veulent que ton bien, tu le sais parfaitement. Ils ont de l'empathie pour toi.

— De la *pitié* !

Après avoir craché le mot, Joey regretta son mouvement d'humeur. Eli était l'un des meilleurs êtres humains qu'il connaissait – toujours compatissant, jamais cynique ou ironique, en aucune façon.

— Peut-être… un peu, mais quand même, ils se soucient de toi.

Eli était revenu à son évier.

— Beaucoup de gens se soucient de toi et se contre…

Quand Eli fit une brève pause, Joey vit sa mâchoire durcir.

— … se contrefichent des cicatrices que tu portes au visage. D'ailleurs, elles se voient à peine.

Joey fixa le dos tourné d'Eli qui continuait sa tâche. Il savait ce que ressentaient Eli et Geoff. Il aurait simplement voulu y croire aussi. Mais les deux autres ne s'étaient pas trouvés avec lui dans ce magasin, le mois dernier, quand une mère, en le voyant entrer, s'était enfuie avec ses enfants.

— Je sais. C'est juste… difficile.

Le médecin lui avait affirmé qu'avec le temps, ses cicatrices s'effaceraient. Comme c'était un chirurgien esthétique qui avait œuvré sur son visage, tous les espoirs étaient permis. En attendant, Joey se trouvait hideux.

Sans relever les yeux, Eli continua à préparer le dîner.

— Comment étaient les champs du sud ? Est-ce que la pluie a emporté toute la semence ?

Joey se laissa tomber dans une des chaises de la cuisine, soulagé qu'Eli ait changé de sujet.

— Nan.

En enlevant ses bottes, il s'autorisa un sourire. Il n'était pas encore habitué à vivre ici, dans cette ferme, avec Eli et Geoff. Il avait encore l'impression de devoir surveiller le moindre de ses gestes.

— La semence va très bien, elle commence même à pousser, en quelques endroits. À mon avis, nous nous en tirerons sans dommage.

— Geoff sera soulagé de l'apprendre !

Joey entendit presque le sourire d'Eli qui continuait à s'activer.

— Je suis surpris, enchaîna-t-il, qu'il ne soit pas allé avec toi, pour tout contrôler lui-même.

Joey en était tout aussi étonné. Pour lui, cela comptait beaucoup que Geoff lui ait confié la tâche de vérifier l'état des lieux, sachant qu'il y aurait beaucoup à faire pour réparer les dommages provoqués par les pluies torrentielles. Joey travaillait dans le domaine agricole depuis ses seize ans. À la fin de ses études universitaires, Geoff lui avait confié le poste d'intendant des moissons, parce que Frank Winters prenait sa retraite.

— J'ai eu de la chance, j'imagine… Pete et Hank ont réclamé son aide pour les clôtures des prairies nord.

3

À peine les mots avaient-ils quitté sa bouche qu'il savait déjà une chose : la chance n'avait eu aucun rôle. Eli avait probablement envoyé les deux hommes à perpette pour s'assurer que Joey puisse tranquillement faire son travail. Il secoua la tête, les yeux fixés sur le dos d'Eli. Cet homme connaissait si bien son partenaire !

— Comment ça se passe avec ta mère, en Floride ? s'enquit Eli.

— Elle commence à s'installer. Elle veut déjà que je descende pour lui rendre visite.

La mère de Joey l'avait élevé toute seule. Une fois son fils muni d'un diplôme universitaire, elle avait vendu sa maison et obtenu un nouveau poste en Floride, affirmant en avoir assez des hivers interminables. Joey était heureux pour elle. Après l'avoir éduqué de son mieux, elle méritait de profiter d'un peu de bon temps.

— Tu devrais y aller ! Ça te ferait peut-être du bien.

Eli alluma le robinet et se mit à rincer ses légumes.

— Je ne crois pas. La Floride au mois de juin, ça ne m'attire pas particulièrement. De plus, j'ai beaucoup à faire ici.

Joey prenait son travail très au sérieux. Il appréciait les responsabilités que Geoff et Eli lui avaient confiées et la confiance qu'ils lui témoignaient, et il ne comptait absolument pas les laisser tomber. Jamais.

— Je lui rendrais peut-être une courte visite cet automne, après les moissons. À ce moment-là, je serais sans doute prêt à retrouver la chaleur et le soleil.

— Pourquoi ne pas aller te rafraîchir ? Le dîner ne sera pas prêt avant une bonne heure et tu travailles depuis le lever du soleil.

Joey ne se donna pas la peine de rappeler à Eli que lui aussi œuvrait depuis l'aube. Il quitta sa chaise et avança jusqu'à l'évier.

— Je peux faire quelque chose pour t'aider ?

— Non, c'est bon. J'ai presque fini. De plus, c'est ton tour de faire la cuisine demain soir.

Quand Eli et Geoff lui avaient offert une chambre d'amis, une fois que sa mère avait vendu la maison, une des clauses de leur arrangement statuait que Joey les aiderait pour la cuisine et le ménage. Il avait aussitôt accepté. Depuis lors, sous l'égide d'Eli, il devenait peu à peu un cuisinier décent.

Joey quitta la cuisine et traversa la maison. Il s'installa dans un des fauteuils du salon et alluma la télévision. Il commença à se détendre –

jusqu'au moment où le téléphone sonna. La voix d'Eli lui parvint de la cuisine :

— Tu peux répondre, s'il te plaît ?

— Bien sûr.

Il se leva pour décrocher le téléphone.

— *Geoff ?*

Il reconnut la voix.

— Non, Mari, c'est Joey.

Selon lui, la tante de Geoff était une dame tout à fait remarquable. S'il avait été hétéro, il se serait sans doute intéressé à elle, du moins avant…

— *Salut, Joey, j'espère que mon neveu te traite bien. Qu'il ne te fait pas travailler trop dur.*

En réponse, Joey se mit à rire. Puis Mari reprit :

— *Écoute, il est par là ?*

— Non, il est toujours dehors, avec les autres, à réparer les clôtures. Mais il y a Eli dans la cuisine, il prépare le dîner.

Un bruyant tintamarre retentit au bout du couloir, suivi d'une litanie de jurons. En fait, ces mots n'étaient des 'jurons' que dans le contexte, parce que jamais un homme élevé chez les Amish ne prononçait rien d'ordurier.

— À dire vrai, Eli semble avoir quelques problèmes à la cuisine.

— *J'ai besoin d'un coup de main, je ne sais plus quoi faire.*

Il entendit un zeste de panique dans sa voix.

— Que se passe-t-il ? Je leur ferai passer le message.

— *L'Orchestre National des Jeunes arrive aujourd'hui même et voilà qu'une de mes familles d'accueil me fait faux bond, au dernier moment. Il me faut un toit pour un des musiciens, j'espérais que Geoff et Eli seraient d'accord pour l'accueillir.*

La dernière fois qu'elle était venue à la ferme, Mari avait évoqué son idée de faire venir ce groupe en ville. Apparemment, il lui avait fallu passer de nombreux coups de fil, réclamer d'anciennes faveurs et tirer sur toutes les ficelles imaginables pour réussir, mais enfin, la région de Ludington avait été ajoutée à la tournée. Joey savait bien qu'elle ne pouvait laisser un détail tout gâcher.

— *J'ai déjà pris deux des filles chez moi, sinon je lui aurais proposé mon toit.*

— Ne quittez pas, Mari, je vais poser la question à Eli et je reviens tout de suite.

Joey déposa le combiné et se dépêcha d'aller transmettre la demande. Eli, qui passait la serpillière dans la cuisine, leva à peine les yeux pour répondre :

— Bien sûr, il peut venir chez nous. Je lui préparerai une chambre. Demande à Mari quand nous devons le récupérer.

Joey retourna bien vite au téléphone. Mari fut aussi enchantée que soulagée d'apprendre la bonne nouvelle.

— *Leur car devrait arriver au lycée d'ici un quart d'heure. Je vais appeler le coordinateur du groupe et m'assurer que quelqu'un attendra jusqu'à ce que tu arrives. Remercie Eli de ma part.*

Elle raccrocha, Joey se chargea de transmettre son dernier message. Toujours occupé à nettoyer le sol, Eli se redressa de sa position accroupie.

— Pourrais-tu aller le chercher ? J'ai encore du travail à la cuisine et Geoff n'est toujours pas rentré. Je sais que tu n'aimes pas sortir, Joey, je ne devrais pas te le demander, mais…

Joey sentit naître dans ses tripes la brûlure habituelle. Il repoussa cette sensation de son mieux. Il devait beaucoup à Eli et Geoff, il ne comptait pas se laisser entraver par ses propres insécurités.

— Aucun problème.

Il renfila ses bottes et quitta la maison.

Il monta dans sa voiture, descendit l'allée principale puis prit la route en direction de la ville. Il détestait devoir s'y rendre mais il détestait plus encore son malaise à le faire. *Sois un homme – aie des couilles !* Il essaya de booster sa psyché mais en vain. Il ne voyait qu'une chose : la réaction qu'allait avoir ce gamin devant son visage. C'était sans doute un adolescent prétentieux, rejeton d'une famille aisée qui, depuis sa naissance, lui avait tout offert sur un plateau. Après avoir accordé un regard à Joey, ce gosse de riche détournerait les yeux avec une grimace de dégoût. *Tu as intérêt à t'y habituer parce que ça ne changera pas de sitôt,* se dit Joey tout en roulant en pleine campagne, entre les champs récemment ensemencés.

Lorsqu'il approcha des faubourgs de la ville, il ralentit et se dirigea vers le lycée, où il s'engagea sur le rond-point central. Alors qu'il s'attendait à trouver une foule, il ne vit qu'un seul car près duquel se tenaient une dame et un jeune homme. Ce dernier serrait contre lui ce qui paraissait être un étui à violon. Joey se gara derrière le car, coupa le moteur et sortit de sa voiture. La dame fit un pas vers lui. Joey, à la grande surprise, ne nota pas sur son visage la pitié dont il avait l'habitude. Il se demanda presque pourquoi.

— Seriez-vous venu chercher Robert Edward ?

D'un air soulagé, elle jeta un coup d'œil de l'autre côté du parking, où il n'y avait qu'une seule autre voiture. Deux jeunes femmes bavardaient près du véhicule. Manifestement, l'accompagnante avait attendu Joey avant de pouvoir les emmener à bon port.

— Oui, j'imagine. Mari ne m'a pas indiqué son nom. Elle m'a juste demandé de passer chercher un jeune homme.

Joey s'essuya les mains sur son pantalon avant de se tourner vers son protégé.

— Désolé d'être en retard. Je suis Joey Sutherland.

— Et moi Robert Edward Jameson, mais tout le monde m'appelle Robbie.

Il tendit la main, Joey l'accepta, ils échangèrent une ferme poignée de main. Joey fixait Robbie droit dans les yeux, des prunelles immenses et bleues. Il nota le sourire naturel du jeune homme, sans le moindre soupçon de pitié ni même de curiosité. Joey commença à sentir sa nervosité se dissiper.

— Nous devrions mettre tes bagages dans la voiture.

Joey ouvrit son coffre puis se baissa pour récupérer une grosse valise qu'il plaça à l'intérieur. Il remarqua que Robbie n'avait pas bougé ni proposé de l'aider. Secouant la tête, il prit la seconde valise et la mit à côté de la première, tout en marmonnant entre ses dents :

— Il me prend pour qui au juste ? Son valet personnel ?

Il claqua violemment son coffre, puis revint à l'endroit ou Robbie paraissait l'attendre.

— Si vous n'avez plus besoin de moi, tous les deux, je vais y aller.

La dame effleura l'épaule de Robbie en disant :

— Je vous verrai demain pour la répétition de l'orchestre. À neuf heures précises.

Elle commença à s'éloigner en direction de sa voiture. Robbie lui cria :

— Merci de votre aide, Mme Peters.

Joey remarqua son accent sudiste et eut un sourire. Robbie était plutôt mignon et son intonation le rendait adorable. Dommage qu'il soit trop imbu de lui-même pour porter ses propres valises ! Il s'attendrait sans doute à ce que Joey les monte dans sa chambre, une fois à la ferme, et se charge de lui ranger ses vêtements.

— Mais de rien, mon cher. Passez une bonne soirée.

La voix de l'accompagnatrice s'étouffa tandis qu'elle se rapprochait de sa voiture.

7

— Nous devrions y aller, Eli ne va pas tarder à servir le dîner.

Joey fit le tour de la voiture et ouvrit la portière côté conducteur, s'attendant à ce que Robbie fasse de même. En voyant qu'il ne bougeait pas, il revint vers lui et lui ouvrit la portière côté passager.

— Tu sais, je ne suis pas ton chauffeur !

— Je ne te prends ni pour mon chauffeur ni pour mon valet, mais j'ai besoin d'un coup de main, si ça ne te dérange pas.

Robbie lui tendit son violon en disant :

— Pourrais-tu le mettre sur le siège arrière, s'il te plaît ?

Joey obtempéra, en se demandant pourquoi Robbie ne faisait rien de ses dix doigts. Il attendit en regardant Robbie fouiller la poche du veston qu'il portait sur le bras et en tirer ce qui ressemblait à une sorte de bâton blanc replié sur lui-même. Un geste du poignet et l'objet se reconstitua, les morceaux s'assemblant pour devenir une longue canne blanche. Joey cligna des yeux, sidéré. *Ben merde alors !* Robbie était aveugle.

Joey se sentit lamentable et stupide, mais il ne pouvait pas deviner. Ces yeux bleus paraissaient si grands, si brillants.

— Laisse-moi t'aider jusqu'à la voiture.

D'un geste doux, il effleura le bras de Robbie.

— Il y a la marche du trottoir, un pas en avant, et ensuite tout droit.

Robbie avança en tapotant de sa canne le sol devant lui. De son autre main, il effleura la portière dont il suivit l'arête jusqu'au véhicule, puis au siège.

— Voilà, maintenant tu peux t'asseoir.

Désormais capable de se situer, Robbie prit place souplement. Il referma sa porte, plia sa canne et la posa sur ses genoux.

Joey remonta sur son siège et démarra, puis il contourna le rond-point et revint jusqu'à la rue. Il ne savait pas quoi dire – il se sentait bien trop grotesque. Mais comment aurait-il pu savoir que Robbie était aveugle ? Peu importe, il s'était comporté grossièrement, et la cécité de son passager n'avait rien à y voir. Au moins, il savait maintenant pourquoi Robbie n'avait pas réagi aux cicatrices de son visage.

— Je suis désolé.

Robbie tourna la tête en direction de sa voix.

— Pourquoi ?

Il sourit et tout son visage s'illumina. Seigneur, il était adorable ! Et il ne s'agissait pas uniquement de son accent. Cet homme-là était incontestablement mignon.

8

— Tu ne pouvais pas savoir, et moi aussi ça m'aurait énervé que quelqu'un me laisse porter ses valises et les ranger dans le coffre sans proposer de m'aider.

Son sourire s'élargit.

— À dire vrai, j'ai plutôt apprécié ton attitude.

Cette fois, Joey ne comprenait plus rien.

— Pourquoi ?

— Parce que tu m'as traité normalement.

Joey prit un tournant un peu trop brusquement et Robbie bascula vers lui. Il lui fallut un moment pour retrouver son équilibre. Réalisant la situation, Joey ralentit.

— La plupart des gens agissent avec moi bizarrement, parce que je suis aveugle, mais toi, tu as été parfaitement naturel.

— Eh bien, à la ferme, tu n'auras droit à aucun traitement particulier, je peux te l'assurer.

Même si Robbie ne le voyait pas, Joey lui sourit en insistant :

— Là-bas, tout le monde travaille dur, personne ne pourra rester et te tenir compagnie à longueur de journée. Tu seras tout seul la plupart du temps.

— Une ferme ?

Bon sang, le sourire de Robbie devint encore plus éclatant, ce que Joey n'aurait pas cru possible.

— Je vais habiter dans une vraie ferme, avec des chevaux et tout ça ?

— Oui. La ferme Laughton, la plus importante exploitation de tout le comté. Nous avons actuellement plus de mille deux cents hectares, avec mille cinq cents têtes de bétail, ainsi que des chevaux.

Joey continua à parler, évoquant pour Robbie les bâtiments agricoles, les chiens…

— Ce sont Geoff et Eli, son partenaire, qui s'occupent de tout.

Le visage expressif de Robbie ne cacha pas son incompréhension.

— Partenaire, c'est à dire son associé en affaires ?

— Non, corrigea Joey, ils sont partenaires dans la vie.

— Oh.

Si cette révélation surprit Robbie, il n'eut pas le temps de s'y attarder. Aussi, il la rangea dans un coin de sa tête pour y penser plus tard. La voiture ne cessant de rebondir et de zigzaguer, il fit de son mieux pour s'accorder

9

à ses mouvements plutôt que de se raidir. Comme il ne voyait rien, il ne pouvait anticiper, mais il en avait l'habitude. Chaque virage l'envoyait vaciller, d'un côté ou de l'autre. À un moment, après un tournant, il sentit la chaleur du soleil sur son visage. Il chercha dans la poche de son veston une paire de lunettes de soleil pour se protéger les yeux.

— Nous devrions arriver d'ici quelques minutes.

— Tant mieux.

Robbie se tourna vers son compagnon avec un sourire. Il n'avait jamais envisagé de séjourner dans une ferme. Il trouvait cette perspective très excitante, mais également un peu effrayante. Il y aurait beaucoup de choses dont il ignorait tout, il en était conscient, il lui faudrait se montrer particulièrement prudent. Il espérait cependant avoir la chance de faire de nouvelles découvertes.

— Quand nous y serons, auras-tu le temps de me faire faire le tour du propriétaire ?

— Tu veux voir… oh merde !

Robbie entendit l'embarras dans la voix de Joey.

— Je suis désolé.

— Pourrais-tu cesser de t'excuser ?

— Oui, bien sûr.

La voiture heurta une ornière et Robbie rebondit sur son siège, soulagé de porter une ceinture de sécurité.

— Désolé.

Robbie sentit la voiture ralentir, les cahots s'atténuer.

— J'ai besoin de faire le tour de la maison pour m'y reconnaître, je dois apprendre où se trouvent les meubles, les obstacles.

— Tu crois que tu t'en souviendras en une seule fois ?

— En temps normal, c'est le cas. Il ne me faut pas longtemps. À condition que vous ne changiez pas la place des meubles ou que vous n'installiez pas la salle de bain dans une autre pièce, je m'en sortirai.

En entendant le rire de Joey, Robbie gloussa aussi, heureux que son humour soit bien reçu. En suivant les pérégrinations de l'orchestre, il avait séjourné dans de nombreuses familles, et certaines d'entre elles étaient restées si coincées qu'il n'avait jamais pu se détendre en leur compagnie. Bien sûr, il était aveugle, ce n'était pas pour autant qu'il manquait d'autonomie.

— Comment fais-tu ça ? Comment apprends-tu si vite à t'y retrouver ?

10

Il aimait bien les intonations de Joey – sa voix si calme et musicale, à l'accent adorable. Il haussa les épaules.

— Je suis bien obligé.

Il n'eut pas le temps de s'expliquer davantage parce qu'il fut interrompu par une symphonie familière, du Mozart. Il mit la main dans sa poche et en sortit son téléphone.

— Oui, maman.

— *Tu es bien arrivé ?*

Comme d'habitude, sa voix exprimait une anxiété exagérée.

— Mais oui, bien sûr. Tout va bien. Je suis en route, nous devrions bientôt arriver.

— *Veille bien à ce qu'ils te fassent faire un tour complet des lieux, pour que tu puisses t'y retrouver. Et ne les laisse pas t'installer trop loin de la salle de bain.*

Robbie secoua la tête et leva au ciel ses yeux aveugles. Il souhaita que sa mère puisse le voir, parce qu'elle détestait le voir agir ainsi. Pour une raison étrange, cela l'effrayait, et c'est bien pour ça qu'il avait pris cette habitude.

— Je m'en sortirai, maman. Pas besoin de t'inquiéter pour moi.

Il avait vingt-deux ans, au nom du ciel ! Et elle le traitait toujours comme un bébé.

— Écoute, nous arrivons en ce moment.

Il avait senti la voiture ralentir, entendu un clignotant se mettre en marche. Même s'il ne s'agissait que d'un carrefour, il trouvait l'excuse excellente pour couper court à l'appel de sa mère.

— *Très bien, mon chéri. Je te rappellerai plus tard.*

Il raccrocha et remit son appareil dans sa poche.

— C'était ta mère ?

Robbie entendit crisser des graviers sous les roues de la voiture, il pensa qu'il s'agissait d'une allée particulière.

— Oui.

Sa mère lui téléphonait au moins trois fois par jour pour vérifier ce qu'il faisait. Après six semaines de ce manège, il commençait à en avoir assez. La voiture s'arrêta, le moteur fut coupé.

— Nous y sommes ?

— Ouais. Je vais te conduire jusqu'à la maison et je reviendrai ensuite chercher tes affaires, si ça te va ?

— C'est très gentil, merci.

— Je t'en prie.

Robbie patienta et il entendit cliqueter une ceinture de sécurité – Joey devait l'enlever. Il détacha également la sienne, puis la voiture bougea sur ses amortisseurs lorsque son compagnon quitta son siège. Une porte claqua, la voiture vibra encore sous la force de l'impact. Des pas sur le gravier lui indiquèrent que Joey faisait le tour et s'approchait… Sa porte s'ouvrit, il sentit une main se poser sur son bras.

— Tu peux sortir. Il y a du gravier dans l'allée, aussi fais attention à ne pas glisser.

Robbie laissa Joey le guider. Se redressant, il brandit sa canne.

— Pourrais-tu prendre mon veston ?

— Bien sûr, ne bouge pas.

La main disparut de son bras, mais elle revint quelques secondes plus tard, chaude et souple contre sa peau nue, dans une prise qui n'était pas trop brusque, mais ferme et rassurante.

— Avance un peu pour que je puisse refermer la porte.

Robbie s'exécuta et il entendit claquer sa portière. Puis Joey le guida avec patience autour de la voiture, et vers la maison, sa voix continuant à lui indiquer ce qui se passait.

— Bien, je vais ouvrir la porte d'entrée, tu auras trois pas à faire pour pénétrer dans la maison.

— Donne-moi une seconde.

Joey s'arrêta sans lui lâcher le bras et Robbie inspira profondément. Il huma une odeur complexe : chevaux, paille, foin, fumier… Un cocktail puissant qui lui monta à la tête. Il n'avait jamais rien senti de pareil.

— Qu'est-ce que c'est ?

— Quoi ?

Il entendit Joey renifler et ne put s'empêcher de sourire. L'odeur alentour était si forte qu'il avait du mal à en discerner chaque nuance.

— Est-ce que les chevaux sont proches ?

D'après lui, ce qu'il entendait pouvait être des hennissements, et les étranges claquements provenaient sans doute de leurs fers.

— Oui, il y a un enclos à une quinzaine de mètres.

Robbie était de plus en plus excité.

— Un des chevaux a-t-il pris le galop ?

— Oui, comment le sais-tu ?

Il crut percevoir une note de stupéfaction dans la voix de son compagnon.

12

— Je sens le sol vibrer sous le choc de ses sabots.

Se retournant, Robbie renifla avidement l'air autour de lui.

— C'est encore plus merveilleux que tout ce que j'avais imaginé !

Il aurait voulu ne jamais quitter cet endroit. Les odeurs, les sons, les vibrations qu'il percevait à travers la plante de ses pieds… tout ça créait pour lui une extase sensorielle.

— Nous devrions entrer. Eli doit nous attendre pour dîner. Mais je te promets qu'ensuite, je t'emmènerai voir les chevaux. Nous irons jusqu'à l'écurie, où tu feras connaissance avec certains d'entre eux.

De nouveau, il y eut ce contact sur son bras, ferme et rassurant.

Tapotant le sol devant lui de sa canne, Robbie sentit où les marches commençaient, il leva le pied et grimpa l'escalier qui menait à la maison. Une fois à l'intérieur, il eut un léger sursaut en entendant se refermer derrière lui l'écran grillagé anti-moustiques. Ensuite, il subit un nouvel assaut d'arômes et de sons étrangers. Il allait vraiment apprécier son séjour dans cette ferme !

D'après les odeurs qui l'entouraient, il pensait se trouver dans la cuisine…

— C'est Robert Edward ? demanda une voix inconnue.

Robbie entendit des pas s'approcher. Joey répondit :

— Oui, Eli, c'est lui.

Robbie tendit la main, une poigne ferme et calleuse se referma sur ses doigts.

— Je vous en prie, appelez-moi Robbie.

— Enchanté de te connaître.

Robbie nota une légère hésitation dans la voix d'Eli, il comprit que son hôte ne s'attendait pas à recevoir un aveugle. À nouveau, la porte arrière s'ouvrit et claqua en se refermant. Des pas lourds et bottés résonnèrent sur le sol.

— Geoff, enlève tes bottes, voyons !

Robbie tenta de retenir son sourire en entendant la douce remontrance. Il entendit un homme s'asseoir et des bottes claquer sur le sol.

— Geoff, je te présente Robbie.

— Ravi de te connaître. J'espère que tu te plairas chez nous.

Le nouveau venu avait une poignée de main solide et un sourire résonnait dans sa voix. Robbie sut, sans l'ombre d'un doute, qu'il était accueilli de grand cœur.

— J'en suis certain !

Bon sang, qu'il était excité ! Il souriait comme un parfait idiot.

— Le dîner sera prêt d'ici dix minutes.

Il sut exactement où se trouvait Eli d'après sa voix. Peu après, la main de Joey revint se poser sur son bras. Pour lui, les inconnus étaient toujours flous. Tant d'indices concernant les gens dépendaient de la vue. Robbie en étant privé, il lui fallait du temps pour se faire une impression en rencontrant des étrangers. Or, avec Joey, cette règle habituelle ne s'appliquait pas. Robbie avait instantanément discerné un profil, et pas celui qu'il avait imaginé au premier abord, en entendant ses grommellements. En fait, c'était venu de son toucher, ferme, mais délicat. Exactement le genre de contact que Robbie appréciait. Il eut un frisson et s'empêcha d'explorer plus avant le sujet. C'était stupide de sa part, il ne devrait pas penser à Joey de cette façon !

La seule chose dont il était certain, c'était que son séjour à la ferme serait formidable. Ces gens et leur foyer lui paraissaient… à part. Il ignorait d'où lui venait cette sensation, mais elle était très forte et Robbie croyait fermement aux énergies, positives ou négatives. Et comme il ne voyait pas, il était particulièrement réceptif à ce genre de courant. Et cette maison, ces hommes, tous irradiaient d'énergie positive. En fait, Joey était la seule exception. Non pas qu'il ait une énergie négative, c'était plus… de la douleur. Robbie l'entendait aussi dans sa voix, juste sous la surface. Il se demandait ce qui l'avait provoquée.

— Je vais te conduire jusqu'à la salle de bain pour que tu puisses te rafraîchir. Après le dîner, je te ferai faire le tour de la maison, puis j'apporterai tes affaires dans ta chambre.

Joey l'emmena jusqu'à la salle de bain. Une fois lavé, Robbie retrouva son chemin jusqu'à la table de la cuisine avec l'aide de sa canne. Joey restait silencieux, mais Robbie sentait sa proximité et son attention, qui n'avait rien de pesant. Une fois assis, il fut servi. D'une voix douce, Joey lui détailla ce qui se trouvait sur la table, sa main guidant la sienne jusqu'à son verre. Chaque fois que Joey le touchait, Robbie ressentait une connexion particulière. Il ne savait pas trop ce que cela signifiait, mais c'était une sensation agréable, incontestablement.

— Mes manières à table laissent à désirer, chuchota-t-il, en espérant que seul Joey l'entendrait. Il m'arrive de laisser tomber de la nourriture sans même m'en rendre compte.

Il sentit une main se poser sur son épaule.

— Ne t'inquiète pas de ça. Mange et savoure. Eli est un excellent cuisinier.

Robbie suivit son conseil, se régalant à chaque bouchée.

Au début, il fut le principal sujet de la conversation, chacun des trois autres convives lui posant une tonne de questions. Puis ils passèrent aux affaires de la ferme. Robbie mangeait lentement en les écoutant. Il emmagasinait tout : ce qu'il advenait du bétail, les plans prévisionnels pour s'assurer d'avoir assez de foin, l'état des champs ou des semences… Tout paraissait si normal ! Robbie sourit intérieurement et pensa : *ils me traitent avec tant de naturel.* D'après son expérience, peu de gens agissaient ainsi – et il l'appréciait d'autant plus.

Au milieu du repas, son téléphone sonna. Il posa sa fourchette et récupéra son appareil.

— Bonsoir, maman.

— *Tout va bien pour toi, mon chéri ?*

— Très bien, maman, je suis en train de dîner.

Ces appels incessants commençaient vraiment à l'agacer.

— *Fais attention ! Tu sais que tu as l'estomac délicat. J'espère qu'ils t'ont servi des plats que tu seras capable de digérer.*

— Je vais très bien, maman. Il faut que je finisse de manger pour ensuite faire le tour de la maison. Demain matin, j'ai une répétition, aussi je ne pourrai pas répondre au téléphone.

— *Très bien. Passe une bonne nuit, chéri. Et appelle-moi après ta répétition.*

Elle raccrocha. Robbie se remit à manger. La conversation reprit après cette brève interruption. Robbie fut très soulagé et reconnaissant qu'on ne lui pose aucune question concernant sa mère.

Après dîner, Joey fit faire à Robbie le tour de la maison, lui signalant l'emplacement de tous les meubles, l'emplacement des salles de bain, et de tout ce dont il pouvait avoir besoin.

— Maintenant, je vais chercher tes bagages. Ensuite, je te montrerai ta chambre.

En attendant, Robbie s'installa dans un des fauteuils et s'imprégna des bruits de la maison tout autour de lui. Dans la cuisine, Eli faisait la vaisselle. Robbie entendit tout à coup des éclaboussures et des rires étouffés. Il imagina sans peine que Geoff avait rejoint son partenaire… et que la vaisselle attendrait. Il perçut un doux gémissement et sourit lorsqu'il surprit d'autres bruits d'eau associés, il en était certain, à des baisers.

La porte arrière de la maison s'ouvrit, puis claqua, des pas lourds traversèrent la cuisine.

— C'est bon, j'ai tes valises. Je vais les monter à l'étage mais j'ai pensé que tu préférerais garder ça.

Robbie sentit peser sur ses genoux l'écrin de son violon. D'instinct, il referma les mains dessus.

— Je reviens tout de suite, indiqua Joey.

Robbie l'entendit s'éloigner en direction de l'escalier. Suivirent différents autres bruits de portes qui, à nouveau, s'ouvraient et se refermaient.

Il sentit Joey revenir, puis une main lui effleurer le bras.

— Viens, je vais t'emmener à ta chambre.

Comme précédemment, son compagnon le guida, lui faisant traverser les pièces et monter les marches de l'escalier.

— Ta chambre est juste là, à droite, sur le palier. La mienne est en face. Et la porte d'à côté, c'est la salle de bain.

Joey l'y mena pour lui expliquer où se trouvaient les principaux éléments, puis il l'accompagna dans sa chambre.

— Les valises sont sur ton lit. J'ai mis ton veston au pied du lit.

Sans montrer d'impatience, il fit faire à Robbie le tour de la pièce.

— Tu as une table de chevet de chaque côté du lit... à ta droite, une commode.

Robbie caressa de la main le bois lisse du plateau, puis il s'accroupit et ouvrit un des tiroirs.

— Merci.

— Tu veux que je t'aide à vider tes valises et ranger tes vêtements ?

— Non merci. Si je m'en charge moi-même, je retrouverai mes affaires plus facilement.

Déjà, il ouvrait une de ses valises. Il ajouta :

— Par contre, si tu pouvais me donner un coup de main avec mon smoking...

Robbie souleva sa housse qu'il tendit à Joey.

— Aucun problème, je vais te l'accrocher.

Il entendit des mouvements autour de la chambre, la porte d'un placard qui s'ouvrait et se fermait.

— Tu veux redescendre au salon ?

Robbie secoua la tête.

— Non, je vais finir de ranger, ensuite, j'irai me coucher.

16

— D'accord. Je viendrai te chercher demain, pour le petit déjeuner. Passe une bonne nuit.

Tout en continuant sa tâche, Robbie entendit Joey quitter la chambre et refermer la porte derrière lui. Il était de plus en plus certain que son séjour ici lui plairait. Ces gens-là étaient très gentils.

Il lui fallut un moment pour tout débarrasser et s'assurer qu'il avait bien mémorisé son environnement. Il se rendit aussi plusieurs fois jusqu'à la salle de bain afin de bien reconnaître le parcours. Ensuite seulement, il se déshabilla et se mit au lit.

Il était fatigué mais son cerveau tournait encore à plein régime, aussi resta-t-il les yeux ouverts, couché dans son lit, à écouter ce qui se passait dans la maison. Et à se poser de multiples questions concernant Joey. Cet homme le fascinait, même si Robbie ne trouvait aucune raison logique à son intérêt. Des pas dans l'escalier lui indiquèrent que les autres montaient à leur tour se coucher. Après plusieurs va-et-vient dans la salle de bain, la maison devint silencieuse. Et Robbie était toujours étendu, à réfléchir.

Et tout à coup, il les entendit : des murmures et gémissements qui lui parvenaient à travers les murs. Sachant ce dont il s'agissait, il tenta de les bloquer, mais sans y parvenir. Il avait la sensation d'être un intrus en tendant l'oreille. Les ébats amoureux ainsi surpris soulignaient sa solitude. Robbie n'avait jamais tenu quelqu'un contre lui ni rien accompli de sexuel, mais il se demandait souvent quel effet ça faisait. Il y avait tant d'expériences qu'il n'avait pas tentées ! Et pourtant, les questions qui revenaient le plus fréquemment concernaient la personne qu'il rencontrerait un jour. Quelqu'un qui le caresserait, l'aimerait, et lui ferait connaître ce que Geoff et Eli partageaient…

Finalement, la fatigue fut la plus forte et Robbie s'endormit.

II

LE SOLEIL était à peine levé lorsque Joey se réveilla, son horloge interne refusant de le laisser dormir plus longtemps. Au début, quand il avait commencé à travailler à plein temps à la ferme, il avait trouvé difficile de se lever aussi tôt le matin. Désormais, c'était le contraire, il ne parvenait pas à rester au lit. Repoussant les couvertures, il se leva et passa dans la salle de bain. Dans le couloir, devant la chambre de Robbie, il remarqua la porte légèrement entrouverte. Des ronflements étouffés émanaient de la pièce.

— Rex ! Sors de là !

Le chien, couché au pied du lit de Robbie, l'entendit. Joey le vit soulever la tête, puis la reposer en fermant les yeux.

— D'accord.

Avec un sourire, Joey s'écarta, laissant Robbie et Rex dormir. Après une toilette rapide, il se rendit dans la cuisine pour goûter au café d'Eli.

Il bâilla en se versant une première tasse.

— Bonjour.

— Bonjour. Qu'as-tu prévu de faire aujourd'hui ?

Geoff s'installa à table pour finir son café avant de commencer ses tâches de la journée.

— Il faut que j'aille vérifier tous les champs. Il faudra aussi que quelqu'un emmène Robbie pour sa répétition, à neuf heures.

Il surprit le regard qu'échangeaient Geoff et Eli et se demanda ce qui se passait, mais sans se donner la peine de poser la question. Les deux hommes paraissaient capables de communiquer à volonté d'un seul coup d'œil.

— Moi, je dois surveiller les clôtures et Eli a presque toute la journée des cours et des élèves. Crois-tu que tu pourrais emmener Robbie là où il doit aller ?

Joey hocha la tête en signe d'acceptation. Geoff termina son café au moment où Eli posait devant lui une assiette bien remplie, Joey reçut également la sienne ; il s'assit à table et se mit à manger.

— Quand revient Len ? demanda-t-il.

— D'ici quelques jours. Je pense que Chris et lui ne devraient pas tarder à avoir fait le tour des vignobles du pays.

Geoff sourit et poursuivit son repas. Joey ne fit aucune réflexion, il continua à manger. Len était comme un père pour lui. À seize ans, Joey avait demandé à Len ce que lui coûteraient des leçons d'équitation. Len s'était arrangé pour les lui donner en échange de travail manuel. Un événement qui avait profondément marqué la vie de Joey. Si Len n'avait été au début qu'un maître de manège, il était vite devenu un ami très proche, qui se comportait comme le père que Joey n'avait jamais eu. De plus, Geoff et Eli le traitaient tous les deux comme un frère.

Une fois son repas terminé, Geoff déposa dans l'évier son assiette vide, embrassa Eli avec un 'merci' et sortit pour se rendre aux écuries.

Eli avait quitté son repas des yeux pour suivre le départ de Geoff. Il fit ensuite remarquer à Joey :

— Tu devrais aller réveiller Robbie. Il lui faudra sans doute un moment pour se préparer.

— Tu as raison.

Ayant également terminé, Joey remercia son ami, débarrassa son couvert et prit l'escalier jusqu'à l'étage.

— Robbie ?

Rex, réveillé, leva la tête sans esquisser le geste de se lever. Le dormeur, sous les couvertures, ne bougeait pas.

— Robbie ?

Joey avança jusqu'au lit et le secoua doucement par l'épaule.

— Robbie, il faudrait que tu te réveilles.

Enfin, il vit s'ouvrir les grands yeux bleus. Il regarda Robbie s'asseoir dans son lit, les couvertures qui tombaient le découvrant jusqu'à la taille.

— Quelle heure est-il ?

Robbie paraissait encore groggy. Joey voulut répondre, il essaya de formuler quelques mots, ses lèvres bougèrent, sa bouche remua… mais rien ne sortit. Il ne pouvait pas parler. Il n'était capable que d'une chose : fixer la poitrine lisse de Robbie, sa peau couleur de miel, ses tétons aux tons de bronze. Il faillit tendre la main pour y toucher et réussit de justesse à s'en empêcher. Au bout d'un moment, il retrouva sa voix.

— Un peu plus de sept heures.

Grâce au ciel, Robbie ne pouvait pas le voir, planté là, la bouche ouverte, à le dévorer des yeux. Avec un sourire, il réalisa qu'il pouvait continuer son manège sans conséquence.

— Nous ne savions pas trop le temps qu'il te faudrait pour te préparer, alors je t'ai réveillé un peu tôt. J'espère que tu ne m'en veux pas.

Robbie lui sourit. Rex se souleva, avança, et colla son museau contre la main de l'aveugle, réclamant ses caresses.

— Tu as passé la nuit avec moi pour que je ne sois pas tout seul ?

Robbie gratta la tête du gros chien avant de repousser ses couvertures pour se mettre lentement debout. Puis, en tâtonnant, il avança jusqu'à la commode.

— Tu veux que je t'aide ?

— Non, je devrais m'en tirer tout seul.

— Très bien. Si tu as besoin d'aide, appelle.

Joey quitta la pièce et descendit jusqu'au bureau. Ayant mis au point un projet précis d'ensemencement pour chacun des champs, il voulait avoir avec lui ses plans et y marquer l'état actuel des germinations. Installé au bureau de Geoff, il relut ses notes tout en prêtant l'oreille afin de s'assurer que Robbie n'ait pas besoin de lui.

Il terminait sa lecture lorsqu'il entendit dans l'escalier des pas hésitants, suivis par la cavalcade du chien.

— Je suis dans le bureau ! cria-t-il.

Quelques minutes plus tard, le visage souriant de Robbie apparut à l'entrebâillement de la porte.

— C'est l'heure du petit déjeuner ?

— Bien sûr.

Joey rangea ses papiers dans un dossier qu'il emporta avec lui dans la cuisine où il prépara pour Robbie un rapide petit déjeuner. Quand son hôte eut terminé de manger, il pressa le bouton d'un appareil qui ressemblait à une montre. Joey entendit une voix mécanique indiquer : 'huit heures quarante-cinq'.

— C'est très pratique !

Robbie quitta son siège et ramassa la canne qu'il avait déposée sur la table.

— Nous devrions nous mettre en route. Combien de temps nous faut-il pour rejoindre l'auditorium de l'université communale ?

— Deux minutes, c'est juste au bout de la rue.

Joey prit Robbie par le coude avant d'ajouter :

— Attends, je vais aller chercher ton violon. Ensuite, je t'accompagnerai jusqu'à la voiture.

Quelques minutes plus tard, Robbie était installé, son instrument sur les genoux, et Joey les conduisit jusqu'à l'auditorium.

— Un moment, dit-il.

Il gara la voiture, ouvrit sa portière et fit le tour pour aider Robbie à sortir.

— Je vais t'accompagner à l'intérieur.

Robbie n'avait fait que quelques pas quand la porte de l'auditorium s'ouvrit, un jeune homme dégingandé en émergea et se mit à courir vers sur le trottoir.

— Robbie !

Dès qu'il rejoignit les deux hommes, l'inconnu prit Robbie par le bras et indiqua :

— Je m'occupe de lui.

Avant que Joey ait pu dire un mot, le nouveau venu leva les yeux sur lui. L'expression de son visage changea et prit cet air surpris dont Joey avait l'habitude chaque fois qu'on découvrait ses cicatrices. Très vite, l'homme se reprit, mais Joey n'avait pu manquer son halètement étouffé. Il ressentit une violente déception qui le traversa de part en part.

Ce matin, pour la première fois depuis très longtemps, il ne s'était pas réveillé étreint par son habituel auto-apitoiement. Il avait oublié ses cicatrices, oublié son aspect physique, du moins jusqu'à ce qu'il voie l'expression du visage de cet homme. Et là, pendant une brève seconde, il le détesta avec force. Joey savait bien que ce n'était pas la faute de cet inconnu – d'ailleurs, sa violente antipathie s'effaçait déjà – mais durant cette seconde…

La voix de Robbie le fit émerger de son chaos émotionnel.

— Arie, voici Joey. Joey, Arie est un de mes amis d'enfance.

Le jeune homme tendit la main et se présenta :

— Robert Edward Hawkins.

Joey accepta sa poignée de main, mais il remarqua un détail : la voix d'Arie paraissait normale et pourtant… il y avait sur son visage une expression qu'il n'arrivait pas à comprendre.

— Robert Edward ? Est-ce que ce n'est pas également le nom de Robbie ?

— Si, mais chez nous, on trouve un 'Robert Edward' dans la plupart des familles. C'est à cause de Robert E. Lee. C'est pourquoi je me fais appeler Arie.

À nouveau, quelque chose sonnait faux chez lui sans que Joey réussisse à s'expliquer ce que c'était. La voix semblait aimable, naturelle, mais les mots prononcés ne s'accordaient pas tout à fait à l'attitude.

— Ah...

Joey ne savait trop quoi dire, pas plus qu'il ne savait comment se comporter vis-à-vis d'Arie.

— Combien de temps va durer cette répétition ? demanda-t-il.

— Nous devrions avoir terminé vers onze heures.

Arie lui répondit alors qu'il entraînait déjà Robbie vers le bâtiment. Joey les regarda disparaître, bras dessus-dessous. Arie avait un regard bizarre qu'il n'arrivait vraiment pas à déchiffrer.

Joey retourna dans sa voiture. Il s'apprêtait à démarrer quand il interrompit son geste et se tourna vers la porte, désormais fermée. Il y avait quelque chose de pas net concernant Arie !

Il tourna enfin sa clé et s'éloigna de l'auditorium.

Il n'avait qu'une envie : retourner à la ferme, monter dans sa chambre et se cacher, mais il se força à se mettre au travail. La voiture prit donc la direction des champs, du moins des premiers de sa liste. Il en avait tellement à inspecter !

Quand l'heure fut venue de récupérer Robbie, Joey se retrouva garé devant l'auditorium. Au lieu d'attendre à l'extérieur, il pénétra dans le bâtiment et entendit à travers les corridors le son d'une musique riche et sonore. Sans faire de bruit, il ouvrit une des portes de la grande salle, se glissa à l'intérieur et prit place dans un siège à l'arrière, dans l'ombre.

Son regard trouva instantanément Robbie, assis à l'avant de l'orchestre. Son violon sous le menton, il guidait son archet le long des cordes. Joey ne connaissait pas le morceau qui se jouait mais il sentit d'instinct que Robbie l'appréciait. Le visage du jeune musicien arborait un air émerveillé. Joey le fixa intensément, buvant chacun de ses mouvements, chaque nuance de ses expressions.

Quand la musique s'arrêta, les traits de Robbie se détendirent. Il baissa son violon et le posa sur ses genoux. Joey comprit que le chef d'orchestre donnait des instructions à ses musiciens ; il vit Arie, placé près de Robbie, se pencher pour lui chuchoter quelques mots à l'oreille. Robbie n'eut aucune réaction mais cette fois, Joey déchiffra le visage de son voisin parce qu'il reconnaissait son expression : Arie était amoureux de Robbie.

Joey le vit effleurer doucement le bras du jeune aveugle, glisser jusqu'à sa main, en caresser la peau. Un geste aussi éloquent que si Arie s'était brutalement levé pour hurler son amour au monde entier.

Joey sentit son estomac se crisper de déception. Cela ne dura qu'une seconde, avant de disparaître. Il n'avait aucun droit sur Robbie. Bon sang, il le connaissait à peine, depuis la veille seulement, alors pourquoi se sentait-il abandonné, trahi ? Il pensa d'abord à de la jalousie mais non, ce qu'il ressentait était davantage de l'injustice. Depuis son accident, les gens l'évitaient dès le premier regard qu'ils lui jetaient. Ce qui n'avait pas été le cas avec Robbie, pour des raisons évidentes.

Il entendit un tapotement discret, c'était le chef d'orchestre et son bâton. Joey vit Robbie relever son violon quand les musiciens recommencèrent à jouer. Il ne fallut pas longtemps à Robbie pour se perdre à nouveau dans la musique, son visage retrouvant la même expression éblouie. Joey se demanda ce que ce serait de lui voir un tel air dans d'autres circonstances. Son imagination s'emballant, il fantasma sur un Robbie couché dans son lit, sa peau douce et nue contre ses draps blancs, le corps vibrant d'excitation, et le même air émerveillé au moment de l'orgasme…

Joey étouffa un gémissement et se força à revenir au présent. D'ailleurs, l'orchestre avait terminé le morceau, le chef d'orchestre donna ses dernières consignes aux musiciens avant de les libérer.

Joey attendit à l'écart, au fond de l'auditorium. Il vit Robbie remettre son instrument dans l'écrin avec un soin amoureux. Apparemment, Arie tenta de l'aider à quitter l'estrade, mais il fut repoussé. Robbie déplia sa canne et l'agita devant lui. Prudemment, mais sûrement, il descendit l'escalier. Arie tournait toujours autour de lui, pressant et quémandeur, mais Robbie prit seul l'allée centrale entre les sièges. Joey sourit et secoua la tête. Cet homme était indépendant, il devait le lui reconnaître.

Il se leva.

— Robbie ?

Il prononça son nom à mi-voix, presque avec révérence, certain d'être entendu. Effectivement, Robbie se rapprocha de lui, attiré par le son de sa voix.

— Tu nous as écoutés jouer ?

— Bien sûr.

— Qu'en as-tu pensé ?

— Magnifique.

En prononçant ce mot, Joey réalisa qu'il répondait à la question, mais qu'il exprimait aussi son opinion sur le jeune aveugle.

Lorsque Joey fit quelques pas, Robbie tendit la main pour s'accrocher à son bras. En le guidant hors de l'auditorium, Joey tourna machinalement la tête vers la scène. Devant l'expression du visage d'Arie, il frissonna. Ce n'était plus du venin, mais bien pire. Dès qu'Arie réalisa avoir été surpris, il dissimula ce qu'il éprouvait.

— Je me suis garé sur le parking. Que préfères-tu : que je rapproche la voiture ou bien que nous marchions jusque-là ?

Robbie le regarda, un sourire sur le visage.

— Marchons. Je passe bien trop de temps enfermé à l'intérieur ou en voiture.

Joey les conduisit donc au grand air, puis le long du trottoir, jusqu'au parking.

— Tu sais, je vais devoir travailler cet après-midi…

Il ne savait pas trop comment exprimer ce qu'il désirait. Il reprit :

— Et toi ? Tu dois répéter ou bien tu es libre ?

— Tu crois que je pourrais t'aider ?

Cessant de marcher, Robbie s'immobilisa au beau milieu du trottoir ; il mit ses lunettes de soleil puis renversa la tête en arrière et offrit son visage aux rayons du soleil. Joey l'examinait, conscient que son compagnon appréciait la brûlante caresse sur sa peau.

— Oui, pourquoi pas ? Tu as déjà tenté de planter un jardin ?

En guise de réponse, Robbie éclata d'un rire profond.

— Tu plaisantes ? Je ne me suis jamais sali les mains avec de la terre, sauf occasionnellement, en tombant dedans.

— Cet après-midi, je vais devoir planter des légumes au jardin, maintenant que tous les champs sont ensemencés et commencent leur germination.

Les deux hommes s'étaient remis en marche vers la voiture.

— Écoute, si tu me proposes de venir avec toi, je le ferai volontiers. Je ne suis pas certain de pouvoir t'aider mais, si tu n'as pas peur, je veux bien essayer.

Arrivé devant la voiture, Joey ouvrit la portière de Robbie.

— Dans ce cas, nous avons d'abord besoin de déjeuner, parce que notre après-midi sera bien occupé.

Une fois Robbie installé dans son siège, Joey referma la portière, fit le tour de la voiture, et se mit au volant.

— Explique-moi un peu ce que tu as prévu de faire ? insista le jeune aveugle.

— D'après ce que j'ai compris, ce sera une expérience nouvelle pour toi.

D'un geste rassurant, Joey effleura le bras de son passager.

— Ne t'inquiète pas, je serai là. Tu ne risques rien.

Il ne savait pas trop comment Robbie pouvait l'aider au jardin, mais il trouverait bien quelque chose. Il était convaincu que le jeune homme, aveugle ou pas, était assez tenace pour réussir tout ce qu'il se mettait en tête d'accomplir. Si Robbie lui proposait son aide, de quel droit Joey la refuserait-il ?

Il démarra, quitta le parking, et retourna à la ferme.

ROBBIE SE changea avant de redescendre dans la cuisine, ravi de voir qu'il se déplaçait dans la maison sans problème.

— Tu es prêt ?

La voix de Joey résonna tout autour de lui.

— Oui.

Il sentit une main sur son bras.

— Dans ce cas, allons-y. Nous avons du pain sur la planche.

Robbie laissa Joey l'entraîner dehors et lui faire traverser le jardin.

— J'ai déjà apporté les plantes et la semence dont nous aurons besoin, annonça son compagnon, aussi nous pourrons nous mettre immédiatement au boulot.

— Très bien. Que veux-tu que je fasse ?

Sous ses pieds, il sentit la terre s'enfoncer : le sol était devenu plus mou.

— Assieds-toi, je vais t'expliquer.

Robbie s'exécuta et se mit en tailleur sur le sol meuble.

— En face de toi, il y a une partie du jardin que je viens de bêcher. J'ai planté des poteaux en rectangle, ils sont reliés par un fil métallique, alignés par rangées de trois, avec soixante centimètres d'espace entre chacun d'eux.

Robbie sentit que Joey prenait sa main pour la positionner sur un des poteaux dont il parlait.

— Ici, c'est le coin…

Sa main fut déplacée en direction d'un autre poteau.

— ... là, tu es au milieu. C'est l'endroit où nous commencerons à planter. Ce que tu dois faire, c'est creuser un trou au pied de chaque poteau, je te tendrai un plant de tomates, tu le mettras dans le trou, et tu tasseras la terre tout autour.

— Avec ce truc-là ?

Quelque chose de métallique venait de lui être placé dans la paume, Robbie présuma qu'il s'agissait d'une poignée de truelle.

— Oui. Tu es prêt ?

Avec un sourire, Robbie tâtonna autour du poteau central, puis il creusa un peu.

— Ça suffit, la profondeur ?

Joey lui plaça dans la main un petit container en plastique.

— C'est parfait. Maintenant, pose les doigts au sommet de ce pot, écarte-les pour laisser les rameaux de la plante émerger, puis tu le renverses, la terre devrait rester en bloc, bien compacte. Tu mets le tout dans le trou, tu rebouches, et tu tasses doucement.

Robbie suivit ses instructions, il sentit effectivement le petit plant glisser de son emballage ; il tâtonna et retrouva le trou qu'il venait de faire, y planta ses tomates, et lissa le sol au-dessus.

— Comme ça ?

— Tu t'en sors très bien.

Robbie entendit dans sa voix le sourire que Joey devait avoir sur le visage.

— Tu crois que tu peux t'en sortir tout seul avec les autres ? Tout ce que tu as à faire, c'est de rester à l'extérieur de l'enceinte délimitée par les poteaux.

— Oui, aucun problème.

Réaliser qu'il s'en croyait vraiment capable le prit par surprise.

— Dans ce cas, je vais placer un plant de tomate près de chaque poteau, tu les trouveras facilement.

Robbie suivit le fil métallique qui reliait deux poteaux, il trouva celui de l'angle, vérifia une dernière fois avec Joey qu'il avait bien compris ses instructions, puis il s'attela à la tâche. Il commençait à peine à creuser son trou quand son téléphone sonna. Grognant doucement, Robbie posa sa truelle et sortit son portable de sa poche.

— Bonjour, maman.

Il avait l'impression qu'elle appelait de plus en plus souvent.

— *Bonjour, mon chéri. Comment s'est passée ta répétition ?*

Elle parlait de façon si naturelle.

— Très bien. Ils nous ont fait travailler sur un nouveau morceau.

— *Tu as eu suffisamment de temps pour l'apprendre ?*

Il sentit grandir l'inquiétude de sa mère et sut que son côté hyper-protecteur venait de se ranimer.

— Oui maman, je n'ai eu aucun problème. J'avais mon exemplaire, j'ai pu l'étudier au cours des derniers jours.

Je sais ce que j'ai à faire, pensa-t-il, sur la défensive.

— *Tu devrais recevoir un exemplaire bien avant les autres, pour que tu n'aies pas à te presser.*

— Maman, ne t'inquiète pas, tout va très bien. Tu avais quelque chose à me demander ? Je suis occupé.

— *Occupé, pourquoi ? Où es-tu ?*

— À l'extérieur.

— *Tu as mis tes lunettes de soleil ?*

Seigneur, elle devenait de pire en pire !

— Oui, maman, bien sûr. Qu'est-ce que tu voulais ?

Il avait pris un ton plus ferme, pour la pousser à raccrocher.

— *Rien de particulier, simplement vérifier comment ça se passait pour toi.*

— Très bien.

Elle tenta de bavarder sur des détails sans importance, mais Robbie n'écoutait plus.

— Au revoir, maman.

Il raccrocha et rangea son téléphone dans sa poche. Il ne s'intéressait absolument pas à la dernière œuvre caritative dont sa mère s'était entichée. Tâtonnant autour de lui, il retrouva sa truelle et se remit à la tâche. Il termina sa seconde plantation et avança jusqu'à la suivante.

Joey avait fini de placer ses plants de tomate au pied de chaque poteau.

— Je peux te poser une question ?

Après avoir avancé, Robbie s'assit au pied d'un poteau, où il commença à creuser.

— Bien sûr.

— Tu es né aveugle ?

— Non. À douze ans, j'ai été malade, très malade, ils ont bien cru que j'allais mourir. J'ai survécu, mais en perdant la vue. Apparemment, le virus s'est attaqué à mon nerf optique.

Il parlait sans cesser de travailler.

27

— Dans ce cas, tu sais ce que c'est de voir ?

— Oui, en quelque sorte.

Robbie cessa de creuser, il se mit à genoux sur le sol chaud.

— Je crois que ça aurait été plus facile d'être né aveugle. Ainsi, je ne saurais pas ce que j'ai perdu. Mais oui, je sais ce que c'est de voir. Je comprends la plupart des références des 'voyants', en particulier les couleurs.

Il continua ses explications :

— … C'est rare chez les aveugles, parce que les couleurs sont essentiellement basées sur ce que l'on voit.

— Comment apprends-tu un nouveau morceau de musique si tu ne vois pas ?

— Je reçois des partitions écrites en braille. Je dois juste les mémoriser à l'avance parce que, quand je joue, j'utilise mes deux mains.

— Waouh !

Robbie entendit l'admiration dans la voix de son compagnon.

— C'est incroyable ! Tu as de la chance d'être aussi doué !

Quand Robbie se remit au travail, il sentit le sol bouger légèrement et sut que Joey marchait non loin de lui. Il entendit un son qui était une sorte de vibration.

— Qu'est-ce que tu plantes ?

— Des carottes.

La vibration cessa.

— J'ai fini les concombres. J'ai ensuite prévu de mettre aussi des courges, des haricots, du maïs et des radis.

Robbie devina que Joey le regardait lorsqu'il ajouta :

— Tu t'en sors très bien.

— Merci.

Il termina une autre plantation, appréciant le contact du terreau entre ses doigts. Il s'éloigna vers le poteau suivant.

— Je peux moi aussi te poser une question ?

— Ça me paraît équitable.

Mais Robbie remarqua la note d'appréhension dans la voix de Joey. Il termina de tapoter le sol autour de son plant de tomates avant de demander :

— Que t'est-il arrivé… ? Tout à l'heure, lorsque Arie t'a rencontré, j'ai entendu sa surprise. J'ai également noté la même chose, hier, chez Mrs Peters.

Il entendit Joey inspirer profondément, avant de laisser son souffle s'échapper.

— J'ai eu un accident. J'ai été blessé au visage. J'étais en moto, deux voitures s'étaient télescopées, je n'ai pas pu m'arrêter à temps. J'ai eu de la chance, je m'en suis sorti avec quelques fractures, mais aussi des entailles au visage qui étaient plutôt moches.

— Si j'interprète correctement la tension dans ta voix, tu n'as pas envie d'en parler ?

Pour Robbie, la réticence de Joey était immanquable, mais il ne pouvait s'empêcher de penser que c'était un tort. À son avis, un échange de confidences aurait fait le plus grand bien à son nouvel ami.

— Tu as raison.

Robbie hocha la tête et continua son travail, avançant jusqu'au dernier poteau.

— Et ensuite, que voudras-tu que je fasse ?

— Tu veux essayer de planter du maïs ?

La voix de Joey était devenue naturelle, détendue.

— Bien sûr.

Robbie s'amusait beaucoup. Il avait rarement l'occasion de participer à du travail en commun. Chez lui, quand il avait besoin de quelque chose, tout le monde se précipitait pour l'aider. Quand il répétait, il était seul. Ce qu'il accomplissait aujourd'hui était différent, et ça lui plaisait.

Ayant terminé ses plantations, il s'installa et attendit Joey. Il n'eut pas à le faire longtemps, il sentit le contact habituel, à la fois ferme et délicat, sur son bras, pour l'aider à se relever et le conduire vers un autre endroit du jardin. Quand la main de Joey glissa sur sa peau, Robbie ressentit quelque chose de différent, quelque chose qu'il n'avait encore jamais connu. Il s'enflamma, suite à cette simple et innocente caresse. Il sentit Joey le guider vers le sol, une fois de plus. Il s'accroupit avec prudence, son pantalon étant devenu trop serré à l'entrejambe, d'un seul coup. Chaque fois que Joey le touchait, il réagissait. Il fallait absolument qu'il pense à autre chose.

Grâce au ciel, Joey ne parut pas remarquer son état. Il lui donna simplement ses instructions et lui remit tout ce dont il avait besoin pour planter son maïs.

Les deux hommes passèrent le reste de l'après-midi à travailler ensemble au jardin, partageant anecdotes et plaisanteries. Il y avait bien longtemps que Robbie n'avait pas autant ri qu'il le fit ce jour-là, avec Joey.

C'était merveilleux de travailler en équipe ! Il regrettait simplement de ne pouvoir être là pour récolter les fruits de leur travail, en quelque sorte.

— Dis-moi, ça te dirait de rentrer à la maison un moment ? Nous pourrions en profiter pour boire quelque chose.

Robbie hocha la tête, marquant son approbation. Joey le ramena jusqu'à la cuisine. Robbie ne se souvenait pas avoir jamais été aussi fatigué et heureux, pas plus qu'il n'avait jamais passé tout un après-midi au grand air, en plein soleil.

Geoff s'activait dans la pièce.

— Alors, tout s'est bien passé ? demanda-t-il.

Robbie pensa qu'Eli devait être là lui aussi, mais sans en être certain.

— Oui, c'était parfait.

Il sourit en direction de la voix, espérant que son hôte le verrait.

— Tant mieux.

Geoff lui apporta une boisson fraîche, qu'il lui plaça dans la main. Le verre était embué.

— Je serai de retour d'ici une heure.

Robbie sirota sa limonade glacée et soupira de plaisir quand le liquide glissa le long de sa gorge parcheminée. Il entendit Eli répondre à son partenaire, ce qui confirmait son intuition.

Une main douce se posa sur son épaule, Robbie reconnut le toucher de Joey.

— Je vais aller prendre une douche. Tu as besoin de quelque chose ?

— Non merci, tout va très bien.

La main disparut, Joey en ressentit une étrange sensation de perte, la chaleur de cette paume lui manquait. Il écouta les pas s'éloigner à travers la maison. Il vida d'un seul coup une bonne partie de sa limonade acidulée, imaginant qu'il s'agissait d'alcool fort – et capable de booster son courage.

— M. Eli, est-ce que nous sommes seuls ?

— Oui. Ce ne doit pas être facile pour toi de discerner qui se trouve dans une pièce.

La voix exprimait tant de gentillesse et de compassion que, d'instinct, Robbie y répondit.

— J'aimerais vous poser une question.

Il déposa avec soin son verre sur la table, veillant à ne pas en renverser une goutte. Il se sentait déjà très gêné, il ne voulait pas en plus se trouver inondé de limonade !

Une chaise crissa sur le carrelage ; il entendit Eli s'asseoir à table, en face de lui.

— Je t'écoute. Qu'est-ce qui te préoccupe ?

Robbie inspira profondément, avant de se lancer :

— Comment avez-vous su que vous étiez…

Il déglutit, se demandant comment il réussirait à prononcer le mot…

— … gay ?

Il parla dans un chuchotement, comme s'il s'agissait du pire juron existant au monde.

Il sentit Eli lui prendre la main et la presser gentiment.

— Ici, tu peux poser toutes les questions que tu veux.

Robbie attendit, espérant qu'Eli s'expliquerait davantage.

— … mais je ne suis probablement pas le meilleur interlocuteur pour te répondre. Vois-tu, mon expérience est un peu différente. J'ai été élevé parmi les Amish, chez qui l'homosexualité est inacceptable. Je n'étais pas heureux, sans réussir à m'expliquer pourquoi. Ma famille m'a conseillé de quitter quelque temps la communauté. J'avais l'intention d'utiliser ce séjour pour faire de l'introspection.

Robbie écoutait avec attention. Une fois de plus, la chaise grinça sur le sol. Il n'y eut pas d'autre mouvement, la maison était silencieuse. Sauf un bruit d'eau qui coulait, à l'étage…

— J'ai eu de la chance. La première nuit, alors que je ne savais pas où dormir, j'ai trouvé une grange. Geoff m'y a découvert le lendemain, dans une stalle. Il m'a proposé un travail. Ce jour-là a été le plus beau de ma vie.

— Mais comment…

Robbie se sentait bouillonner de frustration. Au même moment, la main d'Eli se posa gentiment sur la sienne.

— Dès que j'ai rencontré Geoff, je me suis enfin senti apaisé, heureux. J'ai deviné pourquoi à la première minute – ou presque. Au fond de moi, je savais que j'avais trouvé ma place, que tout était bien. Ce qui a été vraiment dur, ça a été de l'accepter. Je ne réussissais pas à le faire !

Une fois encore, Robbie sentit Eli le rassurer d'une pression de main.

— C'est Geoff qui m'a aidé à clarifier certaines choses. Être gay, ce n'est pas préférer les parties intimes d'un garçon à celles d'une fille – c'est juste tomber amoureux de l'être avec lequel tu veux passer le reste de ton existence. Aujourd'hui, je ne pourrais imaginer de vivre avec un autre que Geoff.

31

La profonde émotion qui vibrait dans sa voix troubla brièvement Robbie.

— Vos parents sont-ils au courant ?

— Non. Et pour leur bien, ce ne sera jamais le cas. Ils seraient jugés coupables, par ricochet, et certains membres de leur communauté les rejetteraient. Ils ont déjà des problèmes avec les vrais puristes parce que je suis parti. J'aime Geoff, ma vie est ici, avec lui, mais je ne veux pas pour autant causer du tort à mes parents. Et les tiens, sont-ils au courant ?

— Seigneur, non !

Robbie baissa la tête avant d'avouer :

— Je ne peux pas… je ne peux pas être gay. Ce n'est pas possible.

Il craignit de fondre en larmes et se retint, parce que ce serait bien trop embarrassant.

— Je ne pense pas qu'il s'agisse d'un choix délibéré. La seule option que tu aies, c'est de l'accepter ou pas.

Robbie sentit les doigts d'Eli lui prendre le menton pour lui relever la tête. Il trouva ce geste très étrange, parce que sa famille ne s'était jamais souciée qu'il les regarde ou pas. La seule chose qui comptait pour eux, c'était qu'il les écoute.

— Laisse-moi te dire quelque chose : une fois que j'ai compris qui j'étais, une fois que je l'ai accepté, j'ai été bien plus heureux qu'auparavant.

— Ah oui ?

Robbie sentit une étincelle d'espoir s'allumer en lui.

— Absolument. Geoff m'a dit un jour qu'être gay, c'est d'abord partir en quête de soi-même, pour se comprendre et s'accepter. Et bien entendu, ce n'est pas facile. Mais quand tu atteins ton objectif, tu deviens plus fort. Et de ce fait, plus heureux.

Des pas qui résonnèrent dans la maison marquèrent la fin de la conversation. Robbie entendit Eli se relever et s'activer dans la pièce.

— S'il vous plaît, vous n'en parlerez à personne ?

— Bien sûr que non. Mais réfléchis quand même à ce que je t'ai dit.

Robbie sentit sa main lui tapoter gentiment l'épaule. Juste après, il entendit Joey pénétrer dans la cuisine.

— Joey, s'il te plaît, pourrais-tu courir à l'étable prévenir Geoff que le dîner sera prêt dans quelques minutes ?

Le téléphone de Robbie sonna, de cet air si familier indiquant un autre appel de sa mère.

— Bonsoir, maman.

Il n'avait vraiment pas envie de lui parler en ce moment. Il voulait rester tranquille et prendre le temps de réfléchir. Et plus que tout, il voulait passer un moment avec son violon. Après le dîner, peut-être demanderait-il où il pouvait s'entraîner sans déranger les autres…

— Oui, tout va bien.

— *Je suis heureuse de l'apprendre, chéri. Ton père et moi nous apprêtons à sortir, je voulais te téléphoner auparavant et être sûre que tu saches que nous sommes toujours là si tu as besoin de nous.*

— Tout va bien, je n'ai besoin de rien. Je suis chez des gens qui m'aident, ne t'inquiète pas, maman. Ils sont très gentils.

Délibérément, il n'avait rien dit concernant la ferme, Eli, Geoff ou Joey. Il savait que sa mère s'affolerait, à tous points de vue.

— Tu n'as pas à me téléphoner sans arrêt. Tout va bien.

— *Mais j'en ai envie, chéri.*

Parfois, sa mère se montrait parfaitement obtuse.

— *Je veux savoir que tu te portes bien*, insista-t-elle.

D'accord, mais me téléphoner trois fois par jour est nettement excessif.

— Je sais, maman. Maintenant, je dois y aller. Il est presque l'heure du dîner.

Il lui fit ses adieux et raccrocha au moment où la porte de derrière s'ouvrait.

Le dîner fut pour Robbie une expérience fascinante, chacun racontant ce qu'il avait accompli durant la journée. Joey répéta plusieurs fois quelle aide admirable Robbie lui avait apportée au jardin. Après le repas, il entraîna même les deux autres pour le leur démontrer de visu. Robbie adora lui voir un tel enthousiasme. Quand les hommes revinrent à la maison, Robbie demanda s'il y avait un endroit où il pouvait s'exercer. Geoff le conduisit dans une pièce qu'il nommait son bureau.

— Tu peux y venir aussi souvent que tu veux. Si tu fermes la porte, personne ne te dérangera.

Perdu dans sa musique, Robbie ignorait combien de temps il joua. Les heures semblaient toujours filer très vite lorsqu'il jouait du violon. Il avait l'esprit rempli de notes et de musique, qu'il laissait simplement lui échapper, ainsi que ses émotions, ses ressentis, ses ennuis… tout lui coulait du bout des doigts pendant qu'il maniait son archet, ses sentiments s'intégrant à sa musique. Quand il fut émotionnellement vidé, il déposa l'extension laquée de lui-même dans son écrin avec son archet, et referma le couvercle avec soin. Il tâtonna jusqu'à la porte et l'ouvrit, s'attendant à entendre le bruit d'une télévision. Au contraire, il fut accueilli par un silence presque total, troublé uniquement par le bruit discret d'une respiration.

— Robbie, c'était magnifique !

La voix de Joey paraissait étranglée d'émotion. Robbie se demanda s'il n'avait pas été un peu trop expressif en jouant, s'ouvrant un peu trop sur ce qu'il ressentait.

— Et maintenant, veux-tu te joindre à nous ? ajouta Joey.

— Merci, mais je crois que je vais monter. Bonne nuit.

Robbie pensait savoir où il se trouvait mais il avait encore la tête qui tournait. Il sentit sur son bras la main de Joey, le conduisant avec fermeté à travers la maison jusqu'aux marches qui montaient à sa chambre. Une fois chez lui, Robbie rangea ses affaires et se prépara à se coucher. Il grimpa dans son lit, se glissa entre ses draps. Il sentit un soubresaut et devina que le chien venait de sauter pour le rejoindre.

— Rex, descends tout de suite !

La voix sévère de Joey appelait le chien, depuis le couloir.

— Laisse-le, il ne me gêne pas. Au contraire, je l'aime bien.

Le chien se blottit à ses pieds, dans un nid de couverture. Joey lui souhaita bonne nuit en grommelant :

— Rex a de la chance !

Eh bien, voilà qui répondait à une des questions que Robbie se posait, mais aurait-il le courage de faire quelque chose pour l'encourager ? Oserait-il ? Le voulait-il vraiment ? Par certains côtés, cette idée le terrorisait véritablement, mais plus il pensait à un contact intime entre lui et Joey, plus il s'excitait – et plus sa curiosité s'éveillait sur ce qu'il ressentirait. Il aimait vraiment le poids de sa main sur son bras…

Étendu sur son lit, le chien contre sa jambe, Robbie laissa son esprit s'évader. S'il avait pu voir, il aurait fixé le plafond, mais dans son état, c'est sur son écran mental qu'il se projetait des images. Il se répéta, encore et encore, les paroles d'Eli. Il s'endormit sans obtenir de vraies réponses.

III

— Robbie, tu es prêt pour ta répétition ?

Ayant terminé son café, Joey regarda celui qui le fascinait terminer lentement son morceau de pain.

— Oui, il faut juste que je prenne mon violon.

— Je m'en charge. Il est presque neuf heures, je ne veux pas que tu sois en retard.

Les deux hommes se trouvaient seuls dans la maison, les autres étant sortis travailler. Joey retourna au bureau, y récupéra le violon dans son écrin, et revint dans la cuisine.

— Tu te sens capable d'aller jusqu'à la voiture tout seul ?

— Oui, je crois.

— Dans ce cas, je te suis.

Restant quelques pas en arrière, Joey laissa Robbie se débrouiller seul pour atteindre la porte de derrière et sortir de la maison. Il s'émerveilla de voir le jeune aveugle se diriger tout droit jusqu'à la voiture sans jamais dévier. Bien sûr, rien n'avait bougé depuis la veille et le retour des deux hommes à la ferme, mais Robbie possédait un don pour se repérer tout à fait impressionnant.

— Tu es incroyable, tu sais ! fit remarquer Joey.

Il regardait Robbie ouvrir la portière du siège passager et s'installer dans la voiture.

— Je ne crois pas. Mais j'ai eu le temps de m'entraîner à me déplacer sans rien voir, répondit Robbie.

Joey lui tendit son instrument avant de refermer la portière, puis il contourna la voiture et prit place au volant.

— La répétition générale durera jusqu'à onze heures, ensuite nous déjeunerons tous ensemble avant de nous remettre au travail avec d'autres musiciens, des étudiants de la région.

Le visage de Robbie brillait d'excitation.

— J'adore ça, travailler avec les enfants. À Chattanooga, j'ai pris des cours avec une violoncelliste de six ans, également aveugle. J'ai pu l'aider à un moment difficile. Plus tard, sa mère m'a serré très fort dans ses bras en me disant que depuis des mois, elle n'avait pas revu un tel sourire sur le visage de sa fille.

Joey jeta un coup d'œil à son passager au moment où il se gara le long du trottoir, devant l'auditorium.

— Je peux te téléphoner quand j'aurai fini ? demanda Robbie.

— Bien sûr.

Joey lui donna son numéro de portable, Robbie l'enregistra prestement sur son téléphone.

— Quand nous rentrerons à la ferme, ce soir, j'ai dans l'idée de t'emmener à l'écurie pour te montrer quelques-uns de nos chevaux.

— Quand j'étais enfant, avant d'être malade, je voulais un poney. Mais maman n'a pas voulu. J'ai pu en monter un une fois, à une fête foraine, je m'en souviens.

— Tu aimerais apprendre à faire du cheval ?

Joey n'était pas certain que Robbie accepterait, mais il se savait capable de le mettre sur un cheval pour une petite promenade alentour.

— Tu crois que c'est possible ?

Tout à coup, le visage du jeune aveugle exprimait un émerveillement fasciné.

— Bien sûr.

Joey s'apprêtait à en dire davantage quand les portes du bâtiment s'ouvrirent. Arie en jaillit et se précipita vers la voiture, il ouvrit la portière de Robbie.

— Laisse-moi t'aider, dit-il.

Après avoir presque arraché Robbie à son siège, il l'entraîna en le soutenant comme un invalide. Joey faillit se mettre en colère devant la façon dont Arie traitait son ami. Robbie était capable de se débrouiller ! En particulier, il aurait pu se diriger seul jusqu'à l'auditorium. Bien sûr, il avait besoin d'indications de temps à autre, mais certainement pas d'être considéré comme un meuble. Pourquoi ne protestait-il pas ?

Arie claqua la portière avec un regard mauvais à l'attention de Joey. Au bout de quelques pas, il abandonna Robbie et revint à la voiture pour tapoter à la vitre.

Dès que Joey la baissa, Arie passa la tête et indiqua :

— Nous nous chargerons de ramener Robbie cet après-midi.

Joey jeta un coup d'œil par-dessus l'épaule de son vis-à-vis.

— Robbie, tu m'appelles quand tu as terminé, d'accord ?

36

Tourné vers lui avec un sourire, le jeune aveugle leva son téléphone et acquiesça. Remarquant son geste, Arie se renfrogna, mais sans rien ajouter. Il se contenta de tourner les talons pour rejoindre Robbie, qu'il pressa d'entrer. *Mais qu'est-ce que je t'ai fait ?* Joey réalisa alors que tout recommençait. Il avait momentanément oublié son état... avant de voir l'expression d'Arie. Il leva les doigts vers son visage et traça la ligne rose de ses cicatrices, tout en fronçant les sourcils en direction du bâtiment dont les portes venaient de se refermer.

Joey s'éloigna pour retrouver son travail. Il passa la journée seul, loin de la ferme, loin des autres. À l'heure du déjeuner, il envisagea de retourner manger à la maison, mais non, il n'avait envie de voir personne. Il se souvint avoir lu l'histoire du 'Bossu de Notre-Dame' autrefois, à l'école. Il comprenait très bien ce que Quasimodo avait dû ressentir.

Tandis qu'il regardait le foin dans les champs devant lui, en cherchant à déterminer s'ils étaient prêts ou pas à être moissonnés, il entendit tambouriner des sabots et sut qu'Eli approchait, monté sur Tiger. Le cavalier tira sur ses rênes et descendit de sa monture avec la grâce d'un danseur de ballet.

— Je t'ai apporté ton déjeuner.

Eli fouilla dans les sacoches accrochées à sa selle et en sortit une boîte isotherme qu'il tendit à Joey, ainsi qu'un thermos.

— Qu'est-ce qui ne va pas ? Tu as l'air malheureux.

Joey secoua la tête et détourna les yeux.

— Je me déteste, Eli. Depuis mon accident, je ne supporte plus mon visage.

— Est-ce vraiment ton visage qui te dérange ou bien la façon dont les autres réagissent en le voyant ?

Bon sang, Eli était loin d'être idiot !

— La réaction des autres ne changera pas avant que toi, tu changes la façon dont tu te perçois. Tu n'es ni brisé ni affreux à voir, Joey. Tes cicatrices ont déjà commencé à s'effacer et, d'après le médecin, le temps ne fera qu'améliorer les choses.

Contournant son cheval, Eli ouvrit son autre sacoche et en tira une seconde boîte.

— Je ne te garantis pas que tu redeviendras comme avant ton accident, mais c'est sans importance. Ce qui compte, c'est de savoir si tu veux vraiment laisser ton apparence définir ce que tu es. Voilà ce qu'il te faut décider.

Joey regarda Eli ouvrir sa boîte, en sortir un sandwich, et mordre dedans.

— Je n'aurais jamais cru que tu t'attacherais autant à l'aspect extérieur, remarqua Eli.

Il continua à manger tranquillement sous le regard scrutateur de son vis-à-vis. Peu à peu, Joey retrouva la capacité de bouger. Il ouvrit sa propre boîte et en sortit le sandwich lui étant destiné. Il n'avait vraiment pas faim.

— J'ai la sensation d'être idiot.

Eli déglutit avec un sourire.

— Ce n'est pas le cas. Tu nous fais juste une petite crise d'auto-apitoiement, mais tu te trompes de cible, ton apparence n'a aucune importance.

— Ouais, sans doute.

Joey regarda une dernière fois son sandwich, puis il se mit à manger. L'été s'annonçait précoce, une douce brise caressait les champs de son haleine rafraîchissante.

— Pourquoi ne m'as-tu rien dit jusqu'ici ? demanda tout à coup Joey.

Les yeux d'Eli pétillèrent, comme s'il était au courant d'un secret dont Joey ignorait tout.

— Parce que tu n'étais pas prêt à l'entendre.

— Et maintenant, selon toi, ce serait le cas ?

Eli sourit en mordant une fois encore dans son sandwich.

— Je l'espère, en tout cas. Je ne suis pas certain de pouvoir supporter plus longtemps ta morosité. Même les chevaux commencent à se sentir déprimés.

Ses yeux égayés brillaient d'une lueur malicieuse.

— Et si je vois encore un cheval qui fait le nez, je…

Il éclata de rire et Joey ne put s'empêcher de suivre son exemple.

— Franchement, ce n'est même pas drôle, cette plaisanterie est si éculée !

— Et alors, quelle importance ? Cela t'a fait rire quand même, pas vrai ?

Gloussant toujours, Eli termina son sandwich avant d'ouvrir son thermos dont il but une longue gorgée.

— Merci, Eli.

Ayant terminé son repas, Joey rangea ce qui en restait dans la boîte qu'il rendit à Eli.

— De rien.

Eli récupéra tous les emballages, les siens et ceux de Joey, il les rangea dans ses sacoches de selle.

— À tout à l'heure.

Il remonta à cheval et dirigea Tiger vers la ferme.

Joey le regarda s'en aller. Il se sentait mieux qu'il ne l'avait été depuis bien longtemps. Eli avait raison. Joey n'était pas seul : ses excellents amis tenaient à lui, sa mère ferait n'importe quoi pour l'aider. Il se remit au travail et passa le reste de l'après-midi à peaufiner ses plans pour la moisson, ayant décidé de commencer à couper les foins dans quelques semaines. Lorsqu'il termina, son téléphone sonna. C'était Robbie, pour lui indiquer qu'il était prêt à rentrer. Rangeant ses papiers, Joey les déposa sur le siège arrière de la voiture avant de se mettre en route.

En se garant devant l'auditorium, il vit Robbie qui patientait, Arie à ses côtés. Ce dernier semblait à la fois énervé et très malheureux. En baissant sa vitre, Joey l'entendit se plaindre :

— Robbie, tu n'avais pas à attendre, j'aurais pu te ramener.

— Ça suffit, Arie.

Robbie tendit à Joey son violon et monta dans la voiture, avant de claquer la portière. Il jeta à son ami musicien un dernier adieu :

— Je te vois demain, avec l'orchestre.

— Très bien.

La voix d'Arie s'était adoucie, paraissant même joyeuse, alors que ses yeux fixaient Joey avec haine. Dès que Robbie remonta sa vitre, Joey démarra en faisant un effort pour ne jeter aucun regard derrière lui.

— Comment ça s'est passé ?

— Très bien. Les enfants étaient vraiment doués, nous travaillerons avec eux durant quelques jours. J'en suis très heureux. Nous les aurons quatre fois seulement au cours des quinze prochains jours et à la fin, tu ne remarqueras pas la différence. Ils sont comme des éponges : ils absorbent tout ce qu'on leur apprend.

— Tu es prêt à faire la connaissance de nos chevaux ?

— Tu plaisantes ? Je n'ai pensé qu'à ça durant toute la journée.

Joey gara sa voiture dans la cour devant l'écurie. Robbie en émergea et patienta, juste à côté.

— Je les entends.

Joey le vit tourner la tête.

— Je ne me trompe pas, ce sont bien les chevaux ?

— Oui. Viens, allons-y, je vais faire les présentations.

39

Joey conduisit Robbie à l'intérieur de l'écurie, jusqu'à la première stalle.

— Voici Belle, c'est une charmante vieille dame.

Une tête énorme émergea de la palissade, Robbie recula d'un pas en entendant l'animal souffler de l'air par les naseaux.

— N'aie pas peur, elle veut juste te dire bonjour.

Prenant sa main, Joey la plaça sur le cou de la jument, pour que le jeune aveugle puisse la caresser.

— Waouh, sa peau est brûlante !

— Oui, c'est vrai, les chevaux sont de vraies chaudières. En principe, Belle est à la retraite. Elle passe beaucoup de temps à paître, mais de temps à autre, nous la sellons. Elle adore les enfants, c'est une monture idéale pour une initiation. Bien sûr, nous veillons à ne pas la fatiguer, mais elle aime bien qu'on s'occupe d'elle.

Belle fit glisser sa tête contre la poitrine de Robbie.

— Pourquoi fait-elle ça ?

La voix du jeune aveugle paraissait un peu inquiète.

— Elle vérifie juste tes poches, en espérant y trouver une friandise.

Robbie se mit à rire tandis que Belle se frottait à lui.

— Que se passe-t-il dehors ? J'entends des enfants qui paraissent bien s'amuser.

— C'est le cas. C'est une des classes d'Eli, avec les petits.

— M. Joey !

Juste après cette voix perçante et ravie, des petites jambes se mirent à courir en direction de Joey.

— Karl… Pfutt !

L'enfant de quatre ans empoigna les jambes de Joey et sautilla sur place en tirant sur son pantalon.

— Comment vas-tu, bonhomme ?

— Bien.

La tête du petit se renversa en arrière lorsqu'il demanda :

— Qui c'est ?

Il désignait Robbie, resté en arrière près de Belle, toujours occupé à caresser son encolure. Seigneur, Joey aurait bien aimé changer de place avec la jument ! Il aurait adoré sentir la main du jeune aveugle le flatter de cette façon.

— C'est M. Robbie.

Karl lâcha ses jambes et se dirigea vers Robbie, les bras tendus pour être soulevé. Bien entendu, Robbie ne le voyant pas, il ne réagit pas. Il continua à frotter la jument.

— Karl aimerait que tu le portes, indiqua Joey.

L'enfant trépignait déjà, les bras toujours en l'air, il s'impatientait.

— S'il te plaît, monsieur, je veux toucher le dada.

Joey alla jusqu'à lui, le prit dans ses bras, le mettant à bonne hauteur. La petite main se tendit aussitôt vers le cou de Belle.

— Pourquoi c'est pas M. Robbie qui me porte ? Il peut pas ?

— Karl, M. Robbie ne voit pas.

L'enfant eut un regard sidéré. Il était si mignon ! Karl, refusant de croire une pareille histoire, agita ses petites mains devant le visage de Robbie. La scène était de plus en plus adorable. Joey ne put s'en empêcher, il se mit à rire.

— Qu'y a-t-il de si drôle ? s'étonna Robbie.

Instantanément, Joey redevint sérieux.

— C'est Karl, il gigote les mains devant tes yeux.

— Et c'est censé être comique ?

À en juger par son intonation, Robbie paraissait attristé, ce qui atteignit Joey en plein cœur. Pour rien au monde il ne voulait que l'aveugle imagine qu'il se moquait de lui.

— Non, c'est juste que Karl ne veut pas me croire.

Remettant l'enfant sur pied, il le poussa doucement dans le dos en direction de la porte de l'écurie. Le petit se mit à courir pour rejoindre ses congénères.

— Je ne me moquais pas de toi, Robbie.

C'était vraiment le comble : lui, se moquer d'autrui pour un défaut physique ? Jamais ! Joey fixa les yeux aveugles et nota qu'ils étaient noyés de larmes. Sans réfléchir, il s'approcha et serra Robbie dans ses bras.

— Je suis désolé, chuchota-t-il. J'ai juste trouvé drôle l'attitude de Karl, je ne riais pas de toi

Il parlait la bouche dans les cheveux de Robbie, en lui frottant le dos. Plus petit, le jeune homme lui arrivait sous le menton, comme conçu pour lui. Seigneur, quel plaisir de le tenir ainsi ! Depuis leur première rencontre, Robbie ne cessait de l'obséder, et l'avoir enfin dans ses bras était comme un rêve devenu réalité.

Joey bloqua rapidement son esprit qui s'égarait. Que lui prenait-il ? Comment osait-il ? Après avoir blessé Robbie, voilà qu'il ne pensait qu'à lui-même et s'enflammait de l'avoir contre lui ?

— Excuse-moi. Je n'aurais jamais dû agir ainsi. Je suis désolé.

Il sentit Robbie s'écarter de lui.

— Je comprends. C'est de ma faute, j'ai réagi trop vivement.

Joey n'avait qu'un seul désir : le ramener dans ses bras.

— Non, pas du tout. À ta place, j'aurais fait la même chose.

Voyant que l'expression de Robbie s'adoucissait, Joey poussa un soupir de soulagement : il n'avait pas commis trop de dégâts.

— Tu m'avais promis que je pourrais monter. Est-ce que c'est toujours d'actualité ?

Joey sourit, bien que Robbie ne puisse le voir.

— Bien sûr, laisse-moi juste le temps de seller Belle.

Laissant Robbie continuer à caresser la jument, Joey alla récupérer le matériel dont il avait besoin. Il n'en eut pas pour longtemps pour la préparer.

— Robbie, je vais maintenant ouvrir la porte de la stalle, recule d'un pas, puis fais environ un mètre cinquante sur ta gauche.

Quand Robbie ne se trouva plus sur son passage, Joey fit sortir Belle.

— Il faut que tu suives mes instructions. À environ quatre-vingt-dix centimètres devant toi, il y a une légère pente.

Joey surveillait le moindre mouvement de Robbie.

— Voilà, tu y es, descends. Très bien. Maintenant, encore deux pas. Parfait. Tu es juste devant elle.

Joey regarda autour de lui, réalisant qu'il avait un problème. En temps normal, un débutant n'avait qu'à suivre ses consignes pour monter à cheval, mais avec Robbie, ce serait plus difficile. Joey ne pouvait l'aider s'il continuait à tenir les rênes de la jument. Il la fit donc avancer jusqu'à un poteau auquel il attacha son licol, ensuite, il put revenir vers Robbie et le guider jusqu'à l'endroit où la jument les attendait avec patience.

— Qu'est-ce que je dois faire ?

Joey lui prit la main pour la poser sur un des étriers. Il laissa au jeune aveugle le temps de s'habituer à leur contact, puis il lui plaça la main sur le pommeau de la selle.

— C'est là que tu te tiens pendant que je vais te placer le pied à l'étrier. Ensuite, tu appuies fort, tu te soulèves et tu passes ton autre jambe de l'autre côté, par l'arrière.

Joey tapota la jambe de Robbie, veillant à positionner l'étrier pour qu'il puisse l'enfiler.

— Lève le pied. Maintenant, soulève-toi. Attends, je vais t'aider à l'enfourcher.

Robbie avait déjà le pied dans l'étrier. Il se hissa.

— C'est parfait. Maintenant, glisse ta jambe de l'autre côté et assieds-toi.

Joey l'aida à garder son équilibre durant toute l'opération.

— Tu t'es débrouillé comme un chef. Comment tu te sens ?

— Bizarre.

— Oui, j'imagine que la sensation est un peu différente. Laisse-moi régler tes étriers, ensuite je te ferai faire une petite balade. Au début, tu risques d'avoir du mal à trouver ton équilibre, laisse ton corps suivre le rythme des mouvements du cheval. Dès que tu en as assez, dis-le-moi tout de suite. Et ne t'inquiète pas, tu ne risques rien, je tiens les rênes. Je veux juste que tu t'amuses.

Robbie parut tout à coup très inquiet.

— Et si je tombe ?

— Si tu sens que tu perds l'équilibre, enlève tes pieds des étriers et roule sur toi-même dès que tu seras par terre. Mais je ne pense pas que tu aies le moindre problème.

Joey prit les rênes et tapota le cou de la jument.

— Je vais maintenant la faire reculer et pivoter, ensuite, nous nous mettrons en marche.

Il fit ce qu'il disait, et commença à arpenter la cour de la ferme. Plusieurs voitures apparaissaient dans l'allée, celles des parents venus récupérer leurs enfants après les cours. Aussi Joey préféra emmener Belle et Robbie du côté de la maison.

— Tout va bien ?

— Bien ?

Se retournant, Joey vit le sourire béat qui fendait le visage de Robbie d'une oreille à l'autre.

— C'est absolument génial !

Joey le vit tirer de la poche de sa chemise des lunettes de soleil qu'il plaça devant ses yeux.

— Pourquoi ces lunettes ?

Joey avançait dans le jardin. L'endroit où il allait n'avait aucune importance avec un aveugle mais, s'il devait en croire son expression, Robbie était ravi de l'expérience.

— Mes yeux en eux-mêmes n'ont aucun problème, c'est seulement le nerf optique qui a été atteint. Puisque je ne peux pas savoir où est le soleil, je risque de le regarder en face, ce qui me brûlerait les rétines et serait très douloureux. Aussi, je porte des lunettes de soleil, comme tout le monde.

Joey continuait à marcher.

— Je n'y aurais jamais pensé.

Pendant un moment, ils se promenèrent un silence, Robbie accroché au pommeau.

— Si tu préfères, tu peux te tenir à sa crinière. Elle n'aura pas mal. Et si tu veux davantage de stabilité, referme tes deux jambes autour d'elle en serrant les cuisses.

Ils continuèrent une heure durant. Robbie ne perdit jamais son sourire.

— Je peux rester combien de temps sur son dos ?

Il adorait monter, c'était évident, et tout le monde pouvait le remarquer.

— Nous allons devoir rentrer. Une trop longue initiation provoque des crampes musculaires assez douloureuses. Tu crois que tu arriverais à descendre tout seul ?

— Oui, je pense.

Il paraissait si heureux, avec son sourire lumineux. Joey se demanda malgré lui ce qu'il éprouverait si ses lèvres se pressaient contre les siennes… quel serait leur goût ?

Il arrêta le cheval dans une zone herbeuse.

— Tiens-toi au pommeau et enlève ton pied gauche de l'étrier. Parfait. Maintenant, appuie sur ta jambe droite et fait passer la gauche par-dessus sa croupe. Très bien. Pose le pied par terre et surtout, ne lâche pas ta prise sur la selle avant d'être sûr de ton équilibre.

Robbie suivit ses instructions, une après l'autre.

— Très bien.

Joey le surveillait de près.

— Comme ça, c'est parfait… Avance encore un peu… Très bien. Maintenant, enlève ton pied droit de l'étrier… Et voilà, tu as retrouvé la terre ferme.

— Et maintenant, je fais quoi ?

— Recule, je vais ramener Belle dans sa stalle, ensuite je reviens te chercher.

Après quelques pas, Joey s'arrêta :

— Tu sais, tu étais superbe sur ce cheval, comme si tu étais né pour ça.

En son for intérieur, Joey était certain que Robbie serait superbe n'importe où, tout particulièrement dans son lit. Il ramena la jument à l'écurie, puis revint en courant. Il ramena ensuite dans l'écurie le jeune aveugle qui ne cessait de sourire ou de rire. Joey recevait en plein cœur chaque sourire, chaque rire. Il réalisa qu'il aurait fait n'importe quoi pour voir Robbie aussi heureux.

Lorsque les deux hommes pénétrèrent dans la grange, plusieurs nobles têtes chevalines pointèrent au-dessus des palissades de bois. Robbie se tourna tout à coup.

— Qui est-ce ?

Il désignait du doigt un cheval dont il entendait le souffle lourd, tout proche.

— C'est Tiger, le cheval d'Eli. Il est très amical, mais ne t'en approche pas, il est plutôt tonique.

Alors que Joey avançait pour écarter le jeune aveugle, Tiger le heurtait déjà d'un coup de tête en pleine poitrine. Joey ne put intervenir à temps, il vit Robbie perdre l'équilibre et battre des bras avant de tomber en arrière, de tout son long. Sa tête heurta le sol en béton.

ROBBIE DÉTESTAIT tomber. Il tenta de raidir tous les muscles de son corps, en vain. Il n'avait aucune idée de l'endroit où il atterrirait. Ayant perdu ses repères, il se sentait impuissant. Il entendit Joey crier, mais il ne put rien faire pour garder l'équilibre.

Lorsqu'il reprit ses esprits, il sentit les bras de Joey autour de lui, l'aidant à se rasseoir.

— Robbie, est-ce que ça va ?

— Oui.

Il avait la tête douloureuse. Il leva la main pour toucher l'endroit où il souffrait et sentit ses doigts s'humidifier.

— Apparemment, j'ai une entaille.

— Tu peux te tenir assis ?

Robbie acquiesça d'un mouvement précautionneux. Les mains de Joey disparurent, ses pas s'éloignèrent à la hâte. Très vide, elles revinrent, et un tissu humide se pressa sur sa tête.

— Viens, je vais t'aider à nettoyer tout ça.

La voix était douce mais tendue, comme si Joey était à la fois effrayé et inquiet. Son toucher, cependant, restait tendre et délicat. Après avoir écarté le tissu, Joey tâtonna son cuir chevelu du bout des doigts.

— Ce n'est pas trop profond. Le saignement a déjà cessé.

À nouveau, le tissu fut remis en place sur l'entaille. Pendant un moment, Joey resta silencieux. Puis il chuchota :

— Je suis désolé, Robbie.

D'autres pas arrivaient dans l'écurie, et Robbie reconnut la voix de Geoff, demandant à savoir ce qui s'était passé.

— Je suis tombé.

— C'est de ma faute !

Joey paraissait si coupable.

— Mais non, pas du tout. Je suis tombé, c'est tout. Ce n'est pas la première fois, ce ne sera pas non plus la dernière.

Robbie tenta de se relever.

— Qu'est-ce qui s'est passé ?

C'était maintenant la voix d'Arie. *Que fait-il dans l'écurie ?* se demanda Robbie. Des pas hâtifs se dirigeaient dans sa direction.

— Rien, Arie. Je suis tombé. Voilà tout.

— Que fait-il ici ? Il pourrait se blesser… Il *s'est* blessé.

Robbie n'appréciait pas du tout les accusations d'Arie. Sa chute n'était la faute de personne !

— Arie ! Ce n'est rien.

— Pourquoi tu ne le surveillais pas ? Tu l'as laissé tout seul ?

Robbie commençait à s'énerver : de quel droit Arie parlait-il à Joey d'un ton aussi méprisant ?

— Arie, ça suffit. Ce n'est pas de la faute de Joey. Je tombe parfois, c'est un fait. Arrête d'en faire tout un plat.

— Ces gens-là sont censés veiller sur toi !

Arie s'était calmé, il n'y avait plus aucune violence dans sa voix, redevenue calme et apaisante, comme d'habitude.

— Viens, ajouta-t-il. Je t'emmène.

Robbie refusa l'offre d'un haussement d'épaules.

— Je vais très bien, répéta-t-il, en se relevant. D'ailleurs, qu'est-ce que tu fais là ?

Il sentit la main de Joey se poser sur son bras. Il aurait reconnu ce toucher parmi cent autres.

— Je passais juste vérifier comment tu t'en sortais. Je sais que tu mets toujours longtemps à t'habituer aux nouveaux endroits, alors je voulais te proposer mon aide pour te préparer à la répétition de ce soir.

— Tu n'avais pas à te déranger. Je m'en sors très bien. Et si j'ai besoin d'être aidé, Joey s'en chargera.

Robbie n'arrivait pas à croire à la violente colère qu'il ressentait vis-à-vis d'Arie. Comment son ami osait-il faire irruption à la ferme pour jouer au petit chef et dire aux autres ce qu'ils avaient à faire ? Robbie n'était pas un invalide ! À dire vrai, c'était surtout la façon dont Arie traitait Joey qui le crispait. Ce n'était pas de sa faute s'il était tombé. Il aurait voulu le hurler, mais il se contint.

— Je te retrouverai plus tard à l'auditorium.

Robbie entendit Arie s'en aller en tapant des pieds, sans doute pour manifester son dépit.

— Comment était-il ? demanda-t-il. Furieux ?

Les hommes sortirent un par un de l'écurie pour retourner à la maison.

— Hum… oui. Si un regard pouvait tuer, je serais déjà mort.

Robbie secoua la tête, incrédule.

— Arie ? Non, il est doux comme un agneau.

Il sentit chez Joey une tension qui jusqu'ici n'existait pas. Il se demanda ce qui l'avait provoquée. Pourtant, Joey ne s'expliqua pas davantage, il continua à marcher en silence.

— Nous sommes arrivés à la maison, il y a une marche.

— Les garçons, le dîner est presque prêt.

Plusieurs claquements métalliques indiquèrent qu'Eli s'activait. Il s'approcha du jeune aveugle.

— Robbie, on dirait que tu as eu un petit problème.

Eli le guida jusqu'à son siège et s'agita autour de lui, nettoyant la coupure et s'assurant que le blessé n'avait rien de grave.

— Ça va, ce n'est qu'une petite entaille, marmonna Eli, dont les doigts s'écartèrent de lui. Quand dois-tu retourner à l'auditorium ?

— Le concert commence à vingt heures, il faut que j'y sois vers dix-neuf heures trente.

— Nous t'y conduirons tous ensemble. J'ai pris des billets pour chacun de nous.

— Excellente idée ! s'exclama Geoff.

47

Le plaisir qu'il ressentait s'entendait dans sa voix. Aux bruits qui suivirent, froissements de tissu et cliquettements de couverts, Robbie devina que quelqu'un mettait la table.

— As-tu besoin de ta canne ? s'enquit Joey.

Robbie acquiesça. Peu après, il sentit l'objet familier se presser contre ses doigts. Désormais, il connaissait mieux les lieux, aussi alla-t-il seul jusqu'à la salle de bain et referma la porte derrière lui. Il avait la sensation de vivre dans cette maison depuis bien plus longtemps que quelques jours. Mentalement, il savait exactement où tout se trouvait. C'était comme si cette maison, cette ferme... lui était instantanément devenue familière. Comme si elle l'accueillait. Il se lava les mains, les sécha, puis ouvrit la porte et retourna à table, s'installant à la place qu'il avait occupée la veille.

Il entendit une assiette se poser devant lui, Joey lui expliqua où se trouvait tout ce dont il avait besoin. Le menu de ce soir se composait d'émincés de poulet frit, servis avec des petites pommes de terre. Robbie eut un sourire et se mit à manger, lentement.

Dès le premier jour, il avait remarqué que chaque plat était spécifiquement découpé en petites portions. D'ailleurs, même au petit déjeuner, on lui avait servi des toasts découpés en lanières et tartinés d'œufs brouillés. Personne n'avait fait la moindre remarque mais Robbie en avait tiré ses conclusions : c'était pour lui faciliter la tâche, il en était certain. En silence, il remercia Eli et ses nouveaux amis de leurs délicates attentions.

Après le repas, il fut expédié à l'étage pour se préparer. En montant les marches, il nota un autre détail : une ombre le suivait, probablement Rex. Lorsque Robbie ouvrit la porte de sa chambre, il entendit le sommier grincer. Le chien venait de sauter sur le lit. D'ailleurs, maintenant qu'il prêtait l'oreille, Robbie entendait le son sourd et rythmé de sa respiration canine. Il avança pour caresser l'animal.

— Tu es un bon chien.

Une langue humide lui caressa les doigts et la main.

— Tu veux rester et me tenir compagnie ?

Cette fois, le chien lui lécha le visage. Amusé, Robbie lui flatta la tête. Il appréciait le contact de la douce fourrure contre sa paume. Il avait toujours désiré un chien mais sa mère y était allergique.

Il alla jusqu'au placard où il trouva en tâtonnant son smoking qu'il étendit sur le lit. Il ôta ses chaussures et ses chaussettes, puis baissa son pantalon. Il se changea, mettant le bas de son smoking. Il aimait bien le contact frais du tissu empesé sur ses jambes nues. Il enleva son tee-shirt, le plaça délicatement à côté de son pantalon, puis chercha à savoir où se trouvait sa chemise. Il n'arrivait pas à la localiser.

— Si tu veux mon avis, tu t'es fait un ami pour la vie avec Rex.

Robbie sursauta, surpris par la voix de Joey. N'ayant perçu aucun bruit de pas, il ne s'attendait pas à le voir surgir.

Il nota son bref halètement mais ne sut pas à quoi l'attribuer.

— Ça ne va pas ?

— S-si.

Ce bredouillement troubla davantage le jeune aveugle.

— Alors, qu'est-ce qui ne va pas avec ta respiration et ta voix ?

— Tu es magnifique.

Les mots, prononcés d'une voix pantelante, prirent Robbie par surprise. Il n'arrivait pas à en croire ses oreilles.

— Je suis… *quoi* ?

— Euh…

Robbie attendit, espérant que Joey répéterait ce compliment qu'il n'arrivait toujours pas à admettre.

— J'ai dit que je te trouvais magnifique.

Ensuite, plus rien. Robbie se demanda s'il avait bien compris ce qu'il pensait avoir compris. En tout cas, son corps l'espérait.

— Désolé, dit enfin Joey. Je n'aurais pas dû…

Sa voix s'interrompit, ses pas commencèrent à s'éloigner.

— Joey ! Attends…

Les pas s'immobilisèrent.

— Je n'ai pas dit que ça me dérangeait.

Robbie laissa ses mains retomber de chaque côté de son corps, son attention tout entière étant concentrée sur le dernier bruit de pas qu'il avait entendu… Il lui sembla attendre une éternité. La plupart du temps, il acceptait le fait d'être aveugle mais parfois, comme maintenant, il aurait vraiment tout donné pour voir. Il voulait déchiffrer l'expression de Joey, lire dans ses yeux. Peut-être y trouverait-il un indice sur ce que pensait le jeune homme… Mais comme c'était impossible, Robbie ne pouvait que patienter et écouter sa respiration, ainsi que celle du chien, toujours sur le lit. C'était déstabilisant.

— Tu crois vraiment que je suis magnifique ? insista-t-il.

Il ne s'était jamais posé de questions concernant son apparence. Puisqu'il ne voyait pas, qu'est-ce que ça changeait pour lui ? Mais tout à coup, c'était devenu très important.

49

— Oui…

Ce chuchotement ne fut suivi d'aucun mouvement.

— … absolument magnifique.

Robbie, qui tendait l'oreille, perçut un pas. Puis un second. Et enfin, il fut enveloppé par la chaleur corporelle de Joey. Son ami allait-il l'embrasser ? Et dans ce cas, que ressentirait-il ? Il était prêt à se lancer, mais il ne bougea pas. Il attendit, plein d'espoir.

Une caresse sur la joue… du bout des doigts ; un pouce qui lui effleurait les lèvres. Robbie étouffa un gémissement. Immédiatement, le contact cessa, la main disparut.

— Je suis désolé.

Robbie fit un pas en avant.

— Tu n'as pas à être désolé, sauf de t'être arrêté.

Il tendit les mains et rencontra une chemise tiède, et dessous, des muscles durs.

— Mais tu as gémi… ?

— Parce que c'était agréable.

Robbie se demanda s'il était possible d'entendre quelqu'un sourire. Parce que c'est exactement ce qu'il ressentait en ce moment précis. Les mains revinrent se poser sur lui, les doigts glissèrent sur sa joue. Ne sachant pas quoi faire, Robbie resta immobile et figé, effrayé à l'idée que Joey change d'avis une fois de plus. Soudain, il sentit sur ses lèvres une douce – et brûlante – pression. Il n'était pas tout à fait certain de sa nature exacte.

La pression s'accentua. Et là, il comprit : son premier vrai baiser. Il y répondit avec enthousiasme. Levant les bras, il enlaça le corps de Joey tandis que le baiser devenait plus intime.

Robbie se sentait emporté dans un tourbillon, toutes les émotions possibles s'emparèrent de lui et son corps lui parut en feu. Si c'était cela, être gay – il était prêt à foncer, quitte à envoyer se faire voir le reste du monde ! Son cerveau gardait juste assez de lucidité pour lui permettre de sentir les mains de Joey glisser sur sa poitrine et passer derrière, caresser son dos nu.

— Robbie…

— Ne t'arrête pas.

Si Joey cessait, l'expérience serait terminée, et Robbie n'en avait pas envie. Très vite, les lèvres posées sur les siennes s'adoucirent et s'écartèrent. Robbie sentait toujours le souffle chaud de Joey sur sa peau, il entendait le doux halètement qui faisait écho au sien.

— Je ne peux pas te faire ça. Tu es magnifique, et moi…

— Toi, quoi ?

— Je suis tellement hideux.

Robbie leva les mains jusqu'au visage de Joey, y trouva sa peau, douce et humide. Il essuya les joues trempées de larmes avant de passer les doigts dans ses cheveux.

— Toi aussi, tu me parais magnifique.

Il entendit s'étrangler le souffle de son vis-à-vis, un petit reniflement suivit. Les lèvres de Joey revinrent s'emparer des siennes tandis que ses doigts se resserraient dans ses cheveux. Robbie voulait… Pour la première fois de sa vie, il savait ce que c'était de désirer si fort quelqu'un qu'il ne pouvait cesser de l'embrasser… il aurait préféré cesser de respirer.

La voix d'Eli, en bas des escaliers, arracha les deux hommes à leur transe sensuelle.

— Robbie, il va bientôt falloir que nous partions !

Joey déposa un dernier baiser sur sa bouche avant de s'écarter.

— J'ai besoin de ma chemise, Joey. Je n'arrive pas à la retrouver.

Il entendit Joey se mettre à fouiller dans son placard.

— Tu sais, plaisanta le jeune homme, je ne suis pas certain que tu en aies besoin. À mon avis, si tu te pointes torse nu, les gens ne parleront que de toi ce soir.

Joey eut un gloussement amusé.

— Ce serait un peu embrassant… je veux dire *embarrassant*.

À son tour, Robbie se mit à rire. Peu après, sa chemise lui fut déposée dans les mains. Il l'enfila et frissonna lorsque Joey l'aida à attacher ses boutons de manchettes, ses doigts s'attardant sur sa main.

— Voilà ta cravate et ton veston.

Robbie termina de s'habiller et s'assit ensuite sur son lit. Immédiatement, Rex se rapprocha pour quémander une caresse.

— Est-ce que je ne me suis pas trompé avec mes chaussettes ? Une fois, au cours d'un concert, j'avais mis des chaussettes blanches. Tu imagines la question : 'trouver le violoniste aveugle' ?

Joey riait toujours.

— Tes chaussettes sont parfaites.

Robbie mettait ses chaussures quand il sentit Joey l'embrasser encore.

— Bon, maintenant, il faut que j'aille moi aussi m'habiller. Je reviens très vite.

Dès que Joey eut quitté la pièce, Robbie se releva et s'apprêta à retourner au rez-de-chaussée. Mais son portable sonna. C'était encore sa mère.

— Écoute, maman, je dois me rendre à mon concert, aussi je n'ai pas beaucoup de temps. Je peux te rappeler plus tard ?

— *Je voulais juste te souhaiter bonne chance pour ce soir, chéri, et vérifier que tout allait bien.*

— Mais oui, maman, tout va très bien !

Il ne put retenir l'exaspération de sa voix. Elle l'appelait trois fois par jour et il ne le supportait plus. Il n'était plus un enfant.

— Je te rappellerai plus tard. Je ne veux pas être en retard.

Il était de plus en plus bref au téléphone avec elle. Il raccrochait de plus en plus vite. Il n'avait rien à lui raconter… parce qu'elle l'appelait bien trop souvent.

Il entendit le soupir qu'elle poussa à l'autre bout du fil.

— *Bien sûr, mon chéri.*

En fait, elle était pressée de raccrocher parce qu'elle avait un second appel. Il referma son téléphone, l'éteignit, et le mit dans sa poche. Au même moment, il entendit des pas s'approcher.

— C'est bon, on y va ?

Quand la main de Joey se posa sur son bras, Robbie en ressentit la chaleur à travers sa chemise et sa veste, jusque sur sa peau.

Il prit sa canne et laissa Joey l'emmener jusqu'à la grosse voiture de Geoff. Il monta à l'arrière, du moins c'est ce qu'il présuma. Les portières claquèrent. Son violon fut déposé sur ses genoux au moment où le véhicule se mettait en marche. La distance n'était pas longue, il laissa les voix et les conversations tourner tout autour de lui.

La voiture s'arrêta. Robbie entendit les portières s'ouvrir et la main si familière lui prendre le bras. Malheureusement, la voix d'Arie fit intrusion.

— Attends, je vais t'aider à entrer.

Robbie eut vraiment du mal à se retenir de répondre que Joey pouvait parfaitement s'en charger. Il réalisa cependant le côté pratique de la proposition : Arie et lui se rendaient au même endroit après tout.

Il s'en alla donc avec Arie et suivit ses instructions en silence. Il regrettait que ce ne soit pas la main de Joey sur son bras, la voix de Joey à son oreille. Une fois arrivé derrière la scène, dans les vestiaires destinés aux artistes, Robbie déposa son écrin et en tira son instrument. Il prit son siège et attendit. Arie s'installa à ses côtés, comme de coutume, et se mit à

52

bavarder de musique et autres. Robbie l'écoutait à peine. Il était toujours en colère contre lui, tout en sachant que c'était injuste, son ami ne faisant que s'inquiéter pour lui. Se tournant vers Arie, Robbie ouvrit la bouche, prêt à s'excuser, mais il se ravisa. Pourquoi devrait-il être désolé de revendiquer son autonomie ?

— C'est l'heure.

La phrase coupa net à ses réflexions. Robbie se leva et suivit Arie. Dès qu'il passa la porte qui donnait accès à la scène, il sentit la chaleur des projecteurs sur son visage.

— Merci.

En retour, il reçut un geste affectueux. Il s'assit. Ses oreilles avaient du mal à faire le tri parmi les chuchotements et le brouhaha des conversations diverses, mais il chercha pourtant à discerner une voix particulière, un timbre précis. Et tout à coup, il l'entendit, émergeant de la masse et attirant son attention comme s'il s'agissait d'une cloche tonitruante. Il tourna la tête avec un sourire, en espérant que Joey comprendrait qu'il lui était adressé.

Les spectateurs applaudirent lorsque le directeur de l'auditorium lança les musiciens, l'un après l'autre, transformant le chaos en une explosion de sonorités planifiées. L'auditoire fit silence, puis recommença à applaudir quand le chef d'orchestre apparut sur scène.

Robbie sentit ses pas traverser l'estrade, puis il y eut le tapotement familier de son bâton indiquant qu'il était prêt. Tout aussi familière, suivit la vibration du plancher lorsque le chef d'orchestre y tapa du pied pour marquer la cadence.

Dès la première note, Robbie passa dans un monde parallèle. Comme toujours, la musique l'emportait au rythme des mouvements de son archet sur les cordes de son violon, tous les sens se gorgeaient de pure beauté. Il joua ce soir mieux que jamais. Le sang pulsait dans ses veines, ses oreilles bruissaient des sons produits par les autres musiciens, leurs efforts soutenant son élan. L'auditorium pouvait être comble, il ne jouait que pour Joey. Ses doigts dansaient, gracieux, sur son instrument, son archet devenant une extension de sa main, la musique une amplification de sa voix, de ses émotions – et il transmettait à Joey son bonheur.

Bien trop vite, ce fut fini. Il entendit un tonnerre d'applaudissements tandis que son cœur débordant tambourinait dans sa poitrine, accéléré par l'adrénaline de sa performance. Une tape sur l'épaule lui donna le signal et il se leva comme les autres pour saluer leur auditoire.

Enivré par cette expérience, il retourna dans les vestiaires pour récupérer ses affaires. Il rangea son violon et son archet dans leur écrin de protection et attendit Joey, Eli et Geoff. Mais alors, son téléphone sonna.

Il était tellement excité qu'il prit l'appel de sa mère avec enthousiasme.

— Bonsoir, maman. Tout s'est merveilleusement bien passé !

— *J'en suis heureuse.*

Elle avait une voix étrange, mécontente. Robbie comprit très vite pourquoi.

— *Pourquoi ne m'as-tu pas dit que tu séjournais dans une ferme ? C'est Arie qui m'a prévenue que tu t'étais blessé à la suite d'une chute.*

Voilà qu'Arie agissait maintenant comme l'indic de sa mère !

— Maman, ce n'est rien. J'ai perdu l'équilibre. Je vais très bien.

— *Certainement pas ! Pas dans une ferme avec des animaux et d'énormes engins agricoles aux lames acérées.*

Sa voix dégoulinait d'inquiétude.

Robbie envisageait sérieusement de tuer Arie lorsqu'il répéta :

— Maman, inutile de t'inquiéter. Tout va bien

— *Effectivement. J'ai tout arrangé. Arie réside chez des gens charmants et ils ont accepté de te recevoir.*

— Pardon ?

Sonné, Robbie eut la sensation qu'il venait de recevoir un coup de poing dans l'estomac.

— *Ainsi, Arie sera là pour veiller sur toi, pour t'aider et s'assurer que tout va bien.*

— Je n'ai pas besoin de baby-sitter !

Il savait qu'il parlait trop fort et que les autres allaient l'entendre, mais il était bien trop en colère pour s'en soucier.

— *Tu as cependant besoin d'assistance. Quand Arie m'a raconté que tu étais tombé dans une ferme, que tu saignais, j'ai failli sauter dans le premier avion.*

La voix de sa mère devenait de plus en plus frénétique.

— *Maintenant, écoute-moi bien : tu vas retourner dans cette ferme, avec Arie. Il t'aidera à faire tes valises. Tu diras merci à tes hôtes, mais rester chez eux n'est pas possible.*

Tout d'abord, Robbie envisagea de suivre ces instructions – sa mère l'avait toujours protégé, elle savait mieux que lui ce qu'il fallait faire. Que ce soit dû à son éducation sudiste ou au fait qu'elle l'ait particulièrement choyé ces dix dernières années, il faillit se soumettre. Il se sentait tellement

54

impuissant, vulnérable. Mais il aimait sa vie à la ferme. Il aimait ses nouveaux amis et l'autonomie qu'ils lui accordaient, en l'encourageant à se débrouiller tout seul. Il avait déjà connu à la ferme des expériences que sa mère ne lui aurait jamais permises.

Et plus que tout, il ne voulait pas quitter Joey.

— Maman, arrête de parler et écoute-moi, d'accord ? Je ne suis pas un invalide.

Pourquoi avait-il impression de se répéter de plus en plus souvent, ces derniers temps. Il ne voulait pas quitter la ferme, mais il ne pouvait en avouer à sa mère la véritable raison. Comment expliquer que Joey l'attirait ou qu'il commençait enfin à réaliser la véritable signification d'être gay ? Robbie n'avait jamais parlé à ses parents de son orientation sexuelle et s'il faisait à sa mère des confidences, ce ne serait certainement pas au téléphone.

Joey... Si Robbie était franc avec lui-même, c'était en priorité pour Joey qu'il tenait à demeurer à la ferme. Il voulait recommencer à l'embrasser et... peut-être même faire davantage. Il n'en aurait jamais plus l'opportunité s'il s'en allait.

— J'aime résider à la ferme. Grâce à mes nouveaux amis, je me sens utile.

Sentant bien que sa mère s'apprêtait à argumenter, il continua très vite :

— Oui, maman, *utile*. Je les ai aidés à planter le jardin. Je suis monté à cheval. Ils ne me traitent pas comme un incapable majeur.

— *Mon chéri, tu ne l'es pas.*

— Je sais, maman, mais tout le monde agit comme si c'était le cas, toi y compris.

Il entendit, à l'autre bout du fil, son halètement outragé.

— *Ce n'est pas vrai !*

— C'est ce que tu viens de faire.

Un grand silence suivit son accusation.

— Tu as décidé de ce que ton fils adulte devait faire, sans même te donner la peine de me consulter.

D'autres personnes entrant dans les vestiaires, Robbie baissa la voix pour enchaîner :

— Tu ne m'as pas demandé mon avis, tu n'as posé aucune question, tu as juste pris les décisions à ma place.

— *Mais je m'inquiétais pour toi.*

— Je sais. Mais je ne peux plus supporter ce genre de comportement.

— *Je suis ta mère. Je me fais du souci pour toi.*

— Je sais. Mais c'est inutile, tout va bien. J'aime beaucoup cette ferme. Il y a même un chien qui passe la nuit dans mon lit.

Il n'indiqua pas qui d'autre il aimerait avoir dans son lit, sa mère en aurait fait un choc cardiaque. Ce que Robbie ne souhaitait pas. Il attendit la réponse et n'obtint que du silence à l'autre bout du fil, pendant un long moment.

— *Tu te charges de prévenir Arie ?* dit-elle enfin.

Il sut alors qu'il avait au moins gagné ce round. Ce n'est pas pour autant qu'il évita à sa mère l'estocade :

— Non, tu t'en charges. Mon chauffeur m'attend, je dois y aller.

Il lui fit ses adieux et raccrocha avec un soupir de soulagement.

— C'était ta mère ? demanda Arie.

Au même moment, le téléphone d'Arie sonnait. Robbie décida de ne pas donner à son ami d'indication sur sa décision. C'était à sa mère de le faire.

— Oui. Et tu devrais répondre.

Une main se posa sur son bras, il en sentit un choc électrique qui lui traversa tout le corps.

— Tu es prêt ? demanda Joey.

— Oui.

— J'ai déjà pris ton violon.

S'appuyant sur sa canne, Robbie laissa Joey le guider jusqu'à la voiture. Ses frissons ne firent que s'aggraver et Robbie se demanda si cette sensation particulière perdurerait si le jeune homme le touchait à d'autres endroits.

Le retour à la ferme ne prit pas longtemps, tout le monde félicita Robbie sur son jeu.

Depuis le siège avant, Geoff, qui conduisait, indiqua :

— Nous n'avons pas souvent l'occasion de profiter de ce genre de choses, tu sais. C'était vraiment exceptionnel. Est-ce que vous jouez toujours les mêmes morceaux ?

— Oui et non. Notre prochaine représentation sera identique, mais pour les deux suivantes, nous jouerons la Neuvième symphonie de Beethoven, avec en solos les artistes locaux et les chœurs. Les spectateurs apprécient tout particulièrement l'Ode à la Joie.

Une fois Geoff garé dans l'allée, Robbie alla jusqu'à la maison, avec l'aide de Joey.

En pénétrant dans la cuisine, Eli demanda :

— Quelqu'un veut-il manger quelque chose avant de monter se coucher ?

— Pas moi, merci.

Robbie bâilla. Il était fatigué maintenant que l'excitation de sa performance retombait.

— Je pense que je vais aller directement au lit. Bonne nuit à tous.

Il s'éloigna en emportant son instrument.

Profitant du retour des quatre hommes, Rex s'était faufilé dans la maison ; il suivit Robbie dans l'escalier et jusque dans sa chambre. Dès que la porte fut ouverte, le chien sauta sur le lit.

Après une rapide toilette, Robbie, torse nu, traversa le couloir et retourna dans sa chambre. Il se heurta à Joey. Le jeune homme l'embrassa sans prononcer un mot. La porte se referma. Robbie fut poussé vers le lit. Des bras forts et des mains musclées par le travail manuel le firent s'étendre.

— Joey ?

Il sentit la poitrine nue du jeune homme se presser sur la sienne, des lèvres dévoraient sa bouche. Son corps tout entier fut envahi des mêmes frissons électriques que naguère, quand Joey avait posé la main sur son bras.

— Nous allons… ?

Il ne put terminer, sa question fut interrompue par un autre baiser. Puis les lèvres s'écartèrent et Robbie pensa que Joey le regardait.

— Je t'en prie… Parle-moi.

— Je voudrais… mais je ne peux pas…

Quelle étrange réponse ! Mais alors, les lèvres revinrent et la passion de Robbie s'enflamma. Il laissa ses mains s'égarer et sentit sous ses paumes des muscles durcis, des épaules impressionnantes de largeur. Il aurait voulu se débarrasser des vêtements restant entre eux deux, mais Joey ne paraissait pas impatient de les enlever. Il ne cessait de l'embrasser comme si sa vie en dépendait. Abandonnant toute idée de discourir, Robbie se soumit en gémissant à cet érotique et incessant assaut.

Tout à coup, les baisers s'interrompirent et le poids de Joey cessa de peser sur lui.

— Je… bredouilla Joey. Comment peux-tu… ? Bonne nuit, Robbie.

Avant que le jeune aveugle puisse réagir ou répondre, il entendit des pas s'éloigner, la porte s'ouvrir et se refermer. Il effleura ses lèvres du bout des doigts, elles le brûlaient encore des baisers de Joey.

— Qu'est-ce qui lui a pris ?

Il ignorait la réponse mais il était tout à fait certain qu'il lui fallait la découvrir. Il faillit se relever pour se rendre dans la chambre de Joey et lui poser la question, mais d'abord, il avait à réfléchir. À réfléchir intensément. Il termina de se déshabiller, rangea ses vêtements dans le placard, et se glissa sous les couvertures. Il sentit Rex se rapprocher de lui.

— Au moins, tu ne m'as pas abandonné.

Son corps était en feu, presque douloureusement. Robbie s'étendit dans son lit et envisagea de se soulager. Il ne le fit pas. Au contraire, il tenta de calmer son cerveau enfiévré afin de pouvoir dormir. Il ne comprenait pas du tout la réaction de Joey. Et ça le troublait. Le jeune homme avait lui aussi été excité… Robbie le savait. Cette idée lui plaisait. Il trouvait enivrant d'attirer aussi fort Joey. Mais son brusque recul était d'autant plus incompréhensible.

— Bon sang, mais qu'est-ce qui lui a pris ?

IV

JOEY RETOURNA dans sa chambre et referma la porte avant de s'écrouler contre le panneau. Il avait abusé de Robbie, usant de sa force contre lui ! Comment avait-il pu agir de cette façon ? Il s'était perdu au contact de ses lèvres… et tout à coup, il avait vu son reflet dans le miroir du placard. La réalité lui retombant dessus, il avait su qu'il devait s'en aller. Robbie méritait bien mieux que lui. Bien sûr, il était aveugle, mais ce n'est pas pour autant qu'il devait se contenter d'un homme dont tout le monde s'écartait avec effroi. Joey appréciait Robbie, il avait même pour lui des sentiments plus vifs. Est-ce qu'il avait peur ? Seigneur, oui. Il sentait bien qu'il risquait de tomber amoureux du jeune aveugle, amoureux fou, et bientôt, Robbie s'en irait.

Il s'écarta de la porte et grommela, tout seul dans la pièce :

— Je ne sais plus quoi faire ! Qu'est-ce que Robbie doit penser ?

Il se frappa la tête contre le panneau de bois, puis resta dans la même position.

— Quel idiot je fais !

Il finit par bouger et se prépara à se coucher. Il faillit retourner dans la chambre de Robbie pour tenter de s'expliquer, mais comment ? Il n'était même pas capable de se justifier, à ses propres yeux. Que dirait-il à Robbie ? Il grimpa dans son lit, éteignit sa lampe, et s'allongea, les yeux fixés au plafond. La voix furieuse qui le fustigeait intérieurement ne lui permettait pas de dormir.

Pourtant, il dut somnoler un moment, parce qu'il se réveilla en entendant dans la maison un son étrange. Lorsqu'il ouvrit la porte de sa chambre, il remarqua que celle d'en face, celle de Robbie, était également ouverte. Au bout du couloir, la porte de Geoff et Eli restait close. Suivant le bruit qui l'avait alerté, Joey descendit pieds nus les escaliers et marcha jusqu'au bureau de Geoff. Là, il distingua enfin ce dont il s'agissait : le violon de Robbie.

La musique, douce, étouffée, et triste, évoquait un deuil. Joey se sentit pris aux tripes. Il reconnaissait le sentiment que Robbie exprimait, lui-même l'éprouvait fréquemment. Dans le flot de notes, il discerna ce que Robbie avait ressenti tout à l'heure, dans la chambre, à cause de son départ abrupt : incompréhension et insécurité. Le violon s'interrompit, Joey resta immobile, sans faire de bruit. Puis la musique reprit, des notes longues et mélancoliques qui faisaient échos à ses propres émotions. Il discernait chaque nuance de tristesse et de doute que le jeune aveugle insufflait à son jeu.

Joey fit encore un pas. Maintenant, il se trouvait juste devant la porte. Il leva la main pour frapper puis s'interrompit. La voix dans sa tête recommença à l'insulter, le traitant de peureux. Aussi, après une grande inspiration, il tapa doucement à la porte.

— Robbie, c'est moi.

Quand il ouvrit, il découvrit Robbie dans le bureau. Il ne portait qu'un boxer blanc et tenait son violon par le manche. Il se tourna vers lui, son visage exprimant les émotions qu'il venait de déverser dans sa musique.

— Désolé. Je ne voulais pas te réveiller.

— Je ne dormais pas.

— Moi non plus.

Joey regarda Robbie ranger son instrument dans son écrin. Puis vint la question :

— Pourquoi es-tu parti tout à l'heure ?

— Je… C'est difficile à expliquer.

Refermant l'écrin, Robbie le prit par sa poignée et très lentement, il avança jusqu'à la porte. Il se trouva bientôt nez à nez avec Joey.

— Tu ne veux pas essayer ?

Machinalement, Joey acquiesça, puis réalisant que c'était insuffisant, il chuchota :

— Si.

Robbie resta immobile.

— Je ne bougerai pas d'ici avant d'avoir entendu tes explications. Pourquoi m'avoir traité de cette façon ?

Joey tenta de remettre ses idées en place afin de se justifier.

— Je… je sais bien que tu ne peux pas me voir, mais si c'était le cas, tu ne voudrais pas que je t'approche.

Il se sentait de plus en plus misérable, couard.

— Ah non, ne recommence pas avec cette excuse ! Je veux la vérité. Pourquoi as-tu aussi peur ?

Robbie était peut-être aveugle mais ça ne l'empêchait pas de discerner les choses tout à fait clairement.

— Je l'entends dans ta voix, indiqua-t-il.

— Oui, j'imagine. Je…

Joey oublia ce qu'il s'apprêtait à dire quand il sentit les doigts de Robbie sur son visage, effleurant sur son front, contournant ses yeux, caressant ses joues et suivant la ligne de sa mâchoire. Partout où ils passaient, Joey sentait sa peau se ranimer dans leur sillage. Les doigts glissèrent ensuite dans ses cheveux et dessinèrent ses oreilles, ce qui le chatouilla. Il se mit à rire doucement.

— Tu t'inquiètes vraiment à cause de tes cicatrices ? Elles sont presque guéries. Je te sens frémir chaque fois que je les touche.

Un doigt suivit celle que Joey avait sur la joue droite.

— Ceci n'a rien à voir avec toi. Ces marques ne te rendent pas hideux. Elles sont là, c'est tout.

Les doigts étaient désormais sur sa bouche. Sans réfléchir, Joey les embrassa quand il le put.

— Joey, je suis aveugle. Le monde autour de moi est entièrement noir. Je ne vis qu'à travers le toucher…

Il caressa du doigt le menton de Joey.

— … les odeurs.

Il approcha le nez du cou de Joey et inspira profondément avant de continuer sa liste :

— … les sons.

Il posa l'oreille sur la poitrine de Joey.

— … et les goûts.

Relevant la tête, Robbie embrassa Joey sur la bouche. Puis il chuchota :

— Les apparences n'ont aucune importance pour moi.

Joey sentit ses yeux se gonfler de larmes qui, bientôt, roulèrent sur ses joues. Robbie les essuya, puis il porta ses doigts humides à sa bouche.

— Si je t'ai fait de la peine, déclara Joey, je suis désolé.

Prenant les mains du jeune aveugle dans les siennes, il les serra très fort, les yeux noyés dans ces grandes prunelles bleues qui ne voyaient pas. Pour lui, cette cécité n'avait aucune importance. Il trouvait les yeux de Robbie magnifiques. Il s'écarta d'un pas, sans lâcher sa main, et très lentement, le ramena jusqu'à l'escalier. Il monta vers l'étage.

— Où m'emmènes-tu ?

Robbie paraissait tout à coup peu sûr de lui.

— Dans ta chambre.

— Oh.

Il ne cachait pas sa déception, du moins jusqu'au moment où Joey referma la porte sur eux deux.

— Tu restes avec moi ?

Quand Joey se tourna vers lui, il discerna sans peine l'espoir sur son visage.

— Si tu veux.

Joey sentit les mains de Robbie sur lui, puis il fut enlacé et très vite, embrassé. Doucement, il fit s'étendre le jeune aveugle sur son lit. Robbie l'embrassant toujours, il fit pareil, dévorant ses lèvres douces, cherchant sa langue.

— Qu'est-ce que je dois faire ?

La chambre était obscure. Joey ne voyait rien, il entendait seulement.

— Tu n'as jamais… ?

— Non.

Joey nota l'embarras qui résonnait dans sa voix.

Robbie ajouta :

— J'ai rencontré un jour quelqu'un qui paraissait intéressé, mais…

— Nous irons tout doucement.

Joey le reprit dans ses bras, l'embrassant avec passion et plaquant son corps contre le sien. Il sentait contre sa peau l'excitation du jeune aveugle.

Joey veilla à ce que Robbie soit bien installé, la tête appuyée contre ses oreillers. Après avoir à nouveau embrassé ses lèvres délectables, il déposa une pluie de baisers sur ce corps, doux et brûlant. Il désirait Robbie, tout entier. Il sourit, les lèvres contre sa peau, en le sentant se cambrer et se tordre sous ses caresses.

— Je suis censé ressentir tout ça ?

— Est-ce que c'est bon ?

— Oui, très bon.

— Alors c'est ce que tu es censé ressentir.

Quand Joey titilla de la langue un téton durci, Robbie cria et se souleva pour mieux s'offrir.

— Joey !

Sans répondre, Joey continua à sucer la petite crête érigée. Pendant ce temps, ses mains s'égaraient… partout. Ses paumes glissaient sur les flancs de Robbie, sa poitrine, son estomac souple. Joey voulait découvrir le moindre centimètre carré de ce corps superbe pressé contre le sien. Il en avait besoin. Il voulait tout. Maintenant. Tout de suite ! Comme un affamé

62

de longue date découvrant un buffet bien garni, il était impatient et avide. Il se redressa, goûtant à nouveau les lèvres du jeune homme tout en se collant à lui. Il sentit des bras l'enlacer, le rapprochant encore. Les mains de Robbie parcoururent son dos sans rompre le rythme de leurs baisers sans fin.

— Joey…

Pantelant à présent, Robbie se frottait à lui, plaquant leurs bassins l'un contre l'autre, de plus en plus fort.

Joey devina, au souffle difficile du jeune aveugle, à ses mouvements erratiques, qu'il n'allait pas tarder à jouir. Il aurait aimé le voir, mais l'obscurité l'en empêchait. Il se contenta donc de savourer ses gémissements étranglés, ses frissons de plaisir. Dès que Robbie se perdit dans son orgasme, Joey fit pareil avec un sourire. Ni l'un ni l'autre des deux hommes n'avait enlevé son sous-vêtement.

Quand ce fut terminé, Joey se releva lentement pour débarrasser Robbie de son boxer. Il lui fit un brin de toilette et se déshabilla à son tour.

Il se remit au lit, serra Robbie contre lui et l'embrassa doucement. Un soubresaut du matelas et quelques frémissements lui indiquèrent que Rex les avait rejoints. Joey entendit Robbie glousser contre sa peau.

— Il monte la garde tous les soirs, sans doute pour éviter que les monstres viennent sous mon lit.

Robbie tourna sur lui-même, dans le cercle des bras de Joey, et posa la tête sur son épaule. En même temps, il tenta d'étouffer un bâillement. En vain.

— Bonne nuit, Joey.

Il se pelotonna davantage et très vite, sa respiration régulière indiqua qu'il s'était endormi. Joey le suivit, peu de temps après.

Joey se réveilla quand une main tomba sur son visage avant de disparaître. C'était Robbie qui se débattait et s'agitait en poussant de petits cris. Joey se demanda à quoi il rêvait. Cela ne ressemblait pas à un cauchemar. Très vite, Robbie se calma et se détendit dans le lit. Il ne s'était même pas réveillé. Au cours des deux derniers jours, Joey avait passé son temps à le regarder, mais là, c'était différent. Spécial. Qu'il était beau ainsi endormi ! La pièce était tiède, le soleil levant frappait de plein fouet la façade de la maison. Robbie avait repoussé ses couvertures, se dénudant jusqu'aux hanches.

Tout doucement, Joey suivit des doigts la ligne des os, effleurant la peau soyeuse, descendant de la taille mince jusqu'à… La couverture lui bloqua le passage. Contrairement à la nuit précédente, il voyait désormais.

Il voyait la peau dorée, couleur de miel, et les petits tétons qui, hier, s'étaient raidis lorsqu'il avait soufflé dessus. Le menton de Robbie était couvert d'une légère ombre noire, indiquant que sa barbe avait repoussé.

Robbie roula sur lui-même, serrant son oreiller entre ses bras. La couverture glissa plus bas, elle ne cachait plus que ses jambes, exposant un derrière rond et lisse au regard appréciateur de Joey.

Il ne put y résister, sa main caressa le dos souple, le creux des reins, et les rondeurs parfaites jusqu'à la lisière de la couverture.

Des pas dans le couloir firent émerger Joey de sa délicieuse transe érotique. Il aurait adoré paresser au lit mais il avait du travail. Aussi se leva-t-il le plus délicatement possible, puis il se pencha pour embrasser la joue de Robbie, caressant des lèvres la courbe de son cou.

— Hmm…

Sans ouvrir les yeux, Robbie tourna la tête en direction de la douce sensation.

— Dors. Je dois aller travailler.

Un autre murmure étouffé, puis un baiser endormi lui tomba sur la joue. Satisfait, Joey s'écarta. Une fois la porte ouverte, il passa la tête et vérifia si le couloir était désert. C'était le cas. Il le traversa au pas de course, juste à temps, parce que la porte de Geoff et Eli s'ouvrit au moment où il pénétrait dans sa chambre. Il espéra qu'aucun des deux hommes n'avait entrevu son derrière nu.

Il s'habilla rapidement, puis dévala les escaliers et trouva Eli et Geoff assis dans la cuisine, encore à moitié endormis. Chacun avait dans les mains une tasse de café.

— La nuit a été courte ? demanda Joey avec un sourire

À son tour, il se servit du café. Quand il se retourna, il surprit le ricanement entendu que Geoff adressait à son amant. Le regard que les deux hommes échangeaient lui fit comprendre que Robbie et lui n'avaient pas été suffisamment discrets hier soir.

— Qu'y a-t-il de prévu aujourd'hui ? s'enquit Joey.

Il sirota son café et s'installa à table.

— Les gars vont vérifier les pâtures, histoire de s'assurer que tout est en ordre et que le bétail ne risque rien avant que nous le déplacions. Et de ton côté ?

Joey tenta, en vain, d'étouffer un bâillement.

— Il me reste des champs à contrôler. J'ai aussi promis aux gars de les aider pour inspecter les clôtures des pâturages sud.

Geoff acquiesça de la tête.

— Je vais mettre les livres à jour, ensuite, j'ai un rendez-vous à la banque.

Il se tourna vers son amant :

— Et toi, tu as des élèves ?

— Oui, un groupe en fin de matinée et trois cours particuliers cet après-midi.

— Dans ce cas, nous devrions y aller.

Geoff repoussa sa chaise, se leva et traversa la maison en emportant son café. Il disparut dans son bureau. Étant comptable, Geoff passait beaucoup de temps à gérer la paperasserie administrative et légale d'une entreprise aussi active et importante.

Joey alla déposer sa tasse dans l'évier, puis se retournant, il regarda en direction des escaliers.

Eli parut deviner ses pensées.

— Ne t'inquiète pas, je serai là quand il se réveillera.

Joey hocha la tête et quitta la cuisine, il prit un des véhicules de la ferme et s'en alla. Quelques heures plus tard, il avait terminé son inspection, tout était en ordre. Il reprit le chemin de la maison.

Quand il entra dans la cuisine, il y trouva Eli et Robbie. Le jeune aveugle était devant le comptoir, les mains plongées jusqu'au coude dans de la pâte à pain, il souriait d'une oreille à l'autre.

— Joey, c'est toi ?

— Oui, répondit-il en riant. Tu es couvert de farine !

Robbie haussa les épaules et continua son pétrissage avant de demander à Eli :

— Ça va comme ça ?

Eli vint vérifier la consistance de la pâte.

— C'est parfait. Maintenant, sépare-la en deux boules d'égale grosseur et dépose chacune d'elles dans ces deux saladiers. Il y en a un à ta gauche, l'autre à ta droite.

Eli retourna vaquer à ses occupations, laissant Robbie se débrouiller. Joey faillit offrir son aide mais ne le fit pas. Si Robbie avait besoin de quelque chose, il le demanderait.

— Dis-moi, est-ce que tu aurais envie d'un peu d'aventure ?

Robbie avait séparé en deux son pétrin, il tenait une boule de pâte dans chaque main, cherchant à en évaluer le poids. Il les reposa, tâtonna pour découvrir les deux saladiers, et plaça sa pâte dans chacun d'eux.

— Que me proposes-tu ?

Eli lui apporta deux torchons, le jeune aveugle en recouvrit ses saladiers et les mit soigneusement de côté pour laisser le pain lever. Chacun de ses mouvements était accompli avec lenteur et méthode, mais également avec assurance.

— J'ai des clôtures à inspecter, répondit Joey. Je me demandais si tu aurais envie de m'accompagner. Je peux seller Twilight, tu viendrais avec moi.

— À cheval ? Je monterais pour de vrai, derrière toi ?

— Ouais, si ça te dit.

S'il devait en croire ses sourires et hochements de tête, Robbie appréciait réellement son offre.

— Dans ce cas, va te nettoyer. Dès que tu auras fini, nous nous mettrons en route. Tu te sens capable d'aller tout seul jusqu'à l'écurie ou bien tu veux que je t'aide ?

Ce fut Eli qui répondit :

— Va t'occuper du cheval, je me charge d'accompagner Robbie quand il sera prêt.

Joey posa brièvement la main sur l'épaule du jeune aveugle puis, en sifflotant gaiement, il quitta la maison pour se rendre à l'écurie. Une fois à l'intérieur, il brossa Twilight avant de la seller et de la préparer. Il resserrait sa ventrière lorsqu'il entendit Eli et Robbie arriver.

Eli parlait :

— Hier, tu as fait la connaissance de Tiger. Celui-ci, c'est Kirk. Il joue les durs à cuire mais ce n'est qu'une façade.

Jetant un coup d'œil hors de la stalle, Joey vit Eli offrir des rondelles de carottes à l'étalon couleur de nuit.

— Et elle, c'est Belle – en vérité, elle s'appelle Tinkerbelle, mais ce nom était bien trop long. Elle est parfaite avec les enfants, elle aime beaucoup qu'on s'occupe d'elle.

Joey se remit au travail tout en écoutant Eli donner à Robbie des explications. Sans avoir besoin de regarder, Joey savait exactement quels chevaux se faisaient caresser le nez ou l'encolure. Plusieurs fois, il entendit Robbie rire, ou de doux murmures câlins adressés aux gros bébés. Il ne voyait rien, d'accord, mais il discernait beaucoup plus que la plupart des gens. De plus, il n'exprimait ni peur ni malice. Les chevaux le sentaient et pour ça, ils appréciaient le jeune aveugle.

Tout à coup, une vérité frappa Joey : Robbie avait confiance en eux. Il tenta d'imaginer ce que la cécité devait être, toujours avoir à dépendre d'autrui pour savoir quoi faire, où aller ; devoir discerner la réalité de son environnement et les obstacles éventuels, simplement au bruit, ou à de subtils changements d'inflexion dans les voix de ses interlocuteurs... Bon sang, Robbie s'apprêtait à s'en remettre à lui, Joey, quand tous deux seraient sur le dos d'un animal de cinq cents kilos. C'était à la fois une responsabilité écrasante et une joie bouleversante. Un tel niveau de confiance était incroyablement sexy, enivrant. Rien que d'y penser, Joey sentit son pantalon devenir trop serré. Il dut délibérément évoquer des images écœurantes pour réussir à se calmer.

Alors qu'il continuait à préparer Twilight, il entendit sonner le téléphone de Robbie. Il secoua la tête, reconnaissant la musique désormais familière. La voix du jeune aveugle lui parvenait, un peu étouffée. Joey termina de seller la jument au moment où Robbie raccrochait.

— Tu es prêt ?

— Bien sûr !

Son excitation résonna dans toute l'écurie.

— Dans ce cas, je vous retrouve tous les deux devant la porte.

Quand Joey sortit à son tour, tirant la jument derrière lui, il vit Robbie se plier en deux. À ses côtés, Rex sautait et réclamait son attention.

— Salut, toi.

— Je vais monter le premier, indiqua Joey. Eli t'aidera à t'installer derrière moi.

Une fois en selle, Joey glissa ses pieds dans les étriers et se positionna le plus en avant possible. Robbie monta derrière lui.

— Mets les bras autour de ma taille et colle-toi à moi le plus possible.

Grâce au ciel, nous sommes tous les deux minces ! pensa Joey. La selle était un peu juste mais au moins le pommeau ne lui écrasait pas l'entrejambe.

Il sentit les bras de Robbie glisser autour de lui, ses hanches se plaquer à son derrière, ses cuisses prendre appui sous ses jambes.

— Amusez-vous bien, tous les deux, déclara Eli. Et si tu trouves quelque chose, Joey, téléphone-moi, je t'enverrais du renfort. Je crois que Lumpy et Pete meurent d'envie de réparer les clôtures.

La remarque sarcastique était presque drôle. C'était l'une des tâches que les deux hommes détestaient plus que tout au monde.

Joey donna à Twilight le signal du départ d'un claquement de langue assorti d'un coup de talons sur son flanc, la jument se mit en marche.

— Tout d'abord, nous allons traverser les champs, ensuite, nous traverserons la forêt jusqu'aux pâturages sud. Je t'indiquerai quand baisser la tête si nous passons sous des branches un peu basses.

— D'accord. Qu'est-ce que je dois faire ?

Ils étaient déjà au milieu des champs.

— Rien, profite seulement de la promenade. Tu as mis tes lunettes ?

Il entendit et sentit le gloussement de Robbie.

— Oui, maman.

Joey se mit aussi à rire.

— Je n'en suis quand même pas à ce point-là !

— Non, personne ne l'est. Elle passe sa vie à s'inquiéter. Elle m'appelle trois ou quatre fois par jour depuis que je suis en tournée. J'avais pensé avoir un moment tranquille, loin d'elle, mais je me suis trompé. Bien trompé.

— Ma mère vit en Floride. Elle me téléphone encore pour me demander si tout va bien, si je mange suffisamment. Je pense qu'elle se sent un peu seule.

— C'est peut-être aussi le cas de maman. Mon père a son travail, mais elle reste essentiellement à la maison, à s'occuper des tâches domestiques et du jardin, et à prendre soin de moi.

— Ma mère a eu du mal au début, quand je suis parti pour l'université. Ensuite, elle s'est adaptée.

Joey se mit à rire avant d'ajouter :

— Quand je revenais à la maison, elle me rendait dingue. Elle me chouchoutait tellement qu'elle m'étouffait.

— Ma mère fera pareil quand je rentrerai. Elle essaie déjà mais il faudra que les choses évoluent. Je suis bien plus autonome ici que je ne l'ai jamais été chez moi.

— Hein ?

— Ma mère ne m'a jamais laissé l'aider au jardin. Elle a peur que je me blesse. Et si elle me voyait, ici et maintenant, elle ferait un arrêt cardiaque.

Joey sentit Robbie poser sa tête sur son épaule, sa chaleur corporelle traversant le tissu de sa chemise.

— … et je n'ai jamais rien fait en cuisine jusqu'à ce matin. Quand Eli m'a proposé de faire du pain, j'ai cru qu'il était devenu fou. Mais je me suis bien amusé, et j'ai véritablement pu l'aider.

Les mots, épicés de leur délicieux accent sudiste, résonnaient aux oreilles de Joey comme de la musique.

— Si tu n'aides pas quand tu es chez toi, qu'est-ce que tu fais ?

— Je lis. J'ai des tonnes de bouquins en braille. Je joue, je m'entraîne, je révise. Parfois, j'écoute simplement la radio… La plupart du temps, dès que je quitte ma chambre, quelqu'un vient m'aider, me demander ce dont j'ai besoin, où je veux aller. Je connais cette maison comme ma poche mais personne ne me laisse jamais déambuler tranquille. Que ce soit par maman ou un membre de son personnel, je suis toujours escorté là où je veux aller.

Joey sentit Robbie se reculer légèrement.

— J'adore ça, reprit le jeune aveugle. J'adore sentir un cheval sous moi, le soleil sur ma peau, la brise…

Il inspira profondément et se mit à rire.

— Tout sent si bon, si frais. Il n'y a pas de gaz d'échappement, pas de gens, juste la nature, si nette, si propre.

Joey eut envie de se retourner pour voir le sourire qui, il en était certain, devait illuminer le visage de Robbie. Avec un sourire intérieur, il poussa Twilight en avant.

Les deux hommes approchaient des bois, aussi Joey fit une pause.

— Son personnel ? Ta maison est aussi grande que ça ?

— Oui, immense. Du moins, je la revois immense. Il y a des piliers et un porche à l'avant. La famille de mon père possède cette bâtisse et ces terres depuis des siècles.

Joey sifflota en entendant cette description.

— Tu veux dire que c'est une plantation qui date d'avant la guerre de Sécession ?

— Oui. Maman est une fervente partisane de la préservation des demeures historiques, ce qui signifie pour elle dépenser l'argent de papa. Et il est ravi de la laisser faire. Nous sommes une famille de vrais aristocrates sudistes, bien rétrogrades.

En prononçant sa dernière phrase, Robbie avait accentué son accent jusqu'à la caricature, Joey éclata de rire.

— D'accord. Bon, maintenant, nous allons entrer dans le bois. Je vais y aller tout doucement pour éviter les branches basses.

Il pivota sur sa selle pour vérifier que tout allait bien avec Robbie, et vit Rex arriver vers eux à travers champs, au galop.

— Apparemment, ajouta-t-il, nous sommes suivis.

— Suivis… par qui ?

— Par Rex. Je pense qu'il tient à te garder à l'œil.

Joey remit le cheval au pas, le trio pénétra dans la forêt. L'ombre dense des arbres était rafraîchissante et délicieuse, la brise agréable, mais rien ne parvenait à calmer les pensées enflammées de Joey. Il était douloureusement conscient de la présence de Robbie derrière lui, de ses bras, ses mains, la façon dont son pelvis se frottait à son derrière. Et il y avait aussi son… Joey se trompait-il ou pas ? Il recula légèrement afin de vérifier. Oui ! Il eut un sourire victorieux en sentant le membre durci pressé contre lui.

— Ça te fait bander de monter à cheval ?

Robbie ricana doucement.

— Non, c'est toi qui me fais bander.

Robbie glissa les mains sous sa chemise, ses doigts souples lui caressaient la peau.

— Dans ce cas, nous sommes deux dans cet état.

Une chance pour lui que la jument soit au pas ! Sinon il aurait risqué d'abîmer une partie importante de son anatomie.

Lorsqu'il sortit du bois, Joey dirigea Twilight vers l'abord des pâtures afin de commencer son inspection. Dans l'enclos, le bétail immobile paissait tranquillement. Les deux hommes firent le tour des champs, vérifiant que tout était en ordre, avant de s'éloigner. D'ordinaire, ce genre de tâche était parfaitement ennuyeux mais aujourd'hui, avec Robbie derrière lui, Joey trouvait son travail très agréable.

Tout à coup, Robbie lui parla à l'oreille :

— Tu entends ?

Joey secoua négativement la tête.

— Continue à avancer, insista Robbie. J'ai l'impression que ça devient plus fort.

— Tu as raison, maintenant j'entends. On dirait qu'une bestiole a des ennuis.

Il suivit le tintamarre jusqu'au moment où il trouva, dans le pré, un petit animal à fourrure.

— Ah, zut ! C'est un chat, il a été piétiné.

Non loin de là, les broussailles s'écartèrent et Rex en émergea, portant entre ses mâchoires un chaton qu'il tenait par la peau du cou. Le chien jeta

70

aux deux hommes un coup d'œil, puis il s'éloigna en direction de la ferme, le chaton se balançant au rythme de ses pas.

Robbie pointa du doigt :

— J'entends des cris, par là.

— Ne bouge pas, je reviens.

Joey glissa au bas de sa selle et tendit à Robbie les rênes de la jument.

— Tiens-les bien et reste immobile, elle ne bougera pas.

Il avança dans l'herbe en suivant les miaulements. Il trouva un autre chaton, tout éperdu. Se baissant, il ramassa la boule de fourrure noire et blanche qu'il ramena, blottie entre ses deux paumes, jusqu'à l'endroit où Robbie et Twilight l'attendaient.

— Tiens, Robbie, tu peux me le tenir ?

Il lui donna le chaton avant de remonter en selle, de façon moins que gracieuse. Puis il récupéra la petite bête dans l'une de ses mains.

— Accroche-toi bien. J'ai encore quelques clôtures à contrôler, ensuite, nous rentrons.

Il incita Twilight à se remettre au pas pour faire le tour de l'enclos, puisqu'ils étaient déjà arrivés à son extrémité.

De retour à l'écurie, les deux hommes trouvèrent le chien étalé à l'ombre, près de la porte, un petit chat gris et blanc grimpé sur son dos. Une fois encore, Joey confia son chaton à Robbie le temps de descendre, puis il apporta la petite bête auprès de son congénère. Bientôt, les deux chatons escaladaient avec entrain le chien immobile.

Joey entendit des pas sur le gravier et vit Arie se diriger vers lui, le visage aussi dur que du granit.

— Tu es vraiment décidé à ce qu'il se blesse, c'est ça ?

Joey avait très envie de répondre avec feu mais il s'en abstint, préférant se retourner pour aider Robbie à descendre de la jument. Ce n'était pas son combat mais celui du jeune aveugle.

— Il ne devrait pas être sur un cheval et certainement pas rester sans surveillance. Il ne voit rien, bon sang de bois !

Dès qu'Arie se mit à hurler, Joey regarda Robbie en se demandant ce qui se passait au juste. Arie arrivait à leur niveau.

— Mais à quoi tu penses ? Il aurait pu tomber, il aurait pu se blesser, sinon pire.

Joey vit l'expression de son accusateur changer, sa peur se mêlant à une émotion nouvelle. Mais si son visage s'était adouci, la voix d'Arie resta tout aussi violente :

— … et ensuite, qu'est-ce que tu comptes faire ? Lui apprendre à attraper des taureaux au lasso ?

Joey recula d'un pas. Tout à coup, il aperçut le visage de Robbie, magnifique et figé, décidé à laisser Arie déverser sa bile sans rien dire. Joey remarqua cependant la bouche pincée, la mâchoire ferme.

— Tu as terminé ?

Ce furent les premiers mots du jeune aveugle, prononcés d'un ton calme et déterminé. Lorsque Joey déchiffra son expression, il fut très heureux de ne pas se trouver dans la peau d'Arie en ce moment présent. Il récupéra les rênes de la jument et la maintint en place.

Puis il attendit que le feu d'artifice commence.

ROBBIE NE savait plus quoi penser. Avec la sensation du cheval sous lui, il entendait la voix d'Arie hurler ses accusations contre Joey. Il sentit contre sa jambe la main du jeune homme l'aidant à placer son pied dans l'étrier. Il comprit qu'il devait descendre de cheval, ce qu'il fit avec une relative aisance.

Jusqu'à maintenant, la journée avait été presque parfaite. Il avait aidé en cuisine et passé des heures au soleil, à cheval, avec Joey. Il avait même trouvé le courage de glisser ses mains sous son tee-shirt. Plusieurs fois, il avait effleuré ses tétons, les sentant devenir des petites billes durcies sous ses attouchements. Bien sûr que Joey le faisait bander ! Et maintenant, voilà qu'Arie faisait irruption et tirait de la situation des déductions ridicules.

— Tu as terminé ?

Il tentait de son mieux de maîtriser sa voix parce qu'en vérité, il aurait voulu étrangler Arie pour avoir osé s'en prendre à Joey. Comme le jeune homme n'avait pas répondu, Robbie ne savait pas s'il était en colère ou non. Quant à Arie, il commençait enfin à se calmer.

— Au nom du ciel, mais qu'est-ce qui te prend ? ajouta Robbie.

La sécheresse de son ton interrompit tout net le discours d'Arie.

— Je te rappelle que tu n'es pas ma mère. Juste mon ami. Du moins, je le croyais.

Robbie entendit la brusque inspiration d'Arie.

— Je suis ton ami !

Il paraissait blessé.

— Dans ce cas, démontre-le.

— C'est ce que je fais !

— Non, absolument pas. Tu réagis comme un clone de ma mère.

Il espérait que sa réflexion attirerait l'attention du jeune musicien.

— Je n'arrive pas à croire que tu lui aies téléphoné pour lui raconter ma chute. Franchement, tu te prends pour qui, son indic ?

Il entendit des bruits étouffés et pensa qu'ils étaient une manifestation de nervosité.

— Il faut que tu décides de quel côté tu es, Arie. Celui de ma mère ou le mien.

— Je suis ton ami, je l'ai toujours été.

La tonalité plaintive indiquait à Robbie qu'Arie commençait à comprendre son point de vue.

— Dans ce cas, agis comme tel. Au cours des derniers jours, j'ai vécu des expériences que je n'aurais jamais crues possibles. Et tu sais pourquoi ? Parce que tout le monde me surprotège : toi, mes parents, tous ceux qui m'approchent. Aujourd'hui, je suis monté à cheval. Demain, je serai peut-être sur un tracteur, derrière sur une moto, ou ailleurs. Si tu es mon ami, tu m'y aideras, sans m'enfermer dans un cocon. Oui, je suis aveugle, je n'ai pas pour autant l'intention de passer tout le reste de ma vie dans un fauteuil parce que c'est plus sécurisé.

Le monde autour de lui parut se figer. Les chevaux cessèrent de s'ébrouer, les chatons se tenaient tranquilles, et même le vent sembla retenir son souffle. Puis il entendit un claquement des sabots et de la paille grincer sous des pas, juste derrière lui, de plus en plus assourdis.

— Je suis désolé. Je n'aurais pas dû téléphoner à ta mère.

— Non, effectivement.

Robbie n'était pas encore prêt à pardonner à Arie.

— Je n'aurais pas dû non plus me mettre en colère.

— C'est exact.

Il croisa les bras sur sa poitrine.

— Bon sang ! C'est parce que je m'inquiétais pour toi.

Alors seulement, Robbie sentit se dissiper ce qui lui restait de colère et d'indignation.

— Si j'ai besoin d'aide, je la demanderai, mais je dois accomplir certaines choses par moi-même. Je veux aussi savoir jusqu'où je peux aller. Et pour te rassurer, je te signale que je n'étais pas seul, j'étais avec Joey.

Seul le silence lui répondit. Robbie attendit. Il savait posséder bien plus de patience qu'Arie.

— D'accord, je vais essayer.

73

— Très bien.

Robbie sourit et sentit Arie l'étreindre en réponse. Joey se rapprocha, Robbie entendit ses pas sur les graviers. Le jeune homme demanda :

— Tout va bien ?

Au même moment, Arie s'écartait. Robbie répondit :

— Oui, je crois.

Joey prit position à ses côtés et glissa un bras autour de sa taille. Robbie sourit, conscient que le jeune homme marquait son territoire. Il pouvait presque sentir la testostérone de son geste, plus ostentatoire que d'habitude mais peu importe, l'attirance existait toujours, presque électrique.

— Tu veux rester déjeuner avec nous ? demanda Joey à Arie.

— Vraiment ? Oui, j'aimerais bien, merci.

Robbie nota la surprise dans la voix de son ami, mais il ne releva pas et laissa Joey l'entraîner vers la maison.

— Et les chatons ?

— Ils ne risquent rien. Ils s'amusent comme des petits fous avec Rex.

La voix de Joey, toute proche, était intime, même si les mots n'avaient rien de particulier.

Le déjeuner fut agréable, bien qu'un peu chaotique. Les gens ne cessaient d'entrer, de s'asseoir le temps de manger avant de repartir. À un moment, Robbie conseilla à Geoff d'installer une porte-tambour pour la cuisine. Geoff se mit à rire, comme tous les autres convives attablés. Robbie avait cessé de se concentrer pour trier les voix des ouvriers de la ferme, préférant se concentrer sur ceux qu'il connaissait déjà.

Quand Eli se leva pour débarrasser la table, il demanda à Robbie :

— Auras-tu besoin de moi ?

— Non, je ne crois pas.

— Très bien. Je serai dehors tout l'après-midi, alors, si tu as besoin de quelque chose, appelle.

Robbie sentit sa main se poser sur son épaule, puis s'écarter. Peu après, la porte arrière s'ouvrit et se referma. Il restait seul avec Joey et Arie. Joey repoussa sa chaise en annonçant :

— Je vais y aller, j'ai du travail pour cet après-midi.

Sans réfléchir, Robbie demanda :

— Quel genre de travail ?

Il entendit presque le plaisir de Joey dans sa réponse :

— J'ai des champs en jachère. Je vais y répandre de l'engrais organique.

— Tu parles de fumier, c'est ça ?

Robbie nota dans la voix d'Arie la surprise et le dégoût.

— Comment peux-tu supporter cette odeur ? ajouta le musicien.

Joey le remit à sa place, sans en avoir l'air :

— On s'y habitue. Tu sais, il y a plus d'un millier de têtes de bétail à la ferme, ce qui représente beaucoup de fumier.

— Tu vas travailler avec un tracteur ? s'enquit Robbie tout excité. Je peux venir avec toi ?

— Tu as envie d'aller répandre du fumier ?

La stupéfaction d'Arie était presque comique.

— Non, mais j'ai envie de monter sur un tracteur.

Arie se mit à bafouiller :

— M-mais…

Robbie lui jeta un œil noir, afin de lui rappeler sa récente promesse. Très sagement, Arie cessa de discuter.

— Il faut que je prépare mes affaires, indiqua Joey. Je vais aussi vérifier ce que deviennent les chatons. Je reviens te chercher dans une demi-heure.

Il effleura l'épaule de Robbie avant de quitter la pièce. L'écran de moustiquaire claqua bruyamment derrière lui.

— Qu'est-ce qui se passe au juste entre toi et lui ?

La question parut à Robbie légèrement accusatrice. Il poussa un profond soupir.

— Je ne sais pas trop. Je l'aime bien… et je pense que lui aussi m'apprécie.

— Tu veux dire qu'il t'apprécie… *vraiment* ?

Sa voix avait une curieuse intonation, trop détachée.

— Arie, je sais que tu es gay. Tu me l'as dit il y a des années.

— Et tu m'as répondu que toi, tu ne l'étais pas.

Robbie ne sut quoi rétorquer. Il commençait à peine à réaliser ce qu'il ressentait.

— J'aime bien Joey.

Et tout à coup, une idée lui venant, il enchaîna :

— … et si tu t'avises de le répéter, je fais de toi un eunuque !

— M-mais… tes parents ? Que vont-ils dire ?

Arie paraissait nerveux et Robbie appréciait ce changement de position : lui-même, par conséquent, se sentait plus à l'aise.

— Écoute, la pipelette, ma vie sexuelle ne concerne que moi. Je te préviens encore une fois : si tu parles, je ne t'adresserai plus jamais la parole de toute ma vie.

Arie était une telle commère, parfois !

— Tu sais bien que tes parents t'adorent, que tu sois gay ou pas n'a aucune importance.

Robbie déglutit.

— Oui mais… réfléchis un peu.

Il tenta d'imaginer l'expression d'Arie, sans y réussir.

— Oooh !

— Exactement. Donc, garde ton mignon petit clapet bien fermé.

Il entendit un grand soupir et sentit Arie le prendre par la main.

— Pas de souci. Je ne dirai rien. Je te le promets.

Il y avait dans sa voix une note étrange que Robbie n'arrivait pas à déchiffrer. Mais avant qu'il puisse poser d'autres questions, la porte arrière s'ouvrit et se referma.

— Je reviens dans deux minutes.

Robbie entendit Joey traverser la maison en direction de l'escalier.

— Tu n'as aucune idée de la tête qu'il a, pas vrai ? chuchota Arie.

— Il a eu un accident. Je sais que son visage en garde des cicatrices, mais celles qu'il a à l'intérieur sont pires. Il se considère comme affreux et je comprends pourquoi, vu la façon dont les autres le traitent. Après tout, je t'ai entendu réagir en le voyant.

— Je sais. Je n'en suis pas très fier. Et je ne le trouve pas affreux.

— Il est très gentil avec moi.

— C'est ce que je constate.

Les pas se rapprochant, leur conversation s'interrompit dès que Joey entra dans la cuisine.

— Voilà, je suis prêt. Arie, ça te dit de venir avec nous ?

Un gloussement lui répondit.

— Dieu du ciel, sûrement pas ! Robbie, je te revois demain, à la répétition. Et Joey, j'ai été heureux de mieux te connaître.

Arie leur fit ses adieux et s'en alla.

— Comment est-il venu ? demanda Robbie à voix haute.

— Je crois qu'il a marché. Je le vois par la fenêtre, il se dirige vers la route.

Joey se tut, Robbie imagina qu'il regardait toujours Arie s'éloigner.

76

— Il doit résider chez les Rubas, ce sont les seuls voisins que nous ayons dans cette direction.

Les pas se rapprochèrent.

— On y va ?

Robbie se leva et mit ses lunettes.

— Bien sûr, Arthur !

En entendant le rire de Joey, il souhaita être capable de provoquer régulièrement une telle réaction. C'était si agréable de l'entendre rire !

Les deux hommes quittèrent la maison. Robbie entendit alors un grondement mécanique qui semblait approcher. Même le sol sous ses pieds en vibrait !

— C'est le tracteur ?

Joey dut hausser la voix pour se faire entendre.

— Oui. Les gars ont attelé et chargé la remorque, tout baigne.

Une odeur douceâtre et nauséabonde monta aux narines de Robbie.

— Ça, je n'en doute pas.

Il agita la main devant son nez.

— Allez, en route, allons répandre ces bonnes petites crottes.

À nouveau, il entendit Joey rire, puis sa main se posa sur son bras et le guida en direction du tintamarre.

— C'est bon, Joey, on peut te laisser continuer ?

L'homme hurlait presque.

— Oui, Lumpy. Aucun problème.

Le moteur tournait toujours.

— Il y a quelques marches. Fais attention… je vais t'aider à monter.

Robbie sentit Joey le toucher, puis lui placer la main sur une surface de métal bien lisse et le pied sur une marche. Très lentement, il monta à l'intérieur, Joey le surveilla jusqu'à ce qu'il soit dans la cabine.

— Le siège est juste devant toi.

— Et toi, comment feras-tu pour conduire ?

— C'est le siège passager.

Une fois installé, Robbie sentit contre ses lèvres le souffle de Joey, puis un baiser léger.

— Tu es bien comme ça ?

— Oui. Je ne m'attendais pas à trouver la clim.

La porte se referma, étouffant presque le bruit extérieur.

— Alors, en route.

Joey paraissait aussi excité qu'un enfant. Robbie sentit l'énorme engin se mettre en marche et avancer.

— C'est vraiment génial !

Il ne voyait rien mais il sentait la puissance de la machine qui les transportait et roulait sur la chaussée.

— Tout s'est bien passé, avec Arie ?

— Oui.

Robbie ne savait pas trop quoi avouer à Joey de sa conversation avec Arie.

— Il est amoureux de toi, tu sais.

— Arie ? Sûrement pas.

— Mais si, Robbie. Je vois bien la façon dont il te dévisage.

— Est-ce que tu ne serais pas un peu jaloux ?

— Peut-être.

Robbie se demanda si Joey avait trouvé cet aveu difficile.

— Arie n'est qu'un ami. Il ne m'a jamais intéressé, pas de cette façon.

Il tendit la main, rencontra le corps de Joey et s'appuya contre lui, laissant leurs chaleurs corporelles se mêler l'une à l'autre dans la cabine ventilée.

Robbie sentit le tracteur changer de direction, puis l'asphalte de la route fut remplacé par un sol plein d'ornières. Il entendit le moteur baisser de régime, avant de ralentir.

— Que se passe-t-il ?

— J'ai mis l'épandeur en route. Ça ne devrait pas tarder.

Robbie sentit Joey glisser un bras autour de sa taille tandis que le tracteur continuait à avancer. Quoi qu'il se passe à l'extérieur, malgré le fumier qui se répandait dans les champs, dans l'habitacle, tout était différent. Les deux hommes roulaient ensemble, tranquilles. De temps à autre, Robbie tressautait à cause d'un cahot mais, la plupart du temps, il ne sentait que le bras de Joey le soutenait. Il trouvait merveilleux d'être aussi proche de lui.

Le roulement cessa, il y eut le changement de rythme. Puis le tracteur se remit en marche. Un autre tournant et la route à nouveau. Durant toutes les manœuvres, Robbie n'enleva jamais sa tête de l'épaule de son compagnon.

Les deux hommes passèrent l'après-midi à faire des allers-retours de la ferme jusqu'aux champs, et Robbie perdit compte du nombre de ces déplacements. D'ailleurs, c'était pour lui sans importance. Il était seul avec Joey. Chaque fois que le jeune homme quittait la cabine ou y revenait, il l'embrassait avant de reprendre place dans son siège et de le serrer tout contre lui. Robbie ne pouvait s'empêcher d'y penser : les autres allaient sans doute trouver bizarre de voir deux hommes ainsi blottis dans l'habitacle. Tant pis, il s'en fichait. Il était merveilleusement bien, grâce à la présence de Joey. Le reste ne comptait pas.

Ayant perdu toute notion du temps, Robbie fut surpris lorsque Joey coupa le moteur.

— Que se passe-t-il ? Tu as fini ?

— Oui. Eli ne devrait pas tarder à servir le dîner.

Joey l'aida à descendre de la cabine et, à sa grande surprise, le prit dans ses bras pour l'embrasser avec passion.

— Tu m'as tenu chaud tout l'après-midi !

Robbie l'enlaça à deux bras et s'accrocha à lui durant cette fiévreuse équipée. Les lèvres de Joey étaient si agréables, elles avaient si bon goût ! Sa langue jouait contre la sienne, insistant doucement pour pénétrer dans sa bouche et mieux l'embrasser.

— Alors, vous deux, vous venez manger ou pas ?

Robbie entendit la voix de Geoff résonner derrière lui mais Joey ne s'interrompit pas pour autant. Au contraire, il se plaqua plus fort encore contre lui. Quand le jeune homme s'écarta enfin, Geoff fit une remarque concernant le dessert consommé en avance.

Il se sentit très gêné à l'idée d'avoir été surpris pendant un moment aussi intime.

— Joey…

Une main calleuse de travailleur glissa gentiment sur sa joue.

— Tu n'as pas à avoir honte. Geoff m'a toujours dit qu'ici, nous étions à l'abri. Depuis bien longtemps, la ferme est un lieu à part. Le père de Geoff, décédé il y a quelques années, était gay. Son partenaire, Len, reviendra dans quelques jours, avec Chris. Il y a maintenant cinq ans que ces deux-là se sont mis ensemble. Alors tu vois, tu n'as pas à t'inquiéter.

Joey incita Robbie à avancer.

— Et les autres ?

— Pete est marié à la cousine de Geoff. Et Lumpy est très ouvert d'esprit. Tous les autres sont au courant… et jamais Geoff n'aurait embauché quelqu'un d'intolérant. Comme je te l'ai dit, ici, nous sommes à l'abri.

Robbie sentit Joey le prendre dans ses bras avant de chuchoter à son oreille :

— Ça te dit que nous dînions très rapidement ?

— Tout ce que tu veux, mon mignon.

Le dîner fut délicieux. Ensuite, les hommes s'installèrent au salon devant la télévision. La journée avait été longue, tous se sentaient fatigués. Robbie entendit Joey parler aux deux autres de cultures et autres termes techniques. Il en profita pour s'éloigner et remonter dans sa chambre avec précaution. Il trouva son violon sur la commode, là où il l'avait laissé. Ouvrant l'écrin, il en sortit son instrument et son archet, avec lequel il caressa les cordes. Peu après, la musique se déversait dans la petite pièce. Robbie se laissa emporter, son esprit revoyant tout ce qu'il avait accompli dans la journée. Il l'exprima dans son jeu, ses doigts naviguant sur les cordes, l'archet devenu une extension de ses émotions. La joie et l'excitation d'être monté sur un tracteur avec Joey, le plaisir ressenti en l'embrassant dans la cabine, la surprise de découvrir les petits chats... tout lui revint, son corps vibrant du besoin de tout exprimer – et c'est exactement ce qu'il fit. Robbie remplit la pièce de l'émerveillement extatique qu'il ressentait après ces nouvelles expériences.

Une fois de plus, il perdit toute notion du temps. Quand il s'arrêta enfin, il entendit des applaudissements étouffés.

— C'était magnifique. Que jouais-tu ?

— Rien de particulier.

Tout en répondant, il rangeait son instrument dans son écrin. Il entendit Joey avancer dans la pièce.

— Non, je parlais de ce que tu exprimais dans ton jeu.

Robbie se sentit sourire.

— C'était tout ce que nous avons accompli aujourd'hui...

Il s'attendait à une réponse verbale, elle fut gestuelle. Les mains de Joey glissèrent sur ses épaules, ses lèvres s'emparant de sa bouche pour un baiser incendiaire. Robbie lui aussi embrassa Joey, il s'accrocha à lui, confiant qu'il atterrirait à bon port. Une pluie de baisers tomba sur ses joues, des caresses effleurèrent son visage, des doigts passèrent dans ses cheveux. Il se sentit fermement guidé.

— Où allons-nous ?

Il pensait que Joey l'entraînait au lit mais, à moins qu'il ait perdu son sens de l'orientation, ce qui était possible vu que la tête lui tournait, ce n'était pas la bonne direction.

— Dans ma chambre.

Sans s'écarter de lui d'un seul pas, Joey réussit à les diriger. Collés l'un à l'autre, les deux hommes traversèrent le couloir. Robbie entendit la porte se refermer, il sentit ensuite Joey glisser ses mains sous son tee-shirt et en soulever l'ourlet. Il leva les bras pour aider à se débarrasser du vêtement. Des paumes lui caressèrent la peau, des mains qui ne cessaient de bouger, de s'aventurer partout.

— J'adore te toucher… j'adore te regarder.

Les lèvres de Joey quittèrent les siennes pour descendre le long de son corps et s'attaquer sur un de ses tétons, suçant et léchant. Robbie craignit que sa tête explose. Déjà, la bouche savante était passée de l'autre côté.

— Joey…

C'est si bon ! Il avait de la peine à croire que tout ça lui arrivait 'pour de vrai'. Il le sentait, mais c'était si incroyable… Il aurait presque cru qu'il s'agissait d'un autre que lui. Les baisers descendirent plus bas, une langue lui caressa le ventre, de douces lèvres déposant des baisers mouillés sur sa peau. Une main, à sa ceinture, en ouvrit la boucle ; son pantalon glissa, de plus en plus, dénudant ses hanches d'abord, ses jambes ensuite.

— Tu es si beau, Robbie. Ta peau est comme de la soie couleur de miel, lisse et parfaite.

Une main sur sa poitrine, son ventre, puis elle s'empara de son sexe. Robbie poussa un halètement surpris quand Joey le toucha. Personne ne l'avait jamais fait ! Et c'était un million de fois meilleur que quand lui-même se caressait. Robbie se débarrassa de son pantalon d'un coup de pied puis il fut poussé jusqu'au lit… où il s'étendit. Il entendit le bruit des chaussures de Joey qui tombaient sur le sol, suivies par le cliquètement métallique d'une ceinture elle aussi jetée à terre. Ensuite, le lit fut agité d'un soubresaut et le souffle tiède de Joey lui caressa les lèvres.

— Je sais que c'est ta première fois, aussi préviens-moi si quelque chose ne te plaît pas.

— D'accord, je te le promets.

Les lèvres de Joey se remirent à explorer son corps, sa main se referma autour de lui. Et tout à coup, il se trouva au cœur d'une chaleur humide et inconnue.

— Que se passe-t-il ?

Il eut de la peine à respirer en réalisant ce qui se passait : c'était certainement les lèvres de Joey qui se promenaient tout le long de son membre. Robbie en devint aussi pantelant que s'il venait de courir le marathon. Joey l'engloutit profondément tandis que ses doigts agiles lui caressaient les bourses.

Robbie ne savait pas combien de temps il pourrait tenir… déjà, il sentait la pression monter. Il aurait voulu savourer cette caresse plus longtemps : c'était tellement bon, tellement… indescriptible.

— Joey ?

La brûlante humidité disparut.

— Tu aimes ?

— Hmm hmm, c'est sublime.

Toujours haletant, Robbie tenta de relever sa tête de l'oreiller.

— Tant mieux. C'est le but.

Et tout recommença, cet étau de velours trempé qui le serrait si délicieusement, aspirant avec force. Robbie s'abandonna et laissa le plaisir l'emporter, puisque Joey le lui dispensait avec tant d'enthousiasme. L'idée que le jeune homme le caresse ainsi et lui octroie de telles sensations provoqua en Robbie comme un raz-de-marée. Il se cambra et hurla, sans se retenir, tandis que sa jouissance culminait et explosait.

Quand il retrouva son souffle, il se rassit et sentit les lèvres de Joey contre les siennes. Cette fois, il s'accrocha très fort et plaqua Joey contre lui, tandis que ses mains, à leur tour, partaient en exploration.

— Je peux ?

Il ne savait trop ce que réclamait sa question, il voulait juste expérimenter ce que Joey venait de lui faire découvrir, et plus encore.

— Tout ce que tu veux.

Joey se retourna dans le lit et s'allongea sur le dos, avec lui à califourchon au-dessus. Il aima cette position. Il n'avait pas souvent l'occasion de se sentir dominant, quelle que soit la situation. Après quelques tâtonnements, ses mains découvrirent les tétons de Joey. Robbie se baissa pour les embrasser, ravi de les sentir durcir sous ses caresses. Il y goûta avec plaisir et entendit Joey gémir doucement et se cambrer pour mieux s'offrir, ce qu'il trouva de bon augure. Lorsqu'il accentua la pression, les gémissements devinrent plus forts.

— Joey, je peux moi aussi te goûter, comme tu l'as fait pour moi ?

— Tu peux, mais tu n'y es pas obligé.

Robbie nota la voix éraillée de Joey, son souffle difficile. Il tenait vraiment à rendre le plaisir qu'il venait de connaître mais ne savait trop comment faire. Il se sentait bien trop gêné pour poser des questions. Les mains en avant, il se guida sur le corps étendu et très vite, trouva le sexe en érection.

Il apprécia le contact de ce membre, long et épais, entre ses mains. Réfléchissant aux caresses qui lui plaisaient, il le malaxa de haut en bas, afin d'approfondir ses sensations.

— Robbie !

Il sourit en sentant Joey se tordre sous lui. Il se pencha et, d'un coup de langue hésitant, effleura le bout du sexe qu'il tenait toujours. Le goût de Joey explosa sur ses papilles. Il fit glisser sa langue sur toute la longueur, y déposant de petits baisers. C'était enivrant !

Ouvrant la bouche, il prit le gland entre ses lèvres, le plongea plus profondément en lui, avant de s'écarter.

— Vas-y doucement, conseilla Joey.

Robbie fit une nouvelle tentative. Cette fois, il se sentit plus à l'aise. En fait, c'était une expérience étonnante, exquise. Sentir Joey glisser sur sa langue, entendre les sons qu'il poussait, associés à ces petits mouvements de hanches… Robbie chercha à se souvenir de ce que Joey lui avait fait et qu'il avait tant apprécié… Il fit de son mieux pour imiter sa technique. D'après lui, il ne s'en sortait pas si mal s'il devait en juger par les gémissements étouffés et les soupirs que ses caresses provoquaient.

— Robbie, je vais jouir…

Il appliqua de plus belle et entendit le cri de Joey. En même temps, il eut la bouche remplie de son sperme. Il s'efforça de tout avaler, puis s'étendit de tout son long sur le corps de Joey. Aussitôt, des bras forts le câlinèrent, des mains fermes le serrant tendrement, des lèvres douces lui embrassant le visage.

Les deux hommes restèrent ainsi couchés, Joey parcourant des mains sa peau, son corps. Robbie se demanda ce qu'il allait faire. Joey était si tendre, si attentif, où trouverait-il le courage de le quitter pour rentrer chez lui à la fin de la semaine suivante ? Il tombait amoureux du jeune homme. Il le savait. Il ignorait juste s'il s'agissait d'un engouement passager ou bien d'un amour sincère.

— À quoi penses-tu ? chuchota Joey contre ses lèvres.

— À la semaine prochaine…

Il n'aurait pu cacher le trouble de sa voix, même s'il avait essayé.

— Je sais, Robbie. J'y pense aussi.

Les bras de Joey se resserrèrent autour de lui, Robbie eut la sensation qu'il s'agissait d'un rempart protecteur destiné à lui épargner toute inquiétude concernant un avenir incertain.

V

LE TEMPS était frais et nuageux, ce qui était parfait pour désherber le jardin. Joey se trouvait à arpenter les rangées, à quatre pattes, arrachant les plantes parasites ayant eu l'audace de pousser parmi ses légumes. Robbie était assis non loin de lui, sur un carré d'herbe, Rex à ses côtés. Les deux chatons, joueurs et turbulents, grimpaient sur le dos du chien ou les genoux du jeune aveugle.

Les derniers jours avaient été les meilleurs dont Joey se souvenait depuis son accident. Robbie et lui passaient l'essentiel de leurs journées ensemble, à cheval le plus souvent, pour inspecter les clôtures ou surveiller les champs. Quand Robbie s'en allait pour une répétition, Joey redoublait d'efforts, se débarrassant des tâches les plus difficiles pour avoir du temps libre au retour de Robbie. Mais ce qu'il préférait, c'était les nuits, quand Robbie et lui se retrouvaient seuls, dans le noir et à égalité, chacun explorant à tâtons le corps de l'autre.

— Tu crois qu'il va pleuvoir ? demanda Robbie.

Joey leva les yeux et vit un chaton tenter d'escalader la poitrine du jeune homme.

— J'espère bien ! Ça fait déjà plusieurs jours qu'on nous le promet, les champs en ont bien besoin.

Il se remit au travail en disant :

— J'aimerais juste qu'il s'agisse d'une bonne ondée, pas d'un déluge.

Il entendit le rire de Robbie et chercha à déterminer ce qui l'avait provoqué : le chaton, blotti contre son torse, lui léchait le visage de sa langue rappeuse.

— As-tu réfléchi aux noms à leur donner ?

— Moi ? demanda Robbie qui riait toujours.

— Bien sûr. Rex paraît t'avoir adopté et ces petits chats sont à lui, aussi c'est à toi de leur donner un nom.

Il y eut d'autres rires, Joey détourna les yeux avec un sourire pour recommencer à arracher ses mauvaises herbes. Durant un moment, le silence régna.

Ensuite, Joey perçut un mouvement à l'endroit ou Robbie était assis avant que les notes chaleureuses de son violon flottent sur le jardin. Sans réfléchir, Joey cessa de travailler pour écouter et regarder Robbie qui jouait.

Il ne reconnaissait pas cet air, pourtant captivant. Même les chatons avaient oublié leurs gambades et s'étaient pelotonnés contre Rex, la tête posée, pendant que Robbie jouait. C'était une mélodie heureuse, enjouée, et Joey comprit que le jeune aveugle exprimait en musique ce que tous les deux ressentaient. Et tandis qu'il écoutait, oubliant complètement la tâche à accomplir, la sérénade devint le reflet même de son bonheur.

Il finit par émerger de sa transe pour se remettre au travail avec un sourire. Il arracha ses mauvaises herbes au rythme de la musique.

Lorsque la dernière note mourut, Joey entendit un raclement de gorge.

— Je ne voulais pas vous interrompre.

Ravi, Joey leva les yeux en reconnaissant cette voix. Il ôta un de ses gants et se redressa pour serrer contre lui l'homme qui venait d'apparaître au jardin.

— Len ! Quand es-tu rentré ?

Son aîné lui rendit son accolade et répondit :

— La nuit passée.

Joey s'écarta lorsque Len demanda :

— Qui est-ce ?

Se souvenant des bonnes manières, Joey se chargea des présentations :

— C'est Robbie. Il est de passage en ville avec l'Orchestre des Jeunes, il réside chez nous jusqu'à la semaine prochaine.

Robbie remit son violon dans son écrin puis il se leva. Joey vit Len avancer vers lui, Robbie tendit la main et attendit, sans bouger. Un peu surpris, Len continua à marcher, pour échanger avec le jeune aveugle une ferme poignée de main.

— Ravi de te rencontrer.

— Moi aussi. Joey m'a beaucoup parlé de vous.

Robbie s'accroupit et tâtonna autour de lui, s'assurant que ses instruments étaient bien protégés puisque les premières gouttes de pluie commençaient à tomber.

Joey se pencha pour récupérer un des chatons.

— Tu te sens capable de retourner seul à la maison ?

— Oui.

Robbie retourna vers la maison avec son écrin à la main.

Joey entendit Len marmonner entre ses dents :

— Il est aveugle ?

— Ouais. Il est absolument génial.

Joey rassembla ses gants et ses outils avant de rentrer lui aussi. Tout en portant ses affaires, il surveillait Robbie afin de s'assurer que tout allait bien. Il déposa ses outils dans l'antichambre avant de pénétrer dans la maison.

Il y avait déjà une petite foule agglutinée autour de la table de la cuisine. Et Chris, qui était depuis cinq ans le partenaire de Len, en faisait partie. La pièce résonnait de voix sonores lorsque Joey guida doucement Robbie jusqu'à une chaise vacante.

— Chris, voici Robbie, dit-il.

Après un échange de salutations, la conversation reprit, passant à toute vitesse d'un sujet à l'autre, d'un homme à l'autre, y compris Pete, Lumpy et les autres employés. Tous attendaient avec impatience des détails concernant la croisière de Len et Chris. Ce dernier avait un don pour animer une anecdote et il provoqua de nombreux rires en relatant leurs expériences à bord – dont l'homme qui, un soir au dîner, avait coincé la nappe dans son pantalon et emporté avec lui les couverts en se relevant… ou le gosse qui avait perdu son maillot sur le toboggan aquatique.

Puis Len posa sa tasse de café dans l'évier et demanda à Geoff :

— Dis-moi, la scie électrique se trouve toujours dans la remise ? Il y a dû y avoir un orage pendant notre absence parce que j'ai vu quelques branches tombées près de la maison.

Quelques années plus tôt, Len avait déménagé pour s'installer avec Chris. Les deux hommes paraissaient très heureux.

— Oui, elle se trouve sur le comptoir des outils.

Les autres comprirent que la récréation était terminée, ils se levèrent et firent leurs adieux avant de rentrer chez eux.

— Je vais aller la chercher et la mettre dans le coffre de la voiture, proposa Chris.

Il se leva et caressa les épaules de Len d'une main aimante.

Une fois Chris sorti, Len demanda :

— Alors, Robbie, comment as-tu atterri parmi ces rigolos ?

Joey expliqua la situation difficile dans laquelle Mari s'était retrouvée au dernier moment. Robbie évoqua toutes ses expériences à la ferme. Même aveugles, ses yeux brillants furent expressifs lorsque Robbie raconta à Len que, grâce à Joey, il était monté à cheval pour la première fois.

— D'après ce que je vois, tu t'amuses bien.

— Oui, c'est vraiment génial.

Sous la table, Robbie serra très fort la cuisse de Joey, qui retint de justesse un piaillement surpris.

La porte arrière claqua, Chris revenait dans la cuisine.

— C'est bon, annonça-t-il, avant de s'installer à table. Geoff, j'ai vu une moto dans la remise. Elle est à toi ? Elle est vraiment superbe !

Tous les yeux se tournèrent vers Joey, qui chercha aussitôt à déterminer s'il pouvait disparaître sous terre.

— C'est la mienne, admit-il.

— Merde, je suis désolé. Elle est si belle, j'ai oublié ce qui t'était arrivé.

Le plus étrange, c'est qu'au cours des derniers jours, Joey aussi avait oublié. L'accident, son visage, rien ne comptait vraiment quand il était avec Robbie.

— Que comptes-tu faire de cette moto ? demanda Chris.

Joey haussa les épaules, mais ce fut Robbie qui parla :

— M'emmener faire un tour.

Et ce n'était pas une suggestion.

— Je ne suis pas sûr de le pouvoir.

Joey n'était même pas sûr d'être un jour capable de remonter sur cette moto, ou n'importe quelle autre. Quand il trouva enfin le courage de regarder. Robbie, il découvrit sur son beau visage une expression nouvelle, complètement inconnue. Il ne dit rien. Pourtant, Joey avait le triste pressentiment qu'il n'avait pas fini d'entendre parler de cette histoire.

Eli se redressa et annonça :

— Il faut que j'aille m'occuper des chevaux, qu'il pleuve ou pas.

Se penchant, il embrassa Geoff et ajouta, avec un sourire entendu :

— Je risque d'être en retard. De plus, c'est à ton tour de faire la cuisine ce soir.

— Dans ce cas, nous irons manger en ville, au restaurant.

Ils se mirent tous à rire, y compris Eli, qui accorda un autre baiser à son amant avant de quitter la cuisine pour se rendre à l'écurie. Chris déclara avoir des coups de fil à donner, il passa donc dans une autre pièce.

Geoff débarrassa la vaisselle et lui aussi s'en alla en direction de son bureau en disant :

— J'ai de la paperasserie à régler.

— Quant à moi, dit Robbie, je vais répéter pour le spectacle de demain.

Joey alla lui chercher son écrin à violon, puis le jeune aveugle monta l'escalier, laissant Len et son protégé tout seul dans la cuisine.

Len ne perdit pas de temps :

— Alors, Robbie et toi, vous êtes ensemble ?

— Pour le moment.

Joey tenta de ne pas penser ce qui se passerait la semaine prochaine… quand Robbie rentrerait chez lui.

— C'est bien ce que je pensais. Tu souris beaucoup plus et tu parais… heureux. Je ne t'avais pas revu comme ça depuis bien longtemps.

— Je suis à la fois heureux et terrorisé. Il s'en ira dans une semaine pour retourner dans le Mississippi.

Il tenta de dissimuler sa vive déception.

— Qu'est-ce que tu ressens pour lui ?

Levant les yeux pour scruter le visage de Len, Joey n'y trouva que de la bonté à son égard. Len représentait le père qu'il n'avait jamais eu, il éprouvait pour lui une véritable vénération.

— Je pense que…

Joey ne réussit pas à aller plus loin. Il n'était pas prêt à avouer son amour à voix haute. Parce que s'il le faisait, il aurait ensuite à en affronter les conséquences.

Il sentit une main se poser sur son bras.

— Tu connais ce vieux dicton : 'Mieux vaut avoir aimé et perdu, que de n'avoir jamais connu l'amour'. Il y a un fond de vérité là-dedans. Notre cœur choisit qui il veut aimer mais Dieu seul décide combien de temps donner à notre amour. Tu dois profiter au mieux de celui qui t'est accordé, qu'il s'agisse de sept jours, de sept mois ou de sept ans.

Joey s'essuya les yeux.

— Je ne suis pas certain que je supporterais de le perdre. C'est l'un des hommes les plus merveilleux que j'aie jamais connus. Avec lui, même répandre le fumier ou réparer les clôtures devient un plaisir.

C'était des tâches que tous les hommes de la ferme détestaient.

— Tu n'as pas d'autre choix. Tout ce que tu peux faire, c'est profiter du temps que tu passeras avec lui.

Les notes du violon de Robbie traversaient déjà la maison.

— Merci, Len.

— Que vas-tu décider ?

Joey nota le regard entendu de son vis-à-vis.

— Si Robbie est assez courageux pour monter à cheval, je vais sans doute essayer de remonter sur la moto.

Les deux hommes se levèrent et, avant que Joey puisse faire un pas, Len le prit dans ses bras.

— Ça me fait vraiment plaisir que tu sois revenu, Len.

Tout à coup, Joey aperçut un reflet doré. Il demanda :

— C'est nouveau ?

Len releva sa manche pour lui faire voir de quoi il s'agissait : une grosse montre scintilla sous la lampe.

— Ouais. C'est Chris qui me l'a offerte pendant notre séjour aux Antilles.

— C'est vraiment de l'or ?

Seigneur, un truc pareil devait coûter une fortune !

— Ouais. Chris a insisté pour me l'acheter quand il m'a vu examiner la vitrine d'un bijoutier, sur l'île de St Martin.

Len n'en paraissait pas tellement heureux.

— C'est un bijou superbe mais pas vraiment le genre que j'imaginais te voir porter un jour.

— Je pense comme toi.

Bien que Len n'ait rien d'ostentatoire, Chris avait pris l'habitude de lui offrir des cadeaux coûteux depuis que ses affaires devenaient florissantes. Les deux hommes s'étaient rencontrés lorsque Len avait engagé Chris pour aider à la ferme. À l'époque, Chris avait besoin d'un salaire régulier pour lancer son entreprise.

— Ah…

D'après Joey, Len était bien trop gentil pour refuser un cadeau, même une montre ne correspondant pas à ses goûts. Il tourna la tête en direction du salon et insista :

— Quelque chose ne va pas ?

Pendant quelques secondes, Len parut mener une bataille intérieure.

— Rien de grave. C'est juste que Chris travaille beaucoup ces derniers temps. J'ai presque l'impression qu'il me fait des cadeaux pour se faire pardonner d'être si souvent absent.

Joey eut un sourire de conspirateur.

— Je me souviens de ce que tu me disais toujours, lorsque j'étais enfant : quand on tient à quelqu'un, on dépense toujours… soit de l'argent, soit du temps.

— C'est exact. J'aimerais que Chris soit plus généreux avec son temps. Je ne lui en veux pas, je ne pense pas qu'il ne m'aime plus, c'est juste…

Len se reprit en secouant la tête.

— Tu n'as pas besoin d'entendre tout ça. Va plutôt retrouver ton charmant jeune compagnon.

Joey ne supportait pas de voir Len malheureux. Il aurait voulu l'aider mais il ne savait pas comment.

— Vas-y, répéta Len. Ne t'inquiète pas pour moi.

Sur ce, Len quitta la cuisine pour rejoindre Chris, toujours au téléphone. Joey nota la façon dont Chris accueillait son amant en lui ouvrant les bras pour le serrer contre lui, avant de raccrocher.

La musique continuait, attirant Joey à l'étage comme le chant irrésistible des sirènes. Il trouva Robbie assis sur son lit, devant un auditoire à quatre pattes. Joey s'installa près de Rex pour lui gratter les oreilles.

— Je t'en prie, continue à jouer.

Relevant son archet, Robbie reprit sa mélodie, tandis que Joey se perdait dans ses propres réflexions. Len avait raison : autant qu'il profite de son temps avec Robbie. À la fin de la semaine, le jeune aveugle rentrerait chez lui, dans sa plantation familiale, où il retrouverait du personnel et d'autres avantages dont Joey ne pouvait que rêver. Mais tant qu'il se trouvait avec lui, à la ferme, Joey s'efforcerait d'ensoleiller leurs moments passés ensemble. Joey savait qu'il n'avait pas sa place dans le monde de Robbie. Si l'argent causait déjà des problèmes entre Chris et Len, son cas serait bien pire. Comment lutter avec ce que Robbie trouverait en rentrant chez lui, le luxe en abondance, aucun souci financier concernant l'avenir ? Non. Même s'il s'était laissé aller à envisager un futur, il devait abandonner tout espoir. Robbie et lui auraient une semaine ensemble. Un point c'est tout. Il avait la ferme intention d'accepter son destin. Même s'il n'en avait pas envie.

JOEY ÉTAIT tellement plongé dans ses pensées qu'il ne réalisa pas tout de suite que Robbie s'était interrompu, du moins pas avant que le jeune aveugle commence une nouvelle mélodie. Plus lente, plus sombre, elle reflétait son humeur morose. Elle se déversa dans la pièce au rythme de la pluie qui battait sur les carreaux. En écoutant cette chanson, Joey espéra sincèrement que Robbie ne faisait que s'exercer, et non qu'il exprimait ce qu'il ressentait.

Pour rien au monde il ne voulait transmettre sa mélancolie au jeune aveugle. Lorsque la musique mourut, Robbie baissa son instrument.

— Qu'est-ce qui ne va pas ? Et ne me réponds pas 'rien', je sens bien que tu as quelque chose sur le cœur.

— Je réfléchissais, c'est tout.

Joey se pencha à travers le lit pour effleurer la joue de Robbie avant de lui embrasser doucement les lèvres.

Dès que leurs bouches se rejoignirent, la chambre s'illumina. Les rayons de soleil brillèrent par la fenêtre, comme si Mère Nature elle-même tentait de dissiper la morosité de Joey.

— Combien de temps dois-tu encore t'entraîner ?

— Une heure, je crois. Pourquoi ?

Joey se redressa.

— Dans ce cas, je vais te laisser tranquille. J'ai des choses à faire.

Après un autre baiser, il quitta le lit. Il embrassa encore Robbie avant d'avancer jusqu'à la porte. Là, il se retourna, le jeune aveugle levait son violon.

— Tu n'as pas besoin de rester là.

Avec un sourire, Robbie plaça son violon sous son menton.

— J'aime te regarder.

Joey nota le regard concentré, l'expression attentive du visage de Robbie lorsqu'il caressa de son archet les cordes de son violon, en tirant une note magnifique. Il soupira doucement et redescendit l'escalier. Une fois sorti de la maison, il marcha jusqu'à la remise où étaient rangés les outils.

Sa moto se trouvait toujours là où il l'avait laissée, la bâche, un peu de travers, protégeant le moteur. Autrefois, cet engin avait été sa fierté, sa joie. Aujourd'hui, Joey avait du mal à toucher la bâche pour l'enlever.

— Et si tu retrouvais tes couilles ? se morigéna-t-il.

Il ôta la bâche qu'il plia sur le sol derrière lui et regarda la moto violette et blanche. Se forçant à avancer, il caressa d'une main la bécane remise en état. Seules quelques égratignures encore visibles témoignaient de ce qui s'était passé, des mois plus tôt. Pendant son séjour à l'hôpital, Geoff avait veillé aux réparations de sa moto. Malgré tout, en revenant à la ferme, Joey y avait à peine jeté un coup d'œil.

Il se souvint alors d'un conseil que lui avait donné Len, autrefois, après sa première chute de cheval : 'Tu ne peux vivre en ayant peur ni en ne pensant qu'aux risques potentiels'. Len l'avait illico remis en selle.

D'un coup de pied, Joey repoussa la béquille puis il fit rouler sa moto à l'extérieur. Les nuages s'éclaircissant, tout paraissait propre, neuf. Les rayons du soleil scintillaient sur les gouttes et l'air encore humide.

Joey inspecta sa moto de fond en comble, vérifiant le niveau d'huile, remplissant le réservoir d'essence. Il ne cessait de se le répéter : il lui fallait franchir cette étape. Et Len devait trouver qu'il n'avait déjà que trop tardé.

Il inspira profondément puis il coiffa son casque et enfourcha sa moto, posant son derrière sur le siège. Il serra les cuisses pour garder l'équilibre lorsqu'il repoussa sa béquille d'un coup de pied. Il tourna la clé, entendit le démarreur s'enclencher, mais le moteur ne démarra pas. Joey fit une seconde tentative, pressant l'accélérateur pendant qu'il titillait le démarreur. Cette fois, un rugissement annonça que le moteur se ranimait.

Joey faillit tout arrêter et s'en aller. Au lieu de cela, il resta en place et poussa les gaz. Peu de temps après, il roulait dans l'allée et se retrouvait sur la route.

Libérant tout, il dévala la rue déserte, l'air tourbillonnant tout autour de son corps. S'il était toujours nerveux, il retrouvait également d'anciennes sensations : la liberté et la joie intense qu'il avait toujours éprouvées sur sa moto. Aujourd'hui s'y ajoutait la prudence.

— Je peux le faire.

Il prit un carrefour et revint vers la ville, avant de choisir un autre embranchement qui lui fit faire un grand détour en pleine campagne avant de le ramener jusqu'à la ferme.

Quand il approcha, il vit Len dans la cour, Robbie à ses côtés. Les deux hommes arboraient un grand sourire. Au moment où Joey se garait, Chris émergea de la maison et rejoignit Len. Tous deux adressèrent à Joey un salut de la main avant de monter en voiture pour rentrer chez eux. Quant à Robbie, souriant toujours, il trépignait presque sur place, sautant d'un pied sur l'autre.

Joey enleva son casque et coupa le moteur.

— Tu veux vraiment faire un tour ?

— Absolument.

Joey n'était pas certain d'en avoir envie. Et s'il y avait un autre accident ? Si Robbie était blessé à cause de lui, il ne se le pardonnerait jamais.

— Je ne suis pas sûr que ce soit une bonne idée.

Rien qu'en y pensant, Joey sentait son estomac faire des soubresauts. Mais il changea vite d'avis en voyant l'excitation pleine d'espoir disparaître sur le visage de Robbie.

— D'accord, mais nous n'irons pas loin. Laisse-moi te trouver un autre casque.

Joey mit la béquille et descendit de sa moto, avant de pénétrer dans la remise. Il en revint peu après avec un casque blanc.

— Je vais t'aider à l'enfiler mais, d'abord, enlève tes lunettes.

Avec des gestes doux, il plaça le casque sur la tête de Robbie, attacha la sangle sous son menton et baissa la visière. Ensuite, il guida le jeune aveugle et l'aida à s'installer sur le siège de la moto.

— Dès que j'aurai démarré, tu mettras ton pied ici…

Il montra à Robbie où se trouvait le cale-pied.

— … et tiens-moi bien par la taille, comme quand nous sommes sur le dos de Twilight.

— D'accord.

Dès que Joey remonta sur sa moto, il sentit Robbie l'empoigner aux hanches. Il baissa la tête et vérifia que le jeune aveugle avait bien placé ses pieds à l'endroit indiqué, puis il démarra, repoussa la béquille et se mit en route, lentement.

Au stop, il vérifia qu'aucun véhicule n'approchait. La route étant déserte, Joey s'y engagea et accéléra. Il sentit Robbie resserrer sa prise. Il n'allait pas vite. Il entendit cependant Robbie parler. Comme il ne comprenait pas, il s'arrêta le long du trottoir.

— Ça va ?

Le casque blanc s'agita vigoureusement.

— C'est génial.

— Très bien, dans ce cas, accroche-toi.

Joey se remit en route et donna un peu de champ à sa moto, tout en vérifiant avec soin la route et sa vitesse. Pas question de courir le moindre risque ! Après tout, il avait derrière lui une précieuse cargaison. Il trouvait très agréable de sentir sous lui la puissance habituelle de sa moto ; il adorait aussi avoir Robbie installé derrière lui.

Il prit plein nord, vers les routes de campagne. Il parcourut les douces collines tout en gardant un œil sur ce qui l'entourait. Peu à peu, il se détendit et commença à apprécier la promenade. Puis il prit conscience d'une nouvelle sensation pressée contre lui. Robbie bandait ! Son sexe érigé s'appuyait contre les fesses de Joey. Ben dis donc ! Son Robbie était un vrai diable ! *Son Robbie…* Joey préféra repousser cette idée et se concentrer sur la route.

Il aurait voulu demander à Robbie ce qu'il ressentait mais cette érection collée à lui était suffisamment parlante. Il prit un autre carrefour et continua, toujours prudemment. Il y avait devant lui un tournant sans visibilité, il s'y engagea et accéléra doucement au moment où une voiture apparaissait quelques mètres devant lui, d'une route perpendiculaire. Joey ralentit mais la voiture continuait à la même d'allure, elle tourna et se plaça devant lui. Joey commença à paniquer, une sensation électrique et paralysante le parcourut des pieds à la tête. C'était comme si son corps se souvenait et réagissait. Tout à coup, il vit les feux arrière s'illuminer en rouge, la voiture venait de s'arrêter, juste devant lui. Au milieu de la route !

Joey freina de toutes ses forces, faisant crisser ses pneus.

— Seigneur, ça ne va pas recommencer ! hurla-t-il dans son casque.

Parce qu'il voyait une autre voiture arriver en face d'eux, sur la voie de gauche, ce qui coupait toute issue de secours à sa moto.

Il se souvint de son dernier accident, de la terreur, de la douleur… Tout lui revint en plus d'une inquiétude terrible : Robbie était assis derrière lui.

ROBBIE SENTIT le siège sous lui déraper avant de tressauter. Il n'arrivait pas à comprendre ce qui se passait. Puis la moto freina, ce qui le projeta en avant. Il heurta Joey avant de retomber sur son siège. Il entendit les graviers gicler sous les roues… ils dérapaient encore, d'un côté, puis de l'autre. Robbie ne savait pas quoi faire, il se sentait terriblement impuissant.

— Joey ! cria-t-il.

Le son se perdit dans le casque qui lui entourait la tête. De toute façon, crier ne servait à rien. Il s'accrocha à Joey aussi fort qu'il le put. Entre cahots et secousses, la moto continua son chemin erratique, puis enfin, elle ralentit.

— Mon Dieu, vous n'avez rien ?

Robbie entendit le cri – une voix de femme – lorsque la moto s'arrêta enfin, le moteur fut coupé. Il était assourdi par le son de sa propre respiration qui résonnait dans le casque à ses oreilles.

La voix de la femme devient plus forte :

— Dites-moi que vous n'êtes pas blessés !

Robbie lui prêta à peine attention. Il resta assis à sa place, sur la moto, tétanisé de terreur, s'accrochant à Joey comme si sa vie en dépendait. Son cœur battait encore à des millions de kilomètres à la minute.

— Oui, je pense que tout va bien.

C'était la voix de Joey qui venait de répondre ; lui non plus, comme Robbie, ne bougeait pas d'un poil. Puis Joey se retourna et demanda :

— Robbie, ça va ?

Sa voix était plus audible. Robbie se contenta de hocher la tête, il n'avait pas encore confiance dans son gosier pour répondre directement. Il n'était pas blessé, juste terrorisé.

La femme cria :

— Mais enfin, papa ! Mais qu'est-ce que tu fais ? Tu n'es pas censé conduire !

Sa voix s'assourdissait, elle devait s'éloigner. Elle dut obtenir une réponse parce que Robbie l'entendit encore crier :

— Quoi ? Chercher le courrier ? Tu as failli provoquer un accident !

Il sentit la main de Joey sur son bras.

— Je pense que nous devrions rentrer à la maison.

Une fois de plus, Robbie acquiesça. Il refusa de lâcher Joey lorsque le moteur se remit en route. Ils recommençaient à avancer… la moto tourna et rebondit légèrement, puis la route devint plus lisse. Ils rebroussèrent chemin jusqu'à la ferme. En silence.

Robbie sentait bien qu'il se crispait à chaque cahot, à chaque tournant. Puis il entendit les graviers sous les roues et Joey coupa le moteur. Ni l'un ni l'autre des deux passagers ne bougea.

— Il faudrait que nous descendions.

Très lentement, Robbie relâcha sa prise et redressa l'échine avant de poser les pieds par terre pour descendre de la moto. Il entendit Joey marcher sur les graviers avant de sentir ses doigts s'activer sur la sangle de son menton. Puis le casque disparut de sa tête, il pouvait à nouveau entendre normalement.

— Ça va ? chuchota Joey.

— Oui, très bien. Qu'est-ce qui s'est passé ?

Robbie fit un effort pour que sa voix n'exprime rien de sa terreur mais, selon lui, il n'y réussit pas.

— J'ai failli rentrer dans une voiture arrêtée au beau milieu de la route. C'était un vieux qui a surgi droit devant nous… Pour ne pas l'emplafonner, j'ai dû couper sur le trottoir et rouler un moment sur de la pelouse.

La voix de Joey paraissait froide, distante. Robbie entendit des pas, puis un doux grincement. Sans doute Joey qui faisait rouler sa moto pour aller la ranger, pensa-t-il.

Il attendit son retour un long moment. Rien ne vint. Robbie était toujours planté à l'endroit où il était descendu de la moto. Il se demandait ce que faisait Joey.

— Joey ?

Aucune réponse. Il n'y avait autour de lui que les bruits habituels de la ferme.

— Robbie !

C'était la voix de Geoff, émanant probablement de la ferme. Du moins, c'est ce que Robbie espérait. Des pas qui accouraient vers lui.

— Que s'est-il passé ?

— Je ne sais pas trop.

Il était à la fois troublé et vexé. Joey l'avait oublié ?

— Nous faisions un tour en moto. Il y a eu un incident. Il m'a ramené à la maison.

— Où est-il à présent ?

La voix de Geoff exprimait une très nette contrariété, Robbie en était certain.

— Je ne sais pas.

Il craignit de fondre en larmes et déglutit pour se retenir.

— J'ai cru qu'il était parti ranger sa moto mais il n'est pas revenu.

Robbie ne savait pas trop quoi penser de cet abandon. Il sentit la main de Geoff se poser sur son bras et l'entraîner à travers la cour de la ferme.

— Nous sommes presque arrivés à la porte de derrière.

Du bout du pied, Robbie trouva la marche qui permettait de pénétrer dans la maison, Geoff le guida jusqu'à la table de la cuisine.

— Alors, comment s'est passée la balade ?

La voix pleine d'entrain d'Eli tira Robbie de sa morosité.

— C'était super jusqu'au moment où quelqu'un a surgi devant nous. Joey a réussi à éviter un accident, il nous a sauvés. Il y a eu quelques cahots mais nous nous en sommes bien sortis, tous les deux. Quand nous sommes revenus à la ferme, il m'a aidé à descendre de sa moto et ensuite, il a disparu.

Robbie prit un siège et s'installa.

— Joey l'a laissé tout seul au milieu de la cour, indiqua Geoff, toujours mécontent.

La conversation se poursuivit autour de Robbie, qui n'y prêta aucune attention. Il savait que les deux hommes n'appréciaient pas du tout l'attitude désinvolte de Joey à son égard. Lui avait besoin d'y réfléchir. Et pour y arriver, il n'y avait qu'une chose à faire. Aussi, il se leva et traversa la maison en direction de l'escalier. Une fois dans sa chambre, il trouva son écrin à violon là où il l'avait laissé, il l'ouvrit et en sortit son instrument.

Au lieu de placer le violon directement sous son menton, il fit courir ses doigts sur le bois lisse... la chaleur des matériaux et le délicat travail de l'artiste réussirent à apaiser sa douleur interne. Il prit son archet, s'assit au bord du lit, positionna son instrument et en caressa les cordes. Les notes émanèrent du plus profond de son âme. Ce que Robbie éprouvait, son trouble, son impuissance, tout se transmettait dans sa musique. Le Requiem Allemand de Brahms lui traversa l'esprit, il entendit l'opus dans son entier ; l'orchestre et les chœurs accompagnaient son propre jeu. Robbie sentit les larmes couler sur ses joues pendant qu'il continuait à jouer, exprimant sa profonde sensation de perte. Enfant, il avait souvent pensé avoir eu de la chance de connaître la vue avant d'en être privé par ses gènes défectueux mais, en vérité, cela rendait la situation encore plus tragique. Et aujourd'hui, c'était pareil. Il avait connu la liberté et avait été encouragé à devenir plus autonome, pour ensuite se retrouver abandonné, perdu et impuissant, au milieu d'une cour. Et cette trahison venait de celui qu'il considérait comme son ami, sinon plus.

Robbie joua des heures durant, se perdant complètement dans sa musique. Puis un coup discret frappé à la porte le ramena sur terre. Il déposa son instrument et pressa un bouton sur sa montre. La voix mécanique lui indiqua qu'il était neuf heures et demie du soir. Il entendit la porte s'ouvrir.

— Je t'ai apporté de quoi manger, indiqua Eli à mi-voix. Tu n'es pas descendu dîner et nous ne voulions surtout pas te déranger.

Robbie rangea son violon. Il sentit une assiette se poser sur ses genoux, un verre se presser dans sa paume.

— C'est juste un sandwich mais si tu veux autre chose, je peux te l'apporter.

— Merci beaucoup.

Assoiffé, Robbie vida d'une seule gorgée la quasi-totalité de son lait avant de déposer son verre sur la table de nuit. Puis il tâtonna dans son assiette pour trouver son sandwich.

— Joey est rentré ?

Il avait à la fois envie de le savoir et de l'ignorer.

— Il est revenu, il y a quelques heures. Il est aussitôt ressorti sans dire un mot à personne. J'aimerais savoir ce qui ne va pas.

Eli paraissait inquiet.

Robbie termina son sandwich et son lait, puis Eli récupéra son plateau.

— Tu veux redescendre avec moi ?

Robbie secoua la tête, il ne voulait surtout pas bouger.

— Tu as encore faim ?

— Non merci.

Déjà, Robbie reprenait son violon et se remettait à jouer. Il n'entendit même pas la porte se refermer. Il ignora combien de temps il se perdit dans sa musique mais quand il émergea enfin de sa transe, la maison était silencieuse et lui, complètement épuisé. Il rangea son instrument pour essuyer ses joues qu'il découvrit trempées. Il se leva, déposa son écrin sur la commode et ouvrit la porte. Il entendit un bruit de pas pressés et le sommier grinça. *Rex*… Avec un sourire, Robbie se prépara à se coucher. Quand il revint sous ses couvertures, Rex se blottit contre lui.

Mais Robbie ne trouvait pas le sommeil. Il resta étendu sur son lit, à écouter les ronflements du chien. De temps à autre, il lui sembla que l'animal courait en dormant, ses pattes s'agitant nerveusement, très vite. Robbie espérait toujours entendre sa porte s'ouvrir et la voix de Joey s'adresser à lui. Il voulait que le jeune homme le rejoigne dans son lit et le prenne dans ses bras. Il aurait aimé des explications sur ce qui s'était passé. Mais non, rien. Il n'y avait autour de lui que le silence et la solitude. Il essaya de dormir, sans y réussir.

Il tâtonna sa montre, la voix lui indiqua qu'il était un peu plus de deux heures du matin. Il prit alors sa décision. Au moment où il quittait le lit, il entendit Rex renifler. À tâtons, Robbie trouva la porte qu'il ouvrit sans faire de bruit. Il fit trois pas, comme il en avait pris l'habitude, pour traverser le couloir. Il trouva la porte de Joey fermée et posa la main sur la poignée. Il se figea, cherchant à rassembler son courage. Il finit par pousser la porte et écouta. Il n'entendit rien. Pas de respiration, rien.

Du moins au début.

— Robbie ?

Ce simple mot lui suffit pour se repérer. Il entra dans la pièce, referma la porte derrière lui, et avança jusqu'au lit.

— Qu'est-ce qui t'a pris au juste ?

Il projeta vivement sa main en avant, satisfait d'entendre un claquement sec, peau contre peau.

— Tu m'as laissé planté au milieu de la cour ! Je ne savais pas où j'étais, je ne savais pas où aller.

Il parlait plus fort, parce que sa colère montait.

— Je te faisais confiance ! Tu m'as abandonné !

Il chercha à relever la main et des doigts se refermèrent sur son poignet.

— Comment as-tu osé me faire ça ?

Robbie commençait à perdre pied sous le coup de l'émotion. Il essaya de libérer son bras, il voulait retourner dans sa chambre.

— Je suis d-désolé.

Il y avait un tel désespoir dans la voix de Joey que Robbie cessa de se débattre et écouta.

— L'idée d'avoir frôlé un accident avec toi était...

Il entendit la cassure dans la voix de Joey et sentit sa main libérer son poignet. D'un côté, Robbie avait envie de s'en aller et de laisser Joey souffrir autant que lui-même avait souffert. Mais bien plus encore, il tenait à savoir ce que Joey avait à dire. Aussi, il prit sa décision et s'installa sur le bord du lit. Il croisa les bras sur sa poitrine.

— Je t'écoute.

— Je suis désolé d'avoir fait ça.

Robbie entendit un reniflement, il sut que Joey pleurait – et qu'il devait déjà le faire avant son irruption dans la chambre.

— J'ai failli provoquer ta mort pendant cette promenade. J'ai pensé que tu préférerais ne jamais me revoir. Et je ne pouvais pas t'en blâmer.

— Qu'est-ce qui s'est passé ? C'était comme la première fois ?

Robbie sentit une boule se former dans sa gorge.

— Oui. Quelqu'un a surgi droit devant nous, avant de s'arrêter net. Ce n'était qu'un vieillard qui sortait de chez lui pour récupérer son courrier. Il ne nous a pas vus, il a simplement tourné sur la route. Mais ensuite, il s'est arrêté.

— Je ne vois pas en quoi c'est de ta faute...

Robbie s'interrompit et attendit ce que Joey avait à répondre.

— J'aurais dû m'y préparer... aller plus doucement.

Seigneur, il y avait une telle douleur dans sa voix ! Robbie en avait les larmes aux yeux.

— J'ai compris que je ne pourrais pas m'arrêter à temps, reprit Joey. Alors, je suis passé sur le trottoir et nous nous sommes arrêtés au milieu de la pelouse.

Robbie expira enfin l'air qu'il avait retenu.

— Et c'est tout ?

Il frappa au hasard la couverture à sa portée.

— Tu nous as sauvés. Est-ce que nous avons eu un accident ? Non. Est-ce que nous avons heurté quelque chose ? Non. Tout ce qui nous est arrivé, c'est une belle frousse et quelques cahots pendant un moment. Ensuite, tu t'es garé pour nous mettre hors de danger.

— Mais j'ai failli te tuer !

La douleur était toujours aussi présente.

— Et tu ne l'as pas fait. Au contraire, ta vive réaction nous a sauvés tous les deux.

Robbie inspira profondément.

— Tu n'avais rien fait de mal avant… avant notre retour à la ferme. Là, tu t'es laissé aveugler par ta terreur et tu m'as abandonné. Je te faisais confiance… et tu m'as abandonné.

Robbie entendit de nouveaux reniflements.

— Je pensais que tu me détestais après avoir failli être blessé, sinon pire. Bon sang, c'est moi qui t'ai blessé en te laissant tout seul !

Robbie sentit la main de Joey sur son bras.

— Je suis désolé. Te faire souffrir est vraiment la dernière chose que je voulais au monde.

Pour la première fois depuis leur retour à la ferme, Robbie sentit son estomac se détendre.

— J'ai passé les dernières heures à me demander ce que j'avais fait de mal.

Sa colère et sa frustration lui revinrent.

— Je te pensais furieux contre moi parce que j'avais insisté pour faire ce tour en moto.

Robbie attendit… puis il entendit le rire étouffé de Joey.

— Ah, nous formons une sacrée paire, toi et moi.

— Oui, c'est vrai.

Robbie s'apprêtait à se lever lorsqu'il sentit les bras de Joey autour de lui, le ramenant en arrière et le pressant contre la chaleur de son corps. Des mains aimantes lui frottèrent le dos pour l'apaiser, avant de le serrer très fort, comme s'il était infiniment précieux.

— Ne m'abandonne plus jamais ! grogna Robbie.

Mais sa douce remontrance fut étouffée quand des lèvres se posèrent sur les siennes. Des mains le guidèrent sous les couvertures. C'était ce qu'il avait attendu plus tôt, dans la soirée : que Joey lui fasse l'amour. Jusqu'à présent, Robbie avait laissé Joey décider de tout durant leurs 'ébats nocturnes'. Avec un sourire, il se souvint que sa mère évoquait le sexe de cette façon détournée. Mais cette fois, même s'il rendit à Joey ses baisers avec enthousiasme, Robbie utilisa son poids pour plaquer son partenaire sur le matelas. Il le sentit se débattre et refusa de se soumettre. Il continua à l'embrasser jusqu'à sa capitulation.

Robbie adorait cette position de contrôle. Il avait si peu l'occasion de décider dans sa vie.

— Fais tout ce que tu veux, Robbie.

Ces mots étaient une invitation que le jeune aveugle n'avait jamais reçue. Il passait bien trop de temps à être guidé et dirigé par autrui. Il sentit son cœur gonfler d'émerveillement. Il accorda enfin à Joey son plein pardon, ravi de la confiance qu'il recevait.

Il sentit les mains de son amant glisser sur son dos, passer sous l'élastique de son caleçon, et prendre ses fesses en coupe.

— Soulève les hanches.

Il obéit et le tissu glissa le long de ses jambes. Robbie s'en débarrassa et soupira doucement en sentant Joey contre lui, peau à peau. Sans jamais interrompre ses baisers, il laissa ses mains explorer les kilomètres de peau brûlante qui s'offraient à lui. Ses doigts dessinaient un plan parfait de chaque contour du corps abandonné.

— Tu prétends toujours que je suis beau mais, toi aussi, tu es magnifique.

— Bien sûr que non !

Il ne put manquer de percevoir l'incrédulité dans la voix de Joey.

— Mais si !

Il fit glisser ses mains le long de ses hanches, sur son ventre…

— J'aime bien cet endroit-là…

Joey, chatouillé, se mit à rire, avant de l'embrasser, plus fort encore.

— Je te signale, insista le jeune aveugle, que ce n'est pas l'aspect extérieur qui compte, c'est ce qu'il y a à l'intérieur.

Puis il se perdit dans ses baisers en ondulant des hanches, son sexe frottant contre la peau de Joey. *Ne m'abandonne plus jamais.* Cela continua une éternité… baisers, caresses, frottements. *Je veux mon autonomie.* La tension montait peu à peu. Robbie, avec ses mains, sa bouche, son corps, se régalait de tout ce que Joey avait à offrir. Peu à peu, l'excitation atteignit son paroxysme. *Je peux faire tout ce que je veux !* À cette réalisation,

101

Robbie ressentit un tel choc d'adrénaline qu'il trouva la jouissance dans un cri silencieux qu'il ravala, en même temps que celui de Joey.

Lorsque Robbie s'abandonna, il sentit Joey le rattraper, le serrer contre lui, l'embrasser doucement, avec adoration. Les deux hommes, tout pantelants, avaient du mal à retrouver leurs souffles.

— Ne fait plus jamais ça ! insista Robbie à mi-voix.

Il sentit le sourire de Joey contre ses lèvres.

— C'est promis.

Il fut pris dans des bras puissants et plaqué à une peau brûlante. Un doux tissu passa sur lui et le nettoya, puis le cocon de chaleur revint l'entourer, tandis que les draps étaient tirés autour d'eux.

— C'est juré, insista Joey.

Robbie nota dans sa voix une douce intensité, qui laissait beaucoup de non-dits. Il savait bien ce que pensait le jeune homme, parce qu'il avait exactement les mêmes idées. Il aurait voulu le dire… il ne s'agissait que de trois petits mots après tout, mais il ne le fit pas. Dans moins d'une semaine, il rentrerait chez lui, et tout changerait. Il entendit Joey répéter, tout doucement :

— C'est juré.

Cette fois, il répondit :

— Moi aussi.

Le lit tressauta quand Rex y grimpa pour se rouler en boule aux pieds de Robbie. Quelques secondes plus tard, de doux miaulements suivis par des froissements de tissu lui indiquèrent que les deux chatons s'étaient également invités dans le lit.

— Tu leur as trouvé des noms ? demanda Joey. Je te signale qu'il s'agit d'un mâle et d'une femelle.

— Pourquoi pas Mimi et Marcello. J'adore La Bohème.

Joey éclata d'un rire plein d'entrain.

— Va pour Mimi et Marcello.

Robbie s'allongea dans le lit et Joey l'enlaça ; il ne fallut pas longtemps pour que la respiration régulière du chien et des petits chats s'accorde à celle des deux hommes endormis.

VI

JOEY SE réveilla en tenant Robbie dans ses bras. Aujourd'hui, c'était leur dernier jour ensemble. Demain matin, il devrait ramener Robbie à l'école et le regarder monter dans le bus qui l'emmènerait au loin. Il tenta de ne pas sombrer dans le désespoir. Il s'était promis de savourer au maximum le temps qui leur restait… et il l'avait fait ! Robbie et lui avaient régulièrement monté Twilight tout autour de la ferme, ils avaient fait du tracteur. Joey avait même laissé Robbie prendre le volant. Ou plutôt, il avait assis le jeune aveugle sur ses genoux pour que tous les deux conduisent ensemble. Chaque nouvelle expérience était suivie par des ébats torrides, le soir, lorsqu'ils se couchaient. Le jeune aveugle était véritablement un diablotin !

Il entendit soudain la voix endormie de Robbie :

— À quoi tu penses ?

Joey répondit avec un soupir :

— À ton retour chez toi, demain.

Il aurait vraiment préféré ne pas s'attarder sur cette idée. C'était leur dernier jour et Joey tenait à profiter de la moindre minute.

— Je pensais que nous pourrions faire du cheval ce matin. Et cet après-midi, nous irons nager.

Interrompu par le téléphone de Robbie, il fit la grimace alors que le jeune aveugle répondait à sa mère. Au cours des quinze derniers jours, il s'était habitué à ces appels incessants qu'il appelait : 'l'alerte-ceinture de chasteté'. Il avait l'impression que cette femme téléphonait toujours aux moments les plus inopportuns.

Croisant les mains derrière sa tête, il attendait que Robbie en ait terminé lorsqu'il se retrouva tout à coup écrasé sous le corps de l'homme le plus mignon qu'il ait jamais rencontré.

— Tu disais ?

En posant sa question, Robbie avait posé la tête sur son épaule et titillait de l'index un de ses tétons.

— Je voulais savoir si tu avais une répétition ce matin.

— Nan, répondit Robbie, tandis que sa langue glissait sur la peau de son amant. Je suis tout à toi jusqu'au spectacle de ce soir…

103

Ils entendirent du bruit dans le couloir : Geoff et Eli descendaient l'escalier.

— … et si tu veux mon avis, il est temps de se lever.

Robbie repoussa les couvertures, mais Joey le tira en arrière pour un dernier baiser.

— Voilà, maintenant tu peux te lever.

Il regarda bouger le petit derrière bien ferme du jeune aveugle qui quittait le lit et le longeait jusqu'à la porte. Robbie s'apprêtait à l'ouvrir quand Joey se leva d'un bond pour aller le prendre par la taille. Il poussa un glapissement suivi d'un gloussement tandis que Joey le soulevait et l'emportait dans ses bras.

— Joey !

Robbie éclata d'un rire joyeux en réalisant que son amant le ramenait au lit.

— Tu as du travail !

— Non, pas du tout. J'ai une journée de congé et Eli m'a conseillé de la passer avec toi.

Plaçant Robbie au milieu du lit, Joey se mit à l'embrasser et bientôt, les baisers cédèrent la place à d'autres caresses merveilleuses…

Les deux hommes finirent par descendre au rez-de-chaussée, bien après que tout le monde eut disparu pour vaquer à ses occupations.

— J'ai pensé que nous pourrions aller nager. Je me demandais si ça te plairait qu'Arie vienne avec nous.

Au cours de la dernière semaine, Arie et Joey s'étaient liés d'amitié. Joey réalisait peu à peu que le jeune musicien et lui avaient beaucoup plus de points communs que chacun d'eux ne l'aurait cru au départ. Il y avait en particulier le fait qu'ils étaient tous les deux attachés à Robbie.

— Tu es sérieux ? Je pense qu'il se sent un peu seul.

— Bien sûr. Dis-lui que nous partirons d'ici une heure ou deux.

Joey se lança dans les préparatifs du petit déjeuner pendant que Robbie passait son coup de fil. En raccrochant, Robbie déclara :

— Il arrive.

Relevant les yeux, Joey vit le sourire qu'arborait le doux visage.

— Merci, ajouta Robbie.

— De rien.

Aujourd'hui, il aurait fait n'importe quoi pour que Robbie garde cet air heureux.

Ayant terminé sa tâche, Joey déposa des assiettes pleines sur la table tout en expliquant à Robbie ce qui se trouvait dans la sienne, lorsque la porte arrière s'ouvrit et claqua en se refermant.

— Salut, Arie. Tu as déjà déjeuné ?

— Oui, mais je ne refuserais pas un café.

Arie s'installa à table et Joey lui apporta une tasse avant de s'asseoir à côté de Robbie.

— Alors, quels sont les projets pour aujourd'hui ? Robbie m'a dit que nous allions nager, j'ai apporté un maillot.

Joey sirota son café.

— Parfait. Nous partirons dès que nous aurons terminé.

Le petit déjeuner fut rapidement avalé. Joey se chargea de tout ranger dans la cuisine avant de réunir leurs affaires qu'il empila dans le coffre de sa voiture.

Le trajet prit environ une demi-heure, Joey les conduisit jusqu'au parc national de Ludington et s'arrêta juste devant la porte principale.

Dès que la voiture s'arrêta, Robbie demanda d'une voix trépidante d'excitation :

— Qu'est-ce qu'on va faire ?

— Il y a un canal à l'endroit où la rivière rejoint le lac Michigan. J'ai pensé que nous pourrions nager dans les tourbillons.

Arie sortit de la voiture et s'éloigna vers la plage tandis que Joey aidait Robbie à se changer pour mettre son maillot.

— Je ne sais pas nager, avoua Robbie.

Il paraissait honteux de sa confession.

— Ne t'inquiète pas, je ne te lâcherai pas.

Il enfila à son tour son maillot, puis aida Robbie à traverser la plage jusqu'au bord du canal. Il le guida également pour pénétrer dans l'eau. Dès les premiers pas, le courant bouillonna autour de leurs jambes. Plus l'eau devenait profonde, plus Joey maintenait fermement Robbie avant de se laisser emporter par les flots. Au début, Robbie parut inquiet, mais Joey le soutenait d'une poigne solide. Très vite, le courant les amena jusqu'au lac, où ils reprirent pied. Main dans la main, ils remontèrent jusqu'à la plage pour recommencer.

Ils s'apprêtaient à faire une nouvelle descente lorsqu'Arie demanda à Robbie :

— Alors, ça te plaît ?

— C'est génial !

Robbie ne cessa de sourire tandis que Joey et lui avançaient ensemble pour se laisser emporter par les eaux. Il rit ensuite durant toute la descente. Joey passait un moment délicieux. Chaque fois que les deux hommes perdaient pied, il en profitait pour serrer Robbie contre lui, pressant leurs deux corps l'un contre l'autre, mais le meilleur à ses yeux, c'était la joie du jeune aveugle. Son visage était aussi radieux que lors de sa première fois à cheval. Ce don qu'avait Robbie de trouver tant de bonheur dans chaque expérience, chaque découverte, permettait à Joey de les regarder également sous un nouveau jour.

— Quand est-ce qu'on mange ?

— Arie, ton estomac passe toujours en premier, plaisanta Robbie.

Joey le guida pour quitter la rivière et retourner à la voiture.

Les trois amis se changèrent sur le siège arrière, puis retournèrent en ville, en parlant et riant. Durant le trajet, Joey tenta d'oublier la tension qui menaçait toujours de s'emparer de lui. C'était son dernier jour avec Robbie, chaque heure qui passait le rapprochait d'une séparation définitive. Il secoua la tête et reporta son attention sur la conversation, repoussant une fois de plus ses pensées négatives, tout en sachant qu'elles lui reviendraient, de plus en plus insistantes, au fur et à mesure que la journée se déroulerait. Il se gara dans l'avenue Ludington et conduisit ses deux compagnons en direction d'un des restaurants, poussant un Robbie intimidé à l'intérieur.

Tandis que les trois hommes s'asseyaient, Joey perçut les commentaires chuchotés des autres clients, leurs claquements de langue pleins de commisération. Les visages autour de lui exprimaient cette pitié qui ne lui était que trop familière. Mais cette fois, à sa grande surprise, il n'y prêta aucune attention. Robbie ne le voyait pas et ceux qui comptaient pour lui ne se souciaient pas de son visage, alors pourquoi lui-même devrait-il s'en inquiéter ? Pour la première fois, il réalisa une vérité profonde : au cours des quinze derniers jours, il avait pu faire découvrir à Robbie de nouvelles expériences mais, dans le même temps, le jeune aveugle lui avait également offert un cadeau : la confiance en soi. Robbie le trouvait beau. Il le lui avait assez souvent répété pour que Joey commence à y croire.

— Je suis Carrie, que puis-je vous apporter à boire ?

La jeune femme s'exprimait du ton aimable et animé d'une serveuse chevronnée. Les trois amis passèrent commande, elle s'éloigna. Joey lut à Robbie le menu pour l'aider à choisir ce qu'il voulait. Quand la serveuse revint, les trois hommes commandèrent leur déjeuner puis, en attendant leurs plats, ils se mirent à bavarder.

— À quelle heure est le spectacle de ce soir ?

— Nous devons y être pour sept heures et demi ce soir, répondit Arie. Le spectacle commencera à vingt heures.

— Tu vas venir ? demanda Robbie, plein d'espoir.

— Je ne veux surtout pas rater ça. Qu'est-ce que vous jouez ? Je sais bien que tu me l'as déjà dit, mais j'ai oublié.

La commande arriva et les trois amis attendirent que la serveuse s'en aille pour reprendre leur conversation.

— Nous jouerons la Neuvième symphonie de Beethoven, avec des solos et des chœurs locaux. Pendant les répétitions, c'était vraiment réussi.

Robbie parlait entre deux bouchées, puis il ajouta avec un sourire :

— C'est vraiment délicieux !

Il replongea ensuite dans son assiette. Tous trois continuèrent à parler, à manger et à rire. Dans sa tête, Joey prenait des photos mentales de chaque sourire de Robbie, il enregistrait son rire. Après le déjeuner, les trois amis retournèrent à la voiture.

Sur le chemin du retour, ils déposèrent Arie chez ses hôtes avant de continuer jusqu'à la ferme. Joey se gara près de l'écurie et guida Robbie à l'intérieur.

— J'ai pensé qu'une petite balade à cheval te ferait plaisir.

Il brossa Twilight avant de la seller, puis aida Robbie à monter sur son dos avant de se hisser à son tour.

La jument connaissait le chemin jusqu'au ruisseau, elle n'avait pas besoin que Joey la guide, et c'était tant mieux parce qu'il prêta à peine attention au parcours. Son esprit était entièrement concentré sur les bras noués autour de sa taille, le souffle chaud qui lui caressait le cou. Son corps tout entier était connecté à Robbie, à sa poitrine pressée contre son dos, ses hanches plaquées contre son derrière. Lorsqu'ils pénétrèrent dans les bois, Joey fit ralentir le cheval, le mettant au pas. Arrivé près du ruisseau, il dirigea sa monture à contre-courant, jusqu'à arriver dans une petite clairière où il s'arrêta enfin.

— Où sommes-nous ?

— À l'endroit le plus merveilleux de toute la ferme.

Joey glissa du cheval et tendit à Robbie les rênes en disant :

— Je reviens tout de suite.

Robbie acquiesça. Joey emporta la couverture qu'il avait attachée à la selle et la déposa sur le sol avant de guider Twilight jusqu'à un poteau où il l'attacha. Il aida ensuite Robbie à descendre et l'entraîna jusqu'à la couverture ; les deux hommes s'y installèrent.

— Geoff me l'a raconté un jour : c'est ici que lui et Eli ont fait l'amour pour la première fois.

Joey adorait cet endroit mais il s'en approchait toujours avec précaution, parce que Geoff et Eli y revenaient très souvent. C'était après que Joey les eut surpris, ici même, que Geoff lui avait expliqué pourquoi cette clairière comptait tellement pour eux.

Joey se pencha, prêt à faire le premier geste, mais Robbie le prit de vitesse. Plaçant ses deux mains sur ses joues, il l'embrassa de manière intense, longuement.

— Je sens bien que tout est merveilleux alentour : le bruissement des feuilles, le glouglou du ruisseau, le claquement des sabots de Twilight, l'odeur de terre et des fleurs. C'est magnifique !

Joey déglutit. Comment un aveugle pouvait-il ressentir la beauté qui l'entourait ? Cela lui coupait le souffle.

— C'est magnifique, mais je ne vois que toi.

Robbie rougit. Il commença à secouer la tête mais Joey coupa net à son déni en l'embrassant. Il le poussa ensuite à la renverse sur la couverture. C'était leur dernier jour ensemble. Durant le séjour de Robbie, les deux hommes avaient partagé beaucoup de 'premières fois'. Désormais, tout ce qu'ils faisaient ensemble était des 'dernières fois'. Et Joey était déterminé à les rendre inoubliables.

Très lentement, sans cesser ses baisers, il déboutonna la chemise de Robbie et la fit glisser sur ses épaules, le long de ses bras. Ensuite, le reste de leurs vêtements sembla disparaître comme par magie. Joey ne se souvenait de rien et c'était sans importance. Tout ce qui comptait, c'était le contact des lèvres de Robbie, la caresse de ses mains sur sa peau. Son âme en avait besoin, c'était une question de survie. Il revivait sous ce toucher.

S'écartant des lèvres adorables, Joey fit glisser sa bouche le long du corps étendu, sa langue s'attardant aux tétons érigés avant de s'attaquer à l'abdomen, puis plus bas. Le long membre rigide l'attirait comme un aimant. Il ne perdit pas de temps pour s'en emparer. Robbie et lui étaient déjà bien trop excités pour des préliminaires. Ouvrant la bouche, Joey prit Robbie profondément, caressant de sa langue toute la longueur du membre. Sous lui, son amant gémissait et se tordait, avec des petits cris d'appel qui ne faisaient qu'enflammer la passion de Joey.

— Joey !

C'était un avertissement dont Joey ne tint aucun compte. Il voulait avoir dans sa bouche le goût de cet homme, il en avait besoin pour se rappeler de lui le plus longtemps possible.

Quand Robbie s'effondra sur la couverture, Joey recommença à l'embrasser, lèvres contre lèvres, pendant très longtemps.

— Je voudrais garder ce moment gravé dans ma mémoire. Éternellement.

— Moi aussi.

Robbie serra les jambes autour de la taille de Joey. Une invitation immanquable.

— Tu es sûr ? demanda Joey contre ses lèvres.

En réponse, il reçut un baiser fiévreux et passionné. Avec un sourire amusé que Robbie ne pouvait voir, il le savait, Joey se remit à l'embrasser, à caresser de sa langue le corps souple qu'il tenait sous lui. Cette fois, il ne s'arrêta pas. Il souleva les jambes de Robbie et regarda son visage tandis que sa langue partait en exploration, jusqu'à ce qu'elle découvre l'endroit le plus secret de ce corps écartelé. Sous la caresse d'une intimité troublante, Robbie ouvrit grand la bouche et poussa un long cri muet, ses yeux écarquillés relevant sa joie silencieuse.

Entre deux gémissements, deux halètements incrédules, il finit par prononcer avec difficulté :

— Mais qu'est-ce que tu fais ?

Au lieu de lui répondre, Joey s'attaqua à nouveau à sa cible, titillant de la langue la petite ouverture qui l'attirait tant. Lorsqu'il y introduisit ses doigts, profondément, Robbie haleta.

Joey fouilla la poche de son pantalon, y trouva un petit sachet, et le déchira. Il enfila le préservatif sur son sexe. Puis, lentement, amoureusement, il pénétra le corps de Robbie.

Tandis qu'il s'enfonçait, de plus en plus profond, la simple chaleur qui l'accueillait faillit lui faire perdre la tête. Il le posséda complètement, les petits cris que poussait Robbie l'incitant à continuer. Enfin, les deux hommes furent unis, ne formant plus qu'un, et la chaleur corporelle de Robbie traversa Joey de part en part, les connectant corps et âme.

Joey aurait voulu ne plus bouger mais son corps exigeait davantage. Très lentement, il s'écarta avant de replonger le plus profondément possible, la pression autour de lui devenant presque insupportable. Il s'agissait de Robbie, 'son Robbie'. Même si aucun des deux hommes n'avait jamais prononcé son aveu, même si c'était la première et dernière fois qu'ils partageaient une telle union, pour Joey, c'était 'son Robbie'. Il devait le laisser s'en aller, il en était conscient, il l'acceptait, mais pour le moment, Robbie lui appartenait. Se penchant en avant, Joey embrassa Robbie très fort et s'accrocha à ses lèvres pulpeuses tandis qu'il plongeait au plus profond de son corps. Le jeune aveugle arborait un air d'extase infinie. Et Joey comprit alors que Robbie ressentait la même chose que lui.

Ils ondulèrent ensemble, leurs corps et leurs âmes s'accordant parfaitement dans cette matérialisation physique, la réalisation ultime de leur amour. Ni l'un ni l'autre ne l'avait jamais avoué, mais c'est ce qu'ils exprimaient par leur union. Et tous les deux le savaient.

— Robbie !

Joey entendit sa voix se casser lorsqu'il ne put retenir plus longtemps sa passion. La tête lui tourna, le monde rétrécit jusqu'à devenir uniquement cette petite clairière où l'homme qu'il aimait se trouvait étendu.

Il entendit Robbie hurler son nom, il sentit son corps se contracter autour de lui. Il sut alors que le jeune aveugle jouissait et ce fut ce qui fit se rompre les derniers lambeaux de son contrôle. À son tour, il céda à l'orgasme.

Il se figea, effrayé à l'idée de bouger parce que, s'il le faisait, leur connexion serait brisée, leur union rompue. Et Joey voulait qu'elle dure éternellement.

Mais dans la vie, tout a une fin. Aussi, lentement, à contrecœur, il s'écarta du corps de Robbie et s'étendit sur la couverture, serrant son amant contre lui. Leurs baisers furent moins intenses mais tout aussi importants.

— Je ne veux pas que tu t'en ailles.

Voilà, il l'avait dit. Du moins, il avait avoué une partie de ce qui le troublait.

— Je sais.

Robbie fit glisser ses doigts dans les cheveux de Joey.

— Et toi, tu as très envie de rentrer chez toi ?

Joey savait bien que sa question était incorrecte, mais peu importe, il la posa.

— Oui.

Joey sentit son cœur se contracter. Mais c'était de sa faute. Il n'avait pas à poser une question s'il ne voulait pas entendre la réponse.

Robbie continua :

— Tu vois, c'est ma maison. C'est l'endroit au monde que je connais le mieux. Mais tu vas me manquer. Beaucoup. Cette ferme compte pour moi. Parce que tu comptes pour moi, ajouta Robbie après une légère pause.

Joey déglutit pour tenter d'avaler la boule qui s'était formée dans sa poitrine.

— C'est pareil pour moi.

Il s'accrocha à Robbie, serrant son corps nu contre lui.

— Tu comptes. Tu comptes beaucoup.

Il ne put en dire davantage, même s'il avait les mots fatidiques sur le bout de la langue. Il préféra coller ses lèvres à celle du jeune aveugle, serrer ce corps souple et en dessiner les contours du bout des doigts, emmagasinant dans sa mémoire la douceur de sa peau, ses cheveux soyeux… et les doux gémissements que son amant poussait toujours sous ses caresses, comme s'il s'agissait d'une découverte inattendue et merveilleuse.

Une douce brise fit frémir le feuillage des arbres avant de caresser les deux hommes étendus à l'ombre. Joey serra Robbie contre lui, effrayé de bouger et de rompre le charme, aussi ils restèrent étendus là tout l'après-midi, à écouter ensemble le chant du vent et le murmure du ruisseau. Non loin d'eux, Twilight broutait paisiblement dans la clairière. C'était un moment presque parfait, la seule ombre qui troublait Joey était le départ de Robbie, il regrettait que cet après-midi ne soit qu'éphémère.

Sans bruit, Joey roula sur le côté. Robbie se blottit contre son dos, en cuillère, un bras autour de la taille, sa main lui caressant le ventre.

Joey sentit alors les larmes lui monter aux yeux. Sous le coup de la déception, il eut un accès d'auto-apitoiement. Depuis son accident, il avait abandonné toute idée de rencontrer un jour un amour comme celui que partageaient Geoff et Eli. Il pensait qu'il ne trouverait jamais personne pour l'aimer autant. Et pourtant, il l'avait découvert. Avec Robbie… et devoir le perdre le déchirait.

Parfois, la vie était vraiment trop injuste !

Tout somnolent sous le soleil d'été, Robbie reposait entre les bras de Joey. Leur union avait été si tendre, si merveilleusement érotique. Il trouvait à la fois délicieux et coquin d'être nu en plein air mais, avec Joey, cela semblait naturel et sensuel.

— Nous devrions rentrer, chuchota Joey. Et pourtant, je voudrais éternellement rester ici, avec toi.

Robbie entendit une note fébrile dans la voix de son compagnon. Il la reconnut parce qu'il éprouvait exactement le même sentiment.

— Je sais, répondit-il.

Il tâtonna autour de lui, puis se mit à rire.

— Je ne trouve plus mes vêtements.

— Dans ce cas, je vais te faire monter à poil sur Twilight pour te ramener à la maison.

Le corps de Robbie réagit au rire étouffé de Joey. Il aimait le son de cette voix, sexy et chaleureuse. Chaque fois, elle le traversait de part en part, jusqu'au bas-ventre.

— Imagine un peu la réaction des autres si tu arrivais tout nu dans l'écurie ? Je devrais les repousser à coups de bâton.

Robbie lui envoya une tape affectueuse. Il sentit une main glisser sur son derrière.

— J'ai besoin de mon pantalon pour t'éviter des ennuis, alors.

Ses vêtements lui furent rendus peu après. Il les enfila à contrecœur. Le moindre geste avait une connotation de finalité, même le plus banal, comme par exemple s'habiller. Quand il eut terminé, Joey le prit par la main et le ramena jusqu'à Twilight, où il l'aida à s'installer. Une fois lui aussi vêtu, Joey enfourcha la jument. Robbie retrouva alors ce qui était devenu sa position favorite : sur le dos d'un cheval, les bras autour de son compagnon. Il entendit un doux bruit de langue et Twilight se mit en route pour les ramener à la ferme.

Une fois arrivés, Robbie aida Joey à desseller la jument et à la nourrir, puis les deux hommes retournèrent à la ferme. En entrant dans la cuisine, Robbie entendit des signes d'activité ; Eli et Geoff œuvraient ensemble. Ils paraissaient si bien s'entendre et s'accorder avec tant de bonheur. Robbie ne percevait pas les paroles qu'échangeaient à mi-voix les amants mais parfois lui parvenait le son d'un baiser. Il fit de son mieux pour ne pas y prêter attention.

— Le dîner est bientôt prêt, ensuite nous irons nous préparer pour le concert de ce soir.

Après un cliquettement de vaisselle, une tasse fut posée devant Robbie sur la table.

— Qui vient au juste ?

— Tout le monde. J'ai acheté quatorze billets. Tous les employés seront là ainsi que Len, Chris et les tantes de Geoff. Nous serons plutôt nombreux !

Ému, Robbie sirota son café. Il trouvait très touchant que tous viennent l'écouter jouer.

— Vous savez où est Joey ?

À peine assis, il avait entendu les pas du jeune homme s'éloigner.

Une chaise grinça sur le plancher.

— Je crois qu'il est allé parler à Geoff. Tu sais, si ça te dit de rester, nous t'accueillerons volontiers.

Robbie vida sa tasse et la reposa sur la table.

— Merci, mais le problème n'est pas là.

— Je sais. Geoff et moi tenions simplement à ce que tu saches que tu seras toujours le bienvenu ici.

Effleurant le bras de Robbie, Eli le tapota gentiment, puis il se leva et retourna à ses préparatifs du dîner, mais pas avant d'ajouter :

— Nous nous sommes tous beaucoup attachés à toi.

Robbie nota qu'Eli déglutissait ; il y avait dans sa voix une sorte d'hésitation.

Quinze jours plus tôt, Robbie n'aurait jamais imaginé qu'il lui serait aussi difficile de rentrer chez lui. Il y avait deux mois qu'il se déplaçait de ville en ville et il avait trouvé toute la tournée intéressante, mais les deux dernières semaines… étaient une révélation. Sa vie avait connu un changement irrémédiable, il ne voulait pas y mettre fin. Il venait enfin de trouver l'amour, il avait entamé avec lui-même un dialogue sincère concernant son orientation sexuelle, ce qu'il était, ce qu'il voulait. Et voilà qu'il lui fallait quitter Joey ? Chaque fois qu'il y pensait, Robbie avait dans la gorge une boule de la taille d'un pamplemousse. En plus, il comptait annoncer à ses parents qu'il était gay. Il n'était pas certain de leur réaction mais il ne doutait pas de leur amour, quoi qu'il fasse.

Il reprit sa tasse de café au moment où sonnait son téléphone. *Quand on parle du loup…* Il répondit à sa mère et échangea quelques phrases avec elle, sans réellement prêter attention à ce qu'elle lui disait. Il se contenta de lui donner ses horaires d'arrivée. Après avoir raccroché, il se leva et traversa la maison d'un pas sûr pour monter l'escalier.

ROBBIE SORTIT de la douche et se sécha avec soin, tout en veillant à ne pas heurter d'obstacle. Dans un environnement familier, il était plutôt doué pour mémoriser ce qui se trouvait autour de lui mais il préférait rester prudent et ne courir aucun risque. Il noua sa serviette autour de sa taille et retourna

113

dans la chambre qui avait été la sienne au cours des quinze derniers jours. Il rentrait chez lui. Il aurait dû être heureux à l'idée de revoir sa famille après des mois d'absence mais ce n'était pas le cas. Pas vraiment. Il lui serait très dur de quitter Joey. Il savait bien que la séparation était inévitable mais il aurait vraiment voulu rester.

Une fois dans sa chambre, il tâtonna sur le lit et trouva ses vêtements étalés et préparés. Il trouva aussi Rex qui, apparemment, s'était couché sur son veston.

Il tapota la tête du chien avec affection.

— Salut, le chien. J'ai besoin de mon veston.

Robbie n'eut qu'à pousser un peu Rex pour le faire bouger, du moins le temps de s'installer sur ses oreillers.

— Où sont les chatons ?

À point nommé, il entendit des miaulements et sut que les petites bêtes grimpaient sur le lit. Il aurait pu s'en douter : les bébés quittaient rarement leur papa.

Robbie ôta sa serviette et commença à s'habiller, faisant de son mieux pour se concentrer sur cette tâche, ce qu'il trouva difficile. Il avait la gorge sèche et les doigts maladroits. Il finit par s'asseoir au bord de son lit.

— Et zut !

Il ne voulait pas quitter Joey. Ses parents lui manquaient. Sa maison à Natchez lui manquait aussi. Mais il savait bien que quitter Joey serait horriblement difficile.

— Pourquoi tout est-il aussi compliqué ?

Il entendait Joey s'activer dans sa chambre, de l'autre côté du couloir. Robbie envisagea de le rejoindre mais il ne le fit pas. Au contraire, il se redressa et reprit ses préparatifs. Il termina de s'habiller, boutonna sa chemise et enfila son veston.

— Tu es superbe.

Il n'avait pas entendu la porte s'ouvrir mais la présence de Joey lui fit plaisir. Il sentait presque l'intensité du regard qui le parcourait des pieds à la tête.

— Tu as besoin de mon aide ?

— Non, c'est bon, j'ai terminé.

Robbie attachait sa cravate lorsqu'il sentit Joey s'approcher pour le prendre par le bras. Avant qu'il ne puisse dire un mot, Joey déclara d'une voix suppliante :

— Je sais bien que tu n'as pas besoin de moi, je voulais juste te toucher.

Robbie ressentait le même désir. Il leur restait si peu de temps à passer ensemble !

Il suivit Joey jusqu'à l'escalier qu'il descendit lentement. La maison était silencieuse. Joey lui effleura la joue avant de l'embrasser doucement.

— Tout le monde nous retrouvera là-bas.

Robbie comprit que les autres leur accordaient un dernier moment d'intimité. Il pressa le bouton de sa montre et entendit la voix mécanique lui donner l'heure.

— Nous devrions y aller.

À peine avait-il descendu deux marches que son téléphone sonna. Il répondit après un grognement contrarié.

— Bonsoir, maman.

— *Bonsoir, chéri.*

Elle n'ajouta rien.

— Tu as quelque chose à me demander ? Je suis déjà un peu en retard.

— *Non, je voulais juste m'assurer que tout allait bien pour toi.*

Elle commença à lui poser une litanie de questions résultant de son inquiétude maternelle, pour s'assurer qu'il n'avait rien oublié d'important.

— J'ai tout ce qu'il me faut, maman. Je dois y aller. Je t'appellerai demain dès que je monterai dans le car.

Robbie ne voulait pour rien au monde que sa mère interrompe sa dernière nuit avec Joey.

— *Très bien, dans ce cas, à demain.*

Robbie nota l'excitation de la voix de sa mère. Il savait qu'elle attendait avec impatience son retour à la maison.

— Tout va bien ? demanda Joey.

— Oui, ma mère est heureuse...

Robbie aurait aimé ressentir la même chose. Dans ce cas, il souffrirait moins.

— Allons-y, ajouta-t-il d'une voix contrainte.

Les deux hommes se dirigèrent ensemble jusqu'à la voiture. Une fois installé à l'intérieur, Robbie attacha sa ceinture et attendit. Joey referma sa portière avec un claquement sec avant de démarrer. Ils restèrent silencieux durant le trajet, mais Robbie sentait le poids de la main de Joey sur sa cuisse. Lui-même serrait les doigts sur cette main : il avait besoin de ce contact physique.

La voiture ralentit, puis s'arrêta. Le moteur fut coupé. La portière s'ouvrit, Robbie sortit et sentit Joey le prendre par le bras et le guider vers le bâtiment. Des instructions, régulières et rassurantes, lui parvenaient aux oreilles en un flot régulier.

Une fois dans l'auditorium, il reconnut la voix d'Arie, puis son ami se trouva à ses côtés.

— Je l'emmène au vestiaire. Vous avez des sièges au premier rang.

Robbie s'accrocha au bras de Joey, il ne voulait pas le voir s'en aller. Mais il dut relâcher sa prise. Joey lui tendit son écrin à violon avant qu'Arie l'entraîne.

— Tout va bien, Robbie.

Arie lui parlait en le guidant dans le couloir. Robbie tenait son violon serré contre lui comme s'il s'agissait d'une bouée de sauvetage. Il entendit le sifflement d'une porte qui s'ouvrait, avant d'être entraîné jusqu'à un siège.

— Ah… Arie, qu'est-ce que je vais faire ?

— Tu l'aimes, c'est ça ?

Robbie n'arrivait plus à parler. Il se contenta d'acquiescer, lentement.

— Tant mieux, parce qu'il t'aime, lui aussi.

— Il ne m'a rien dit.

Robbie sentit ses yeux se remplir de larmes.

— Et toi, lui as-tu dit ce que tu ressentais ?

Sans répondre, Robbie secoua la tête.

— Alors, comment voulais-tu qu'il te dise quelque chose. Tu as une bouche, non ? Pourquoi ne pas t'en servir ?

Robbie envoya à son ami une bourrade, conscient qu'un vague sourire lui montait au visage.

— De plus, si je dois en croire ce que je viens de voir, il y a un bon moment qu'il est amoureux de toi.

Robbie en perdit son sourire, le désespoir reprenant possession de lui.

— Qu'est-ce que je vais faire ?

— Je ne sais pas. Je peux juste te conseiller de profiter au mieux de ce que tu as.

Tout autour d'eux, le silence tombait parce que le directeur tenait à donner de dernières instructions. Ensuite, les musiciens se préparèrent. Arie prit la main de Robbie et l'entraîna jusque sur scène.

Robbie prit son siège sous les applaudissements nourris de l'assistance. Il écoutait de toutes ses oreilles.

— Robbie…

Le mot n'était qu'un murmure mais, pour le jeune aveugle, il fut comme une corne de brume sonnant la bienvenue. D'instinct, il se tourna vers l'endroit où, il le savait, était assis Joey. Il sentit son regard posé sur lui.

Les applaudissements redoublèrent, puis les musiciens préparèrent leurs instruments et le silence retomba. Le chef d'orchestre fit son apparition. Robbie attendit les sons habituels, le doux tapotement, le pied de l'homme sur le plancher.

Les premières notes l'emportèrent au loin. La musique ne cessait jamais de l'émerveiller. Il se sentait partie prenante de la mélodie. Ne l'ayant jamais vue écrite, il ne la connaissait que de mémoire. Et Beethoven, c'était l'inverse : sourd comme un pot, le compositeur n'avait jamais entendu son œuvre, il l'avait seulement lue sur une partition. Cette étrange similitude liait tout particulièrement Robbie à cet opus.

Les musiciens jouèrent le premier, puis le second mouvement. Robbie sentit se créer une connexion invisible, comme si Joey et lui étaient liés par la musique. À la fin du second mouvement, l'orchestre aurait un temps de pause lorsque le chœur et les solos interviendraient. Derrière eux, les rideaux se levèrent avec un grincement, et Robbie sentit son excitation monter d'un cran.

Le troisième mouvement commençait, énergique et animé, annonçant le dernier tellement dramatique. Lorsque la musique s'interrompit, Robbie entendit un commentaire chuchoté qui lui alla droit au cœur : 'c'était magnifique !' Joey utilisait si souvent ce mot avec lui que Robbie l'aurait reconnu n'importe où.

Le chœur vint prendre place derrière lui et le quatrième mouvement commença. L'Ode à la Joie était l'une des œuvres préférées de Robbie, tous musiciens confondus, un opus qui le bouleversait régulièrement. Tandis que la mélodie enflait en volume, les solos répondant au chœur jusqu'au bouquet final, Robbie eut l'impression que tout s'effaçait autour de lui – les autres musiciens, le chef d'orchestre, les voix… – et il se concentra uniquement sur un siège précis du premier rang.

Il joua comme il n'avait jamais encore joué, la musique enflant en crescendo, le chœur exprimant à pleine voix la chanson de la joie, et le violon de Robbie chantant avec eux. Comme un écho de cette allégresse divine, Robbie envoya tout ce qu'il avait à Joey, toute la joie, tout l'amour, tout… C'était sa seule et unique chance de faire cet aveu. Aussi, il s'y adonna de tout son cœur. Et l'orchestre sembla le comprendre et l'approuver, tous les musiciens mêlaient aux siens leurs vœux de bonheur, ils remplissaient l'espace. Robbie avait la sensation que chacun de ses partenaires s'adressait exclusivement à Joey.

La musique se calma un moment, puis reprit de son ampleur jusqu'au final tonitruant de Beethoven. Lorsque la dernière note fut enfin jouée, la musique sembla renvoyer des échos bien longtemps après. En baissant son violon, Robbie avait le souffle coupé. Le silence fut bientôt rompu par une ovation frénétique.

S'il n'avait joué que pour un seul auditeur, Robbie en fut récompensé lorsqu'il entendit une mélopée unique et chuchotée : 'Robbie, Robbie…' C'était à peine audible mais Robbie entendit ses autres amis lui faire savoir qu'ils se trouvaient là. Avec un sourire, il se leva et suivit les indications d'Arie pour quitter la scène.

Il était à peine revenu dans les vestiaires lorsqu'il se sentit pris dans une étreinte énergique et féroce. En même temps, quelqu'un d'autre – *probablement Arie*, pensa-t-il – lui prenait son instrument des bras.

— Tu as été génial ! s'exclama Joey.

— Merci.

Robbie ne savait quoi dire d'autre, son cerveau n'étant pas reconnecté. Quand des lèvres douces se pressèrent contre les siennes, quelques gloussements amusés retentirent dans son dos, mais Robbie n'en tint pas compte. Il embrassa Joey comme si c'était une question de vie ou de mort. Dire que quelques semaines plus tôt, il avait encore du mal à accepter qui il était et maintenant, il partageait un baiser en public sans même y accorder une seconde pensée.

Derrière les deux hommes, Arie se mit à rire.

— Allez, filez tous les deux. Tiens, Robbie, prends ton écrin. À demain.

Robbie sentit Joey s'écarter légèrement de lui, mais il refusa de le lâcher. Il s'accrocha simplement à la poignée de son écrin à violon pressée dans sa paume.

— Merci, Arie. Tu es un vrai ami.

Et c'était le cas, depuis leur discussion cœur à cœur. Arie n'aurait pu être un meilleur soutien. Robbie l'entendit grommeler quelques mots concernant ses derniers préparatifs mais Joey l'entraînait déjà vers l'extérieur. Une petite foule les attendait. Tous bavardèrent un moment, rires et commentaires furent échangés concernant la prestation de la soirée, puis après une série d'adieux, ils se dispersèrent.

118

— Nous devrions rentrer.

Le bref trajet fut accompli en silence, les deux hommes étant plongés dans leurs pensées. Robbie sentit la voiture tourner dans l'allée, les graviers crisser sous les roues.

— J'aimerais passer un moment à l'écurie pour faire mes adieux. Demain, je vais devoir partir tôt, je n'aurai pas le temps de revenir.

La voiture s'arrêta, le moteur fut coupé.

— Bien sûr. Tu es juste devant la porte de derrière. Dès que tu auras ouvert ta portière, c'est droit devant toi.

Robbie fit un pas en avant, il sentit la dalle de béton sous ses pieds, puis la porte contre sa main tendue. Lorsqu'il releva le loquet, l'odeur familière l'accueillit. Cela lui manquerait.

— Coucou, Twilight.

Il avança jusqu'à la jument et trouva le long museau qu'il caressa.

— Tu vas me manquer, ma belle. Merci pour toutes les aventures magnifiques que nous avons connues ensemble.

De l'autre côté de l'allée, il y eut une sorte de reniflement chevalin.

— Tiger ? Tu es jaloux ?

Robbie se tourna en direction du bruit et fit quelques pas, il reçut vite un coup de tête dans la poitrine. Mais cette fois, il s'y attendait : c'était ainsi que le cheval lui démontrait son affection.

— Toi aussi, tu vas me manquer.

— C'est pareil pour eux, déclara Joey. Tu vas tous leur manquer, Robbie. Et à moi aussi.

Robbie sentit grossir la boule dans sa gorge. Il tourna la tête et écouta les bruits de la ferme pour les graver dans sa mémoire. Il inspira profondément, inhalant à plein nez l'odeur de la paille fraîche et des chevaux. Puis Joey fut à ses côtés, le prenant dans ses bras, les lèvres pressées dans son cou.

— Et si nous rentrions ?

Robbie perçut ces mots pourtant chuchotés. Il se sentit entraîné, très lentement, hors de l'écurie et dans la maison. Il entendit des voix étouffées, quelque part. Apparemment, Eli et Geoff discutaient – ou se disputaient ? Robbie n'arrivait pas à comprendre ce que disaient les deux hommes dont les voix devinrent vite inaudibles tandis que Joey et lui montaient l'escalier jusque dans la chambre du jeune homme. La porte claqua légèrement. Les lèvres de Joey s'emparèrent des siennes, l'embrassant doucement. L'intensité monta.

— Joey, je veux…

119

Joey l'interrompit par un baiser, ses mains douces faisant glisser la veste de ses épaules, ôtant sa cravate, ouvrant sa chemise. Puis ces mêmes mains si chaudes et fortes continuèrent leur tâche, sans jamais s'arrêter jusqu'à ce que Robbie soit entièrement nu. Joey s'écarta alors. Un froissement de tissu, des vêtements jetés sur le sol, un claquement métallique de ceinture, le choc jumeau des chaussures qui tombaient. Déjà, Joey recommençait à l'embrasser, sa peau chaude pressée contre la sienne. Une vague de feu traversa Robbie de part en part tandis qu'il était guidé vers le lit.

Sans jamais interrompre ses baisers, Joey le positionna, son corps lourd et chaud pressé contre le sien, ondulant contre lui. Les deux hommes roulèrent sur le lit et ce fut au tour de Robbie de peser sur son amant, l'enfonçant dans le matelas. Il adorait que Joey accepte de lui céder tout contrôle. C'était important pour lui, que Joey le considère comme son égal. Cela lui manquerait terriblement

Quand Robbie sentit Joey lui entourer la taille de ses jambes, il sut ce que cela signifiait. Il embrassa son amant de plus belle, ses mains parcourant tout son corps, ses doigts l'explorant, le caressant. Il le dévora de baisers tandis que leurs sexes frottaient l'un contre l'autre. Puis Robbie trouva l'ouverture du corps offert et y pénétra lentement. Alors seulement, il écarta ses lèvres pour retrouver son souffle et laisser les sensations l'envahir comme un raz-de-marée.

Joey lui prit la tête à deux mains pour ramener son visage contre le sien, pour que ses lèvres retrouvent leur place contre sa bouche.

— Prends-moi, Robbie. Je suis à toi.

— Moi aussi, je suis à toi.

C'était presque une déclaration d'amour, du moins la seule que l'un et l'autre acceptaient de faire. Pour le moment, c'était suffisant. Robbie frotta son nez dans le cou de Joey tout en le pénétrant profondément, savourant la chaleur et la pression tout autour de lui. Puis il entendit quelque chose… d'entièrement nouveau. Dans son esprit, l'Ode à la Joie jouait à plein volume. Même si ce n'était pas ce qu'avait prévu le compositeur, pour Robbie, ce fut la joie ultime.

Et tandis que les deux hommes ondulaient l'un contre l'autre, en cadence, Robbie s'entendit chantonner, il adressait toute sa joie à Joey – qui lui répondit. Ensemble, les amants s'activaient ; ensemble, ils chantaient ; ensemble, ils étaient heureux. Ils s'échangèrent mutuellement leur joie jusqu'au moment où ils ne purent en supporter davantage. Ils jouirent à l'unisson, chacun criant le nom de l'autre.

Peu à peu, la passion partagée se calma. Robbie sentit Joey le câliner et l'embrasser partout où ses lèvres aimantes pouvaient l'atteindre : sur les joues, les épaules, les lèvres. Tendant le bras, Joey s'étira et prit une douce serviette avec laquelle il nettoya son amant.

Robbie se pelotonna ensuite au creux de son bras.

— Je ne sais pas quoi te dire, avoua-t-il.

— Il n'y a rien à dire. Surtout maintenant.

La voix de Joey se cassa. Puis son bras resserra sur lui son étreinte. Robbie laissa ses mains s'aventurer sur le torse de Joey.

— Qu'est-ce que tu fais ? s'étonna le jeune homme.

— Je demande à ton cœur de ne pas m'oublier.

Du bout des doigts, il battait un doux tempo sur la peau de Joey.

— C'est du morse ?

— Oui. Je l'ai appris quand j'étais enfant. Ça me permettait d'envoyer à mes amis des messages que personne ne comprenait. Ma mère et les domestiques n'appréciaient pas du tout.

— Je ne comprends pas ce que tu dis.

— Je sais. Mais ton cœur, lui, comprendra.

Robbie continua ses tapotements, répétant le même message, encore et encore. Il n'arrêta pas au moment où Rex vint les retrouver et sauta sur le lit. Il n'arrêta pas non plus quand les deux chatons le suivirent. Il n'arrêta qu'au moment où il s'endormit, dans les bras de Joey qui le serraient très fort.

ROBBIE OUVRIT les yeux au son de la pluie. *Cela tombe bien !* Même la météo comprenait son état d'esprit et s'y accordait. Il sentit Joey s'étirer au moment où le bourdonnement du réveil sonnait dans la pièce. Robbie ne savait pas quoi dire. Et Joey non plus, apparemment, parce qu'il se contenta de resserrer son étreinte alors que les autres résidents de la maison commençaient à bouger.

On frappa doucement à la porte.

— Joey, Robbie. Il faut que vous vous leviez. Nous devons partir dans moins d'une heure.

Même la voix triste d'Eli était en accord avec ce que les deux hommes ressentaient.

— Tu veux que je t'aide pour tes valises ?

Joey quittait le lit. Robbie sentit le poids de son regard sur lui.

— Non, ça va aller.

Il avait besoin de quelques minutes de solitude pour retrouver son équilibre.

— Dans ce cas, je te rapporterai tes vêtements dans ta chambre d'ici un moment.

Joey le prit dans ses bras et l'embrassa si fort que Robbie en eut la tête qui lui tournait. Quand le jeune homme s'écarta, Robbie alla jusqu'à la porte et il traversa le couloir désert pour rejoindre sa chambre.

Une fois vêtu, il rangea lentement, mais avec soin, ses affaires dans sa valise. Ses partitions trouvèrent leur place dans la poche latérale, ses vêtements étaient parfaitement pliés.

— Tu savais bien que ça risquait d'arriver et pourtant, tu es tombé amoureux.

Il se parlait à lui-même, cherchant à mettre des mots sur ce qu'il ressentait. Mais il savait qu'il ne pouvait plus rien y changer. Surtout pas maintenant.

Robbie entendit la porte s'ouvrir.

— Je t'ai rapporté ton smoking. Et Rex est venu te faire ses adieux.

Le chien sauta sur le lit. Robbie le caressa avec affection, recevant en retour de grands coups de langue en guise de baisers.

— Occupe-toi bien de tes chatons.

Et zut ! À nouveau, il avait la gorge serrée.

Récupérant les vêtements que Joey lui avait apportés, il termina ses valises. Il entendit les pas de Joey s'éloigner, puis revenir.

— Robbie…

La voix du jeune homme lui paraissait aussi étranglée que la sienne.

— Viens avec moi !

— Reste avec moi !

Ils avaient parlé en même temps, chacun conscient de demander à l'autre l'impossible, mais peu importe, ils avaient tous les deux à exprimer ce qu'ils éprouvaient.

— Je sais, répondirent-ils, à l'unisson.

Robbie devait rentrer chez lui. Là où était sa famille. Sa mère était peut-être pénible et un peu trop étouffante, mais c'était son foyer. Et jamais il ne demanderait à Joey d'abandonner la ferme et la famille qu'il avait ici.

— Que feras-tu en rentrant chez toi ? demanda Joey

Robbie terminait ses bagages. Jamais aucun des deux n'avait évoqué ce qui se passerait après le départ de Robbie. Parce que ni l'un ni l'autre ne voulaient y penser.

— Avec un peu de chance, je peux trouver un emploi permanent dans un orchestre.

Je penserai à toi. Je regretterai que tu ne sois pas avec moi.

Robbie referma sa valise et tira sur la fermeture éclair.

— J'ai oublié quelque chose ?

Il entendit Joey se déplacer à travers la pièce.

— Non.

Joey prit la valise qu'il emporta au bas des escaliers. Robbie le suivit peu après, écoutant une dernière fois les bruits de la maison. Puis il prit le chemin désormais familier jusqu'à la cuisine.

— Je sais bien que tu dois t'en aller, mais tu vas nous manquer. Et si tu veux revenir un jour, tu es le bienvenu.

Eli l'étreignit brièvement avant de s'écarter. Geoff prit sa place, enlaçant Robbie dans une étreinte d'ours.

— Prends bien soin de toi. Et n'oublie pas de nous donner des nouvelles.

Ben ça alors ! Est-ce qu'il avait bien entendu ? Geoff devenant sentimental ?

— Bien sûr.

Le vide se fit autour de lui. Joey le guida jusqu'à la voiture, déposa dans le coffre sa valise. Le moteur démarra, la voiture se mit en route, faisant d'abord crisser les graviers de l'allée, puis retrouvant l'asphalte lisse de la route, pour refaire le même trajet que deux semaines plus tôt, lorsque les deux hommes étaient encore étrangers l'un à l'autre.

— Joey, j'aimerais vraiment pouvoir rester.

— Je sais, je comprends. Et moi, j'aimerais pouvoir venir avec toi, mais pour quoi faire ? Je suis fermier, je ne sais rien faire d'autre. Et ici, tu n'aurais aucun avenir pour ta musique. Tu as besoin d'un endroit plus civilisé pour exercer, ce n'est pas possible ici. J'en suis conscient. Ce n'est pas pour autant que ça me plaît.

Robbie entendait dans sa voix toute sa douleur et sa frustration. Il ressentait la même chose mais ne voyait aucune solution à leur dilemme.

— Je suis désolé, Joey. Nous aurions peut-être dû en parler.

— Peut-être. Mais ça n'aurait rien changé. Tu aurais quand même dû rentrer chez toi.

Robbie sentit Joey lui prendre la main et la lever jusqu'à ses lèvres pour déposer sur ses jointures un baiser.

— Tu vas tellement me manquer.

— Tu vas aussi me manquer.

La voiture ralentit, puis tourna dans une allée avant de s'arrêter. Joey se pencha pour lui accorder un dernier baiser. L'aveu faillit jaillir des lèvres de Robbie, mais il le retint.

— Tu me téléphoneras ?

— Oui, si tu me choisis une jolie mélodie.

Robbie sortit de sa poche son téléphone portable.

— Je t'ai déjà attribué l'Ode à la Joie.

Doucement, il fit glisser ses doigts sur la joue de Joey, notant que le jeune homme se crispait à ce contact.

— N'oublie pas, Joey : à mes yeux, tu es magnifique.

Ses mains s'attardaient sur le visage aimé, la peau douce des joues, la barbe du menton, le nez parfait et même ces cicatrices que Joey détestait tant mais qui faisaient pourtant partie de lui. De cet homme que Robbie aimait. Il avait gravé dans sa mémoire le moindre de ses traits, bosses, méplats, et autres.

Il n'avait pas envie de bouger, de partir, mais il le devait, aussi se pencha-t-il pour un dernier baiser avant d'ouvrir sa portière pour quitter la voiture. Il récupéra sur le siège arrière son écrin à violon. Il entendit le coffre s'ouvrir et se refermer, puis les pas de Joey s'approcher et sa main le guider vers le bus.

— Adieu, Robbie.

Pris dans une étreinte ferme, Robbie la rendit tout aussi vigoureusement, murmurant ses propres adieux à l'oreille de Joey. Puis il s'écarta, Joey l'aida à monter les marches et à s'installer dans le bus.

Arie se précipita pour le guider jusqu'à son siège, déposant son instrument dans les casiers suspendus. Le moteur du bus se mit en marche, le véhicule commença à avancer. Au premier carrefour, Robbie s'exclama :

— Arie, tu entends ?

— On dirait des coups de klaxon.

— Oui, mais…

Robbie écouta de toutes ses oreilles. Cela recommençait, ce n'était pas très clair mais il trouva cependant un rythme. *Point – trait – point – point*. L. *Trait – trait – trait*. O. *Point – point – point – trait*. V. *Point*. E. Cela continua, presque inaudible maintenant que le bus s'éloignait. LOVE

– AMOUR. Joey devait avoir regardé comment l'écrire en morse pendant que Robbie faisait ses valises.

— Arie, qu'est-ce que je vais faire ? demanda Robbie.

Il cacha son visage contre l'épaule de son ami tandis que les larmes s'écoulaient de ses yeux aveugles.

VII

— Bon sang, râla le grand blond efflanqué en sortant de l'eau. D'abord, tu es trop occupé pour m'accorder du temps... ce que je comprends.

Il avança sur le sable jusqu'à l'endroit où Joey était assis. Dégoulinant d'eau, il aspergea le jeune homme, ce qui finit par attirer son attention.

— Hé, est-ce que tu m'écoutes au moins ?

Joey émergea de ses pensées. Il s'y était perdu, vraiment perdu.

— Désolé.

Le blond mit les mains sur ses hanches et simula l'indignation en s'écriant :

— Tu es toujours désolé ! Comme je le disais, répéta-t-il d'une voix tonnante, tu m'as quand même largué pendant deux semaines et voilà que j'en découvre la raison : tu as rencontré quelqu'un. Mais il y a maintenant un mois que ce Robbie est parti et tu n'arrêtes toujours pas de faire la tête.

Il se laissa tomber sur la serviette étalée près de Joey.

— Je sais, Lane. Je suis désolé. C'est juste... Je suis venu ici avec Robbie et je me rappelais le plaisir qu'il a eu à jouer dans l'eau.

Joey pouvait presque voir le sourire de Robbie tandis que tous les deux se laissaient emporter par le courant.

— Il m'a dit qu'il ne savait pas nager mais je l'ai aidé, et nous avons joué dans l'eau des heures durant. C'était un moment tout à fait spécial.

Pour Joey, les sensations étaient tout aussi vivaces et douloureuses que le jour du départ de Robbie. Tout le monde, Lane y compris, ne cessait de lui affirmer que le temps était un bon guérisseur et que Joey finirait par oublier Robbie mais, pour le moment, ce n'était pas le cas.

— J'aurais aimé le rencontrer.

Lane s'accouda sur sa serviette pour mieux profiter de l'ombre. Joey éclata de rire parce qu'il savait que Lane prenait un 'bain d'ombre', selon ses propres mots. Il avait la peau si pâle qu'il devenait rouge comme un homard dès qu'il passait vingt minutes au soleil, du moins, c'était ce qu'il prétendait.

— J'aurais aussi aimé te le présenter mais, si tu te rappelles bien, tu terminais ton séminaire de...

Il s'interrompit et fit la grimace.

— Zut, j'ai oublié, c'était quelle matière déjà ?

Joey s'en souvenait parfaitement mais il avait peu d'occasions de se moquer de Lane, aussi il ne comptait pas laisser celle-ci lui échapper.

— En littérature ! s'exclama un Lane indigné.

Il jeta à Joey un regard féroce.

— En littérature ? Tu m'as dit toi-même qu'il s'agissait de livres cochons !

Il se couvrit la bouche de la main pour ricaner à son aise.

— C'était un séminaire très intéressant qui explorait l'histoire de l'écriture érotique à travers diverses cultures.

Joey vit les yeux de Lane pétiller de malice.

— C'était très drôle et quelques-uns des livres présentés étaient plutôt… chauds.

Lane envoya une bourrade sur l'épaule de Joey et changea de sujet :

— Alors, est-ce qu'il va revenir ?

Joey haussa les épaules.

— Je ne sais pas, mais je l'espère bien. Il me manque vraiment.

— Tu es tombé amoureux de lui, déclara Lane d'une voix qui ne souffrait aucune contradiction. Bien sûr qu'il te manque mais il faut que tu te remettes à vivre normalement. Tu t'es enterré à la ferme, tu t'acharnes à travailler tout le temps pour tenter de ne pas gérer tes sentiments. Ce qui n'est pas sain.

Joey leva les yeux au ciel.

— Je te remercie, Lane Freud.

— Je suis sérieux. Il faut que ta vie reprenne son cours normal. Tu l'appelles souvent ?

— Non, juste une fois par semaine.

Joey s'étendit sur sa serviette, espérant que Lane comprendrait à ce geste son désir de ne pas discuter davantage. Ce ne fut pas le cas.

— Tu lui envoies souvent des mails ?

Joey fit semblant de ne pas avoir entendu mais Lane n'était pas du genre à abandonner. Et son ami le savait.

— Plusieurs fois…

Jetant un coup d'œil en direction de Lane, il vit ses yeux brillants fixés sur lui, attentifs, qui surveillaient sa réponse. Joey poussa un long soupir exagéré avant d'ajouter :

— … par jour.

— Alors, tu lui parles et tu corresponds avec lui sans espoir de le revoir ? Comment peux-tu espérer l'oublier ?

Joey savait bien que la réaction de Lane provenait de son inquiétude pour lui, mais ce n'est pas pour autant que ça lui était plus facile de l'accepter.

— Joey, tu sais que je t'adore, aussi c'est pour ton bien que je te le dis. Il faut que tu cesses tout contact avec lui, du moins pendant un temps, et que tu fasses de vrais efforts pour l'oublier. Pour le moment, tu ne fais que prolonger ta douleur.

Joey ne sut comment réagir. Il n'avait absolument aucune envie d'oublier.

— Je ne sais pas comment je pourrais faire ça, répondit-il, avant de rouler sur le côté pour regarder Lane. Que dirais-tu si quelqu'un d'important pour toi coupait les ponts, sans préavis ?

Joey savait bien qu'il ne pourrait pas le faire.

— Eh bien, il faut quand même que tu réagisses parce que tu ne peux pas continuer dans cet état tout le reste de ta vie.

Le soleil tapait dur, l'ombre dont avaient bénéficié les deux hommes disparaissait rapidement. Lane se releva et commença à plier sa serviette.

— Nous devrions rentrer avant que je sois brûlé. D'ailleurs, ne devais-tu pas aider Eli pour une de ses leçons ?

Joey récupéra la chaussure dans laquelle il avait protégé sa montre.

— Zut, il faut que nous y allions. Le cours commence dans une heure.

Joey roula sa serviette et enfila un short avant de suivre Lane en direction du parking.

Le trajet jusqu'à la ferme fut très amusant. Les amis roulaient vitres baissées, radio à fond, en chantant à tue-tête, plutôt faux, tout ce qui passait sur les ondes. Retrouver Lane avait fait du bien à Joey. Le blond avait un optimisme contagieux. Pour la première fois, Joey se sentait presque normal au moment où la voiture se gara près de la maison. Il sortit et récupéra ses affaires sur le siège arrière.

— Je te dis à demain, nous pourrions faire une promenade à cheval.

Lane agita la main avant de s'en aller. Joey pénétra dans la maison pour se changer, puis il retrouva Eli dans le manège, juste avant le début de son cours débutant. L'enclos, derrière l'écurie, résonnait des voix excitées des élèves d'Eli. La plupart d'entre eux étant de jeunes enfants, Eli avait besoin d'aide pour les équiper et s'assurer durant le cours qu'ils ne risquent rien. C'était aussi une des classes préférées de Joey : il aimait voir les enfants aussi joyeux.

Ce groupe avait commencé à apprendre à monter quelques semaines plus tôt. Quand Eli avait demandé son aide à Joey, ce dernier avait d'abord hésité. Bien entendu, quelques-uns des enfants lui avaient demandé pourquoi son visage était abîmé ; il leur avait répondu en parlant d'un accident. La plupart, satisfaits de sa réponse, étaient retournés à leurs précédentes occupations, au grand soulagement de Joey.

Mais pas tous. Une petite fille d'environ cinq ans, Kerry, s'était accrochée à une jambe de son pantalon.

— M. Joey ?

Elle avait levé ses grands yeux vers lui quand il avait baissé la tête pour la regarder. Timide, elle avait plié le doigt pour l'inciter à se rapprocher. Il s'était accroupi.

— Moi, avait-elle chuchoté, quand j'ai mal, ma maman m'embrasse pour enlever le bobo.

Elle s'était penchée pour déposer sur sa joue un gros baiser sonore.

Joey lui avait souri.

— Merci, ça va beaucoup mieux.

Elle lui avait rendu son sourire avant de s'échapper à la recherche de son poney. Joey était resté sur place un moment, à la fois émerveillé et complètement surpris. *La vérité sort de la bouche des enfants.*

— M. Joey !

Il se tourna et vit Kerry arriver en courant dans l'écurie pour récupérer le poney que Joey terminait de seller pour elle. Comment une aussi petite fille pouvait-elle posséder une voix capable de remplir toute l'écurie ? Joey n'en savait rien, mais c'était certainement le cas.

— Framboise est prête ?

La petite leva la tête vers lui, il acquiesça avant de l'aider à monter, puis il la conduisit par la bride jusqu'au manège

Eli commençait juste à faire avancer les enfants au pas lorsque Kerry rejoignit le groupe. La leçon débutait.

— Tu t'es bien amusé à la plage ?

Joey n'eut pas à tourner la tête pour savoir que Geoff se trouvait à ses côtés. Lui aussi regardait les élèves, mais il savait que toute l'attention de Geoff se concentrait sur le maître de manège.

— Ouais, répondit-il, sans quitter des yeux le groupe. C'était agréable de quitter la ferme pendant quelques heures.

— Tu as travaillé bien trop dur ce dernier mois. Bien sûr, c'est ton habitude, mais ces dernières semaines, tu as exagéré. Je ne veux pas que tu t'épuises.

Cette fois, Joey se tourna pour regarder Geoff bien en face.

— Tu as quelque chose à me dire ?

— Non, pas vraiment. Je ne pense pas que te parler soit capable de t'aider.

Joey vit Geoff hocher lentement la tête et il reporta donc son attention sur les enfants. Après quelques minutes à les regarder, il pénétra dans l'enclos et s'efforça d'aider les élèves qui avaient des difficultés. Travailler – ou au moins rester occupé – empêchait son esprit de ressasser. Mais durant la nuit…

Le cours se passa très bien, les enfants étaient tout excités et souriants lorsqu'ils quittèrent leurs montures. Les plus âgés dessellèrent les poneys avant de les ramener dans leurs stalles, pendant qu'Eli et Joey aidaient les plus petits. Les deux hommes firent ensuite une tournée d'inspection générale des bêtes avant de revenir vers la maison.

— Je peux te parler une minute ?

Joey reconnut ce regard. Il l'avait suffisamment rencontré ces quatre dernières semaines. Il s'arrêta et se tourna vers Eli. Au cours du dernier mois, tout le monde avait tenu à lui parler de Robbie et tout le monde avec une opinion sur ce que Joey devrait faire. Seul Eli ne lui avait pas donné son avis, pas plus qu'il n'avait demandé à lui parler.

Joey remarqua la façon dont la bouche d'Eli se tordait dans un demi-sourire sarcastique.

— Je sais bien que tu as reçu ce dernier mois bien trop d'avis concernant les meilleures façons de gérer un cœur brisé. Je te promets que je n'ai pas l'intention d'en rajouter.

Joey hocha la tête et attendit qu'Eli continue.

— Tu étais déjà à la ferme quand je suis arrivé, tu sais donc que je suis reparti un moment chez moi, revoir ma famille.

— Je sais. Et Geoff était effondré durant toute ton absence.

Joey vit naître sur le visage d'Eli une nuance de tristesse qui s'effaça tout aussi vite.

— Ce que tu ignores, c'est la raison qui m'a poussé à revenir. Ma mère m'a pris un jour entre quatre yeux pour me parler. Elle voyait bien que je n'étais pas heureux, elle m'a demandé pourquoi. Je lui ai dit que j'avais rencontré quelqu'un, que je l'avais quitté pour retrouver notre communauté.

C'est la seule et unique fois où j'ai vu dans ses yeux la colère. Elle m'a dit que j'agissais comme un idiot, qu'il me fallait être heureux, qu'il lui fallait à elle aussi que je sois heureux. Elle m'a dit que si vivre dans ma famille et dans ma communauté était ce qui me rendait heureux, dans ce cas, je devais le faire. Mais… et je la vois encore, assise dans sa chaise, occupée à coudre un vêtement pour l'un de mes frères… si je ne restais que pour eux ou pour mon père et si cela me rendait malheureux, alors, il valait mieux que je m'en aille.

Joey ouvrit la bouche pour répondre mais Eli l'en empêcha en secouant la tête. Le jeune homme referma donc très vite les lèvres.

— Je te raconte tout ça parce que ce que ma mère m'a dit est également valable pour toi. Si rester ici te rend heureux, dans ce cas, c'est ce que tu dois faire. Mais si ton bonheur est lié à Robbie, alors, tu dois être avec lui.

— C'est bien le problème. Nous sommes restés ensemble si peu de temps. Comment savoir ce que je dois faire ?

C'était pour lui la vraie question. Avait-il exagéré la portée de ces deux brèves et merveilleuses semaines ? Ou bien Robbie était-il véritablement celui qui compterait dans sa vie ?

Joey vit le sourire de connivence et le hochement de tête d'Eli.

— Il te faudra trouver toi-même la réponse à cette question.

Joey ne bougea pas tandis qu'Eli se détournait en direction de la maison, le laissant seul avec ses pensées. Il cria dans son dos :

— Selon toi, je devrais aller vivre à Natchez ?

Eli cessa de marcher.

— Je ne peux répondre à ta place mais je t'affirme que, pour avoir l'esprit en paix, tu dois le vérifier.

Il fit encore un pas, puis s'arrêta à nouveau.

— Et s'il te plaît, décide-toi avant que toute la ferme n'ait besoin de Prozac !

Joey nota le grand sourire que lui adressa Eli avant de disparaître dans la maison.

Au lieu de rentrer, comme il l'avait prévu, Joey tourna les talons et fit le tour de la maison jusqu'au potager. Debout contre la haie qui délimitait un grand carré cultivé, il étudia les rangées bien alignées de laitues, carottes, haricots et choux… puis son regard dériva vers les tomates plantées par Robbie.

— Il a raison. Il faut que je sache. Mais comment ?

Il marcha un long moment à travers le jardin en continuant à réfléchir, avant de rebrousser chemin jusqu'à la maison où il pénétra. Il trouva Geoff et Eli assis dans la cuisine avec Len et Chris. Apparemment, tous les quatre attendaient quelque chose et Joey craignait fort que cela le concerne.

— Joey, assois-toi, je te prie.

Len indiquait une chaise à ses côtés. Oui, pas de doute, c'était bien lui qu'ils attendaient. Joey avait la sensation d'être le cancre de service convoqué dans le bureau du directeur.

— Nous nous faisons tous du souci pour toi, commença Len. Au cours du dernier mois, tu es resté morose, très abattu, et nous tenons tous à te voir heureux.

Joey fit des yeux un bref tour de table et il vit les quatre hommes hocher la tête avant que Len reprenne la parole :

— Je sais que tu as connu un gros chagrin d'amour mais je pense que ce n'est pas que ça.

Cette idée percuta Joey en pleine tête, pour rebondir à l'arrière de son crâne et revenir au centre.

— C'est vrai. J'ai réfléchi. Je pense avoir besoin de vacances. J'ai aussi quelques coups de fil à donner.

Joey vit Geoff sourire.

— Je veux juste que tu reviennes à temps pour les moissons, dans quelques semaines, indiqua Geoff.

Joey repoussait déjà sa chaise pour se lever. Tout à coup, il se sentait plein d'excitation et d'énergie, contrairement à son atonie des dernières semaines. Il avait traversé pas mal d'émotions depuis le départ de Robbie, peut-être était-il temps pour lui de reprendre son destin en main.

Il sortit son téléphone portable et composa le numéro qu'il connaissait par cœur. Il écouta les sonneries.

— *Allô, Joey ?*

— Salut, Robbie, je ne te dérange pas ? Tu as le temps de me parler ?

Seigneur, pourquoi se sentait-il aussi… nerveux ?

— *J'ai toujours le temps de te parler. Pourquoi, que se passe-t-il ?*

Joey entendit des bruits à l'autre bout du fil, il imagina que Robbie déposait près de lui son violon et son archet.

— Je me demandais si tu avais prévu quelque chose pour la semaine prochaine.

Joey avait l'estomac tout contracté de nervosité et d'excitation.

— *Non.*

La réponse était prudente, presque méfiante. Joey faillit abandonner mais il réussit à s'accrocher.

— Geoff m'a accordé quelques jours de vacances. J'avais pensé te rendre visite. Du moins, si ça te convient.

— *Quoi ? Bien sûr que ça me convient !*

Joey ne pouvait manquer la joie qui s'exprimait dans la voix de Robbie ; il eut une image mentale et très vivace de son grand sourire lumineux.

— *Je vais tout arranger avec maman. Elle n'a jamais refusé un autre de mes invités, aussi je ne pense pas qu'il y ait de problème.*

Joey nota parfaitement que la voix de Robbie sonnait plus creux. Il commença à se demander si son idée était tellement bonne.

— Qu'est-ce qu'il y a ?

Il entendit Robbie déglutir à l'autre bout du fil.

— *Hum... je ne leur ai encore rien dit.*

— À quel sujet... ? commença Joey avant de s'interrompre. Tu parles de moi ou bien du fait que tu es gay ?

— *Les deux.*

— Dans ce cas, ce n'est peut-être pas une bonne idée.

Joey avait vraiment envie de raccrocher sans plus attendre. Quel idiot il était d'avoir tant désiré ce déplacement. Il pensait Robbie amoureux de lui mais, maintenant, il n'en était plus aussi certain.

— Je te rappellerai, déclara-t-il, prêt à raccrocher.

— *Non, Joey, ne raccroche pas, s'il te plaît.*

Joey interrompit son geste pour écouter.

— *Je veux que tu viennes chez moi, et je sais qu'il faut que je leur en parle.*

Un long soupir émergea du téléphone. Joey en eut de terribles remords. Il savait qu'il mettait Robbie sous les projecteurs, ce qui n'était pas son intention. Il tenait bien trop au jeune aveugle pour faire peser sur lui une telle pression.

— Ce n'est pas grave. Je peux être simplement un ami de passage.

— *Non !*

Il y avait tant de véhémence dans la voix de Robbie que Joey recula d'un pas.

— *Ce ne serait pas juste pour toi. Il faut que je le leur dise.*

— S'il te plaît, ne le fais pas pour moi.

Joey bafouillait presque en prononçant ces mots, tandis que des flash-back concernant son propre coming-out lui revenaient à l'esprit. Il revit sa nervosité et sa colère pendant qu'il en parlait à sa mère, bien qu'elle ait déjà tout deviné.

— *Ce n'est pas le cas. Mes parents méritent de savoir qui je suis et, pour le moment, ils n'en ont aucune idée.*

La nervosité de Robbie s'entendait au téléphone.

— Si tu veux, je serais avec toi.

— *Je pense que je dois le faire,* déclara doucement Robbie avec un soupir. *Je t'en prie, viens, j'en ai vraiment envie.*

Il y avait dans sa voix une attente fébrile et Joey reconnut le sentiment qui l'avait torturé au cours du dernier mois. Et cette réalisation, plus que tout autre, réussit à le convaincre : Robbie désirait véritablement sa présence chez lui.

— Moi aussi, j'en ai envie. Je veux te revoir. Je veux te tenir contre moi.

Joey sentit sa jambe se mettre à trembler, toutes ses émotions intimes bouillonner et monter… Il fit de son mieux pour se contrôler.

— *Alors, tu vas venir ?*

Une fois encore, Joey nota l'espoir impatient.

— Oui, je vais venir.

Désormais, même des chevaux sauvages ne pourraient le garder en arrière. Que Robbie parle ou non à ses parents n'avait plus d'importance, Joey tenait à le revoir. Son cerveau ne lui laissait plus aucun répit, il avait pris sa décision, sa résolution ; il savait ce dont il avait besoin.

Joey raccrocha et rangea son téléphone dans sa poche, puis retourna dans la cuisine où quatre paires d'yeux l'attendaient avec impatience. Joey ne put retenir son sourire.

— Apparemment, je vais dans le Sud.

Les quatre visages affichèrent le même sourire, puis tout le monde se leva pour aller travailler. Il y avait des préparatifs à mettre en place.

ROBBIE ÉTAIT assis à l'ombre du porche principal, à l'avant de la maison. Chaque bruit, chaque voiture qui passait lui faisaient battre le cœur plus vite. Joey arrivait aujourd'hui, Robbie était bien trop excité pour rester à l'intérieur. Il aurait probablement dû le faire parce que la chaleur estivale l'oppressait, mais il ne pouvait s'y résoudre.

Des pas et des verres qui cliquetaient lui annoncèrent une arrivée.

— M. Robbie, je vous ai apporté de la limonade fraîche.

Il entendit le plateau se poser près de lui.

— Merci.

Robbie se tourna pour adresser un sourire à Adelle. Dans la famille, elle était une institution. Elle et le jardinier, Raymond, s'occupaient de tout, l'une à l'intérieur, l'autre à l'extérieur. Durant l'enfance de Robbie, ces deux-là avaient été ses plus proches amis. Même en prenant de l'âge, ils ne ralentissaient pas leur rythme et s'occupaient toujours aussi bien de lui.

— Assois-toi avec moi, proposa-t-il, ayant soudain envie d'un peu de compagnie.

— Je ne peux pas, bébé.

Il sentit sa main lui effleurer l'épaule.

— Ta maman a prévu demain un brunch avec d'autres dames, j'ai beaucoup à faire.

Elle lui tapota la main avant d'ajouter :

— Tu devrais vraiment rentrer à l'intérieur. Tu vas frire sur place en restant ici.

— Je sais, mais…

Robbie ignorait ce que pensait Adelle de l'arrivée prochaine de Joey et, tout à coup, son opinion lui parut d'une importance primordiale.

— Cela ne te fait rien que je sois… tu sais… gay ?

— Mon cœur, si c'est grâce au jeune homme que tu attends que tu as été aussi heureux cette dernière semaine, je tomberais bien volontiers sur mes vieux genoux pour remercier le doux Jésus de te l'avoir envoyé.

Sur ce, elle rebroussa chemin et Robbie entendit ses pas s'éloigner. Il eut un sourire intérieur avant de soupirer, doucement. Il aurait vraiment souhaité que tout le monde fasse preuve de la même ouverture d'esprit.

APRÈS SA *conversation avec Joey, Robbie raccrocha son téléphone et un courant d'excitation le traversa de part en part. Joey venait lui rendre visite ! Il eut à peine le temps de savourer cette réalisation qu'il entendit les pas de sa mère dans le hall. Il se souvint alors de ce qu'il devait faire. Il ramassa son violon posé sur un coussin à côté de lui et retrouva son archet dont il caressa quelques cordes, se perdant dans les notes et le rythme.*

Il oublia toute notion du temps, ce qui n'était jamais difficile pour lui dès qu'il s'agissait de musique. Les heures disparaissaient en un clin d'œil, seuls ses bras douloureux et son cou courbaturé lui rappelaient qu'il était l'heure de s'arrêter. Il rangea son instrument dans l'écrin dont il fit claquer les loquets. Il entendit au même moment la porte s'ouvrir.

— Tu as fini pour aujourd'hui ?

La salle de musique était le seul endroit de la maison où sa mère ne l'interrompait jamais. Pendant qu'il jouait, elle le laissait tranquille.

— Oui, maman.

Robbie se redressa et avança lentement en direction de la voix.

— Quelle heure est-il ? J'ai laissé ma montre dans ma chambre.

— Il est presque l'heure du retour de ton père.

Tous les soirs, en début de soirée, une heure était consacrée aux cocktails, une tradition fermement établie qui commençait dès que son père revenait à la maison, après avoir quitté son bureau, et s'interrompait lorsque Harriet servait le dîner.

— Je vais t'aider à descendre.

Il sentit sa main peser sur son bras tandis qu'elle le guidait à travers la maison.

Les cocktails étaient servis dans la pièce que sa mère nommait 'le parloir'. Robbie se souvenait d'avoir connu l'endroit avant sa cécité mais il était certain que rien ne ressemblait au souvenir qu'il en gardait. Il n'avait aucun moyen de modifier l'image imprimée dans son cerveau, aussi pour lui, elle demeurait vivace. Alors qu'il s'installait sur le sofa, il entendit s'ouvrir la porte principale, puis les pas de son père traversèrent le hall, en se rapprochant.

— Robert Edward, comment s'est passée ta journée ?

Robbie entendit le cliquètement d'un verre.

— Que veux-tu boire ?

— La même chose que toi, ce sera très bien.

Robbie espérait qu'un peu d'alcool l'aiderait à calmer sa nervosité. D'ordinaire, il se contentait de rester assis et de boire un soda tandis que ses parents sirotaient plusieurs martinis en discutant de leurs journées respectives.

— Donne-lui plutôt un soda, intervint sa mère.

— Quelle idée, Claudine ! C'est un homme à présent, il a l'âge de boire s'il le désire.

Robbie sentit le verre se presser dans sa main, puis ses parents se mirent à parler entre eux, comme d'habitude, presque comme s'il n'était pas présent avec eux dans la pièce.

— J'ai quelque chose à vous dire, à tous les deux.

La conversation s'interrompit net, Robbie se demanda ce que ses parents avaient en tête, à l'instant présent.

— Ce n'est pas un aveu facile pour moi, je ne sais pas quelle sera votre réaction, aussi je vais être le plus bref possible.

Robbie inspira profondément et vida une bonne partie du verre qu'il tenait à la main, l'alcool lui brûlant la gorge tout du long.

— Voilà, je suis gay.

Robbie attendit une réaction, mais la pièce demeurera parfaitement silencieuse, seul le tic-tac d'une horloge dans un coin remplissait le néant. Robbie était certain qu'une tonne de signaux non verbaux s'échangeait entre ses deux parents – des gestes et des regards qu'il ne pouvait surprendre. Ils avaient l'habitude de communiquer en silence quand ils ne voulaient pas l'inquiéter ou qu'ils préféraient lui cacher leurs ressentis. Apparemment, c'était ce qu'ils faisaient depuis des années mais Robbie ne l'avait appris qu'un an plus tôt, lorsqu'Arie lui en avait parlé.

Au bout d'un long moment, son père intervint enfin :

— Tu ne crois pas qu'il s'agit uniquement d'un trouble passager ?

Il y avait dans sa voix une douceur que Robbie n'entendait pas souvent, en tout cas pas depuis sa maladie. Une vague de chaleur le traversa soudain, il réalisa que cette intonation lui avait manqué.

— Non, papa, ce n'est pas le cas. Je suis peut-être aveugle mais je sais ce que j'éprouve et ce que je pense.

Il tenta de garder sa voix stable et d'utiliser la raison plutôt que laisser son émotion diriger la situation.

— Mais chéri, comment peux-tu le savoir puisque tu ne vois pas ?

Il se tourna en direction de la voix de sa mère.

— Je le sens, maman. Je sais ce que je ressens.

Il devait accorder à ses parents une chose : ni l'un ni l'autre ne criait ou hurlait. Au contraire, ils faisaient des efforts pour tenter de le comprendre.

— Je sais que c'est dur pour vous, mais il y a un moment déjà que j'y pense, même si j'ai eu moi-même du mal à l'accepter. Il m'a également

137

fallu du temps pour trouver le courage de vous en parler. Je ne veux pas vous perdre.

Il entendit sa mère renifler discrètement.

— *Nous t'aimerons toujours, quoi que tu fasses. Nous t'aimons tous les deux énormément, chéri, nous ne voulons que ton bonheur. Mais ce genre de nouvelle est quand même un choc.*

Elle ne mentait pas. Il l'entendait dans sa voix. Il tenta d'imaginer comment son père prenait la nouvelle. D'après le cliquètement des glaçons, son père avait eu besoin d'un remontant.

— *Je sais, maman, mais je veux que papa et toi sachiez la vérité à mon sujet. Je ne veux plus vous mentir.*

Il avait la sensation qu'un poids lui avait été ôté des épaules. Ses parents lui parlaient, l'écoutaient. Et puisqu'il y était, autant vider son sac complètement.

— *Il y a autre chose... À la dernière étape de la tournée de notre orchestre, j'ai rencontré quelqu'un. Un garçon qui s'appelle Joey.*

Sa mère étouffa un cri.

— *Vivait-il dans cette ferme où tu as séjourné ?*

Robbie nota que sa voix devenait réprobatrice. Sa mère ne trouverait jamais personne digne de son fils.

— *Je savais bien que j'aurais dû t'envoyer résider avec Arie !*

Il y avait tant d'erreurs dans cette simple phrase que Robbie ne savait pas par où commencer, aussi il décida de laisser passer cette déclaration en l'imputant à l'émotion de sa mère.

— *Claudine, ne t'affole pas*, déclara son père d'un ton apaisant. *Mais toi, Robert Edward, tu as des explications à nous donner.*

Le ton était plus sec. Et son père avait usé de son nom complet, indiquant ainsi à Robbie qu'il se trouvait sur la sellette.

Aussi, il reprit, pour tenter de leur faire comprendre :

— *Je sais bien que j'aurais dû vous en parler plus tôt mais je n'étais pas prêt moi-même à gérer tout ça. J'ai dû le quitter et ce dernier mois m'a été très pénible. Il me manque terriblement.*

— *Tu sais, le problème n'est pas seulement que tu sois gay. Nous pouvons le gérer et même l'accepter, mais tu es notre fils. Être gay ne te dispense ni de tes responsabilités familiales ni d'un comportement décent.*

Il le savait. Le plus étrange, c'est qu'il avait été bien plus nerveux à l'idée de parler à ses parents de Joey que de leur annoncer son homosexualité. Il savait que toutes les chances étaient contre lui : ses parents réagiraient mal.

Les glaçons tintèrent quand les verres furent à nouveau remplis, Robbie pensa que ses deux parents avaient chacun vidé leur cocktail et qu'ils étaient prêts pour une seconde tournée.

— Que vont en dire nos relations ? Je vais devenir un paria.

Sa mère avait toujours tendance au mélodrame.

— Que feront les dames de l'U.D.C. – les Filles de la Confédération – quand elles découvriront que mon fils, mon fils gay, fréquente un fichu Yankee ?

— Joey est peut-être un fichu Yankee mais je crois bien que je l'aime !

Cette déclaration surprit autant Robbie que ses parents, elle eut en tout cas l'effet bénéfique de faire tomber un silence sidéré. Robbie n'avait jamais été de toute sa vie aussi soulagé d'entendre 'le dîner est servi'. Il quitta son siège d'un bond et sentit qu'on lui ôtait des doigts le verre qu'il tenait encore.

— Cette discussion n'est pas terminée !

La voix de son père n'était plus en colère mais toujours inquiète. Robbie sentit le nœud qu'il avait à l'estomac se détendre légèrement. Une main se posa sur son bras et l'entraîna. Il était d'ores et déjà certain que le dîner serait plutôt tendu.

Son pressentiment s'avéra exact. Il y eut peu de conversation entre ses parents, chacun évitant délibérément d'évoquer son aveu. Dès la fin du repas, Robbie s'excusa et laissa Adelle le conduire à l'étage. Il s'enferma dans sa chambre, saisit instantanément son téléphone, et appela Arie pour se confier à lui.

— Alors, tu leur as tout dit, c'est ça ?

— Oui.

Robbie se sentait plutôt fier de lui. Il avait été franc vis-à-vis de ses parents en leur avouant la vérité.

— Et il va vraiment venir te rendre visite ?

Arie paraissait satisfait.

— Il doit m'appeler demain pour me donner ses horaires d'arrivée. J'espère que d'ici là, mes parents se seront faits à cette idée.

Robbie ne parvenait pas à cacher son excitation. Parler à ses parents l'avait libéré d'un fardeau, il se sentait plus léger et leur réaction ne comptait pas vraiment.

— *Mais oui, bien sûr. Ils ont juste besoin d'un peu de temps pour digérer ce que tu viens de leur annoncer. Tout se passera bien, tu verras.*

IL FALLUT que Robbie y mette du sien mais en vérité, sa mère avait fini par s'y faire, du moins jusqu'à un certain point. De nature très maternelle, elle voulait avant tout voir son fils heureux. Ils parlèrent très longtemps de son homosexualité et, même si elle avait encore un peu de mal, elle faisait des efforts. Le gros problème, c'était le Yankee.

— Quand doit-il arriver ?

Robbie savait sa mère très impatiente de rencontrer Joey. Lorsqu'il sentit sa main peser sur son épaule, il noua ses doigts aux siens.

— Merci, maman. Je comprends bien que tout ça a été difficile pour toi et pour papa.

Il se tourna pour regarder dans sa direction. Elle soupira doucement.

— J'ai toujours espéré avoir un jour des petits-enfants.

Elle détacha sa main et s'installa auprès de lui.

— Seigneur, qu'il fait chaud !

Après s'être un peu agitée sur son siège, elle resta silencieuse.

— Maman, que se passe-t-il ? Pourquoi as-tu peur ?

— Je ne cesse d'oublier que tu perçois certaines choses bien mieux que la plupart d'entre nous.

Il l'entendit inspirer profondément.

— Qu'est-ce que j'ai fait pour que tu sois… tu sais… ?

Elle ne parvenait pas à prononcer le mot.

— Gay ?

— Oui. Est-ce que j'ai été trop exigeante ? Est-ce que je t'ai trop couvé ?

Il y avait de la terreur dans sa voix.

— Mais non, tu n'as rien fait de mal.

Robbie se pencha vers elle pour trouver ses mains. Il continua :

— Au fond de mon cœur, j'ai toujours su être né comme ça. Si tu veux mon avis, tout ce que tu as pu entendre concernant l'influence des mères trop exigeantes et dominatrices, ce n'est que de la foutaise.

Il la sentit se crisper sous ce juron, pourtant modéré. Jamais sa mère ne disait un gros mot – 'connerie', par exemple – même quand elle était prête à exploser.

140

— Désolé, maman, mais c'est la vérité. Je sais bien que certains n'aimeront pas apprendre que je suis gay et que tu risques d'en payer le prix.

Robbie connaissait les 'Filles de la Confédération', un groupe de viragos farouchement conservatrices, aussi bien question religion que dans tout autre domaine.

— Ne t'inquiète pas pour moi, chéri.

— Mais si, maman, bien sûr que si, dit Robbie en déglutissant péniblement. Je ne veux pas que tu aies des ennuis à cause de moi.

Il attendit un moment une réponse qui ne vint pas. Aussi, il continua :

— J'étais tellement nerveux à l'idée de vous en parler, à papa et à toi. J'apprécie vraiment que vous vous soyez montrés si compréhensifs.

Il se pencha pour embrasser sa mère sur la joue.

— Je t'aime, maman.

— Je t'aime aussi.

Robbie était conscient qu'il y avait dans la voix de sa mère beaucoup d'autres sentiments. Elle aurait aimé qu'il soit hétéro, et qu'il se marie un jour, et qu'il ait des enfants pour hériter de Wildwood. À dire vrai, il suspectait même que ses deux parents espéraient de sa part une folie passagère bientôt oubliée. Il n'était pas naïf au point d'espérer qu'ils le comprennent vraiment. Ce n'était pas possible, pas dans un aussi court délai. Mais ils l'avaient écouté et faisaient des efforts d'adaptation. Pour le moment, il ne pouvait leur en demander davantage. Bon sang, c'était plus que ce qu'il avait espéré ! Il commençait à s'inquiéter : et si quelqu'un s'en était déjà pris à sa mère.

— Que t'ont-elles dit pour le moment, ces braves dames ?

— Je ne leur en ai pas parlé ! Et je n'ai pas l'intention de le faire. Et pendant la visite de ton jeune ami, je compte sur vous pour avoir en public un comportement irréprochable.

Là, Robbie retrouvait la mère qu'il connaissait.

— Ce qui se passe derrière une porte close ne regarde personne mais ce qui se passe en public regarde tout le monde. J'espère que ce garçon a de l'éducation.

Robbie sourit et attendit que sa mère réalise ce qu'elle venait de dire.

— Ce n'est pas que je t'autorise à avoir des relations avec ce garçon sous mon toit !

Oui, c'était sans conteste la mère qu'il connaissait. Avec un autre sourire, Robbie lui tapota gentiment les doigts. Il n'avait pas la moindre intention de se priver des mains et autres parties du corps de Joey durant toute la semaine.

Une voiture arriva de la route et s'arrêta devant la maison. Robbie l'entendit redémarrer, tourner dans l'allée, et se garer devant le porche. Il sentit son cœur accélérer ses battements tandis que son esprit recréait l'image de Joey qu'il avait en tête.

Oh Seigneur. Il avait oublié de prévenir sa mère !

VIII

JOEY ARRÊTA la voiture devant l'adresse indiquée par Robbie, puis il regarda la maison, bouche bée. Il vérifia le GPS, fourni avec le véhicule par l'agence de location, avant de relever les yeux sur la maison.

— Seigneur !

Se reprenant, il enclencha une vitesse et s'engagea dans l'allée privée encadrée de fleurs luxuriantes et d'une haie de buissons bas, soigneusement taillés.

Il se gara à une place qu'il espérait ne pas être strictement interdite, sortit de la voiture, et ne put s'empêcher d'écarquiller les yeux devant l'édifice encadré de piliers blancs. Il y avait deux porches, l'un au rez-de-chaussée, l'autre à l'étage. Joey sentit son estomac faire des cabrioles, il faillit remonter dans sa voiture pour s'en aller tellement il se sentait peu à sa place. Mais alors, il vit Robbie, assis sur un des sièges installés sous le porche. À ses côtés se trouvait une femme superbe et Joey pensa qu'il devait s'agir de sa mère. Une fois de plus, il se reprit et vérifia son reflet dans le rétroviseur extérieur de la voiture : il espérait ne pas avoir l'air aussi pauvre et misérable qu'il se sentait.

— Et zut !

Il était bien coiffé mais il ne vit que ses cicatrices. Sa seule consolation fut que Robbie les connaissait déjà… et qu'il ne s'en souciait pas.

La chaleur lui tomba dessus tandis qu'il marchait dans l'allée en direction des marches de l'entrée, un pas prudent après l'autre, comme s'il approchait d'un sanctuaire. Lorsqu'il vit mieux Robbie, Joey dut faire un effort pour ne pas se jeter sur lui. Tout son corps désirait plaquer Robbie contre lui, le serrer dans ses bras. Il baissa brièvement les yeux pour s'assurer que son excitation intérieure n'exhibait pas de signes révélateurs.

— Joey, c'est toi ?

— Oui, j'ai réussi à trouver.

Il sourit, même si Robbie ne pouvait pas le voir. Le jeune aveugle se leva.

— Je te présente ma mère, Claudine Jameson.

Elle fit un pas en avant ; Joey avança jusqu'à elle et lui serra la main.

— Je suis enchanté de vous rencontrer, Mme Jameson. Robbie m'a beaucoup parlé de vous.

Joey se rappela qu'il devait sourire, tout en essayant d'oublier les papillons qui battaient follement des ailes dans son estomac.

— Très heureuse de faire votre connaissance, répliqua-t-elle, en bonne Sudiste, un peu guindée.

D'un geste de la main, elle lui proposa ensuite un des sièges vacants et s'enquit :

— Aimeriez-vous un verre de limonade ?

Joey nota que si les yeux de la mère de Robbie s'attardaient sur lui, son visage n'exprimait qu'un intérêt poli.

— Je vous remercie, madame, bien volontiers.

Il aurait bu n'importe quoi pour oublier cette intense chaleur.

Elle lui servit un verre, remplit celui que Robbie avait vidé, puis déposa le pichet sur le plateau.

— Je vous prie de bien vouloir m'excuser. Adelle viendra vous prévenir quand le dîner sera servi.

Dès qu'elle se leva pour s'en aller, Joey posa son verre et se redressa également. Il ignorait où il avait appris ces bonnes manières mais quelque chose lui indiquait qu'on ne restait pas ainsi quand une dame quittait une pièce.

La mère de Robbie se tourna vers lui, une esquisse de sourire sur les lèvres.

— Vous avez de l'éducation, je vous l'accorde.

Puis elle retourna dans la maison, laissant les deux hommes en tête-à-tête. Joey eut la sensation qu'il pouvait à nouveau respirer. Il se rassit. Il aurait voulu tendre la main vers Robbie, l'attirer dans ses bras et l'embrasser jusqu'à en perdre le souffle, mais il ne se trouvait pas à la ferme, aussi se maîtrisa-t-il.

— Tu as fait bon vol ?

Robbie paraissait nerveux, tout raide, Joey ne savait quoi en penser.

— Oui, très bon, mais c'était long. Bien trop long.

Depuis sa décision de rejoindre Robbie, Joey avait eu l'impression que tout se déroulait au ralenti. Au cours du dernier mois, il n'avait pensé qu'à revoir le jeune aveugle mais, maintenant qu'il se trouvait en face de lui, il ne savait plus quoi faire.

— Tu veux que nous rentrions à l'intérieur ? La chaleur est horrible ! Je ne suis resté là dehors que pour t'attendre.

Joey soupira, soulagé.

— Oui, merci. Seigneur, je n'ai jamais connu une telle canicule !

Robbie ricana.

— Même quand la climatisation tombait en panne dans ton tracteur ?

— Je pouvais au moins ouvrir les vitres.

Robbie éclata de rire et se leva, puis il se retourna et avança avec prudence jusqu'à la porte.

— Prends tes affaires, je vais les faire monter dans ta chambre.

Ma chambre ? Joey en ressentit un bref élan de déception. Il n'avait pas réalisé qu'il espérait dormir avec Robbie, comme à la ferme, alors que ce n'était ni pratique ni réaliste.

Il retourna à sa voiture pour sortir du coffre sa valise, puis retrouva Robbie à la porte. Il le laissa lui prendre le bras tandis que tous deux pénétraient à l'intérieur.

Dès la porte franchie, Joey trouva très agréable de retrouver l'air conditionné mais alors, il s'arrêta, bouche béante, en prenant conscience de ce qui l'entourait. De l'extérieur, il avait trouvé la maison immense, mais à l'intérieur, c'était un vrai palais, avec des boiseries lumineuses, du cristal étincelant, des tapis soyeux et des tableaux partout sur les murs.

— Quelque chose ne va pas ? demanda Robbie.

Joey se raccrocha à son bras.

— Non. Mais je n'ai jamais rien vu de pareil. J'ai l'impression d'être dans un musée.

— Je n'en sais rien. Il y a dix ans, quand je suis devenu aveugle, toutes les pièces me paraissaient semblables et les images que j'en ai gardées s'effacent avec le temps.

Certaines portes étant ouvertes, Joey eut un aperçu d'un superbe salon pendant qu'il avançait vers le grand escalier. Son regard fut également attiré par la salle à manger, avec ses murs précieux et sa table bien cirée. Il se sentit soudain terriblement intimidé.

Il ne cessa de regarder autour de lui tandis que Robbie et lui montaient l'escalier jusqu'au palier du premier étage.

— Ta chambre est la première porte sur la gauche.

Robbie désignait d'un doigt tendu l'endroit en question, dont la porte était ouverte. Joey s'y rendit, en espérant que Robbie le suivrait.

La chambre était claire et immense, avec un coin salon et un lit à l'ancienne. Manifestement, les amis étaient bien accueillis dans la famille de Robbie. Joey déposa avec soin sa valise sur le lit et regarda autour de lui, effrayé de toucher à quoi que ce soit.

— Joey, ce n'est qu'une maison !

Robbie pénétra dans la pièce et referma la porte avec un léger cliquètement.

Joey considéra qu'il s'agissait d'une invitation. Il se déplaça rapidement pour céder enfin à l'envie qui le possédait depuis son arrivée. Il prit Robbie dans ses bras et ses lèvres retrouvèrent leurs congénères. Leur goût sucré et leur souple douceur étaient exactement ce dont il se souvenait. De la langue, il dessina le pourtour de cette bouche incroyable, redécouvrant ce qui lui avait tant manqué. Et alors, il l'entendit... ce gémissement sourd et étranglé qui envoyait tout droit à son bas-ventre de vifs éclairs de désir.

Joey sentit Robbie s'accrocher à lui pour garder son équilibre, lui-même ayant l'esprit obscurci par un besoin primitif et essentiel.

— Joey, geignit Robbie contre ses lèvres. Il nous faut faire attention...

Sur ce, le jeune aveugle posa sa tête sur son épaule et se serra contre lui.

— Comment tes parents ont-ils pris la nouvelle ?

— Que je suis gay ? Bien mieux que de savoir que tu étais Yankee.

Sous le coup de la surprise, Joey faillit reculer d'un pas.

— Ça existe encore, ce genre d'attitude ?

Il avait du mal à le comprendre. Pour lui, ce genre de ségrégation appartenait au passé.

— Oh que oui ! Dans le Sud, ça existe.

Joey se contenta de tenir Robbie dans ses bras, savourant la chaleur de ce corps pressé contre lui et l'odeur propre de sa peau.

— Tu m'as manqué, chuchota-t-il à son oreille.

— Ah oui, qu'est-ce qui t'a manqué le plus ?

Il y avait dans ses mots une étincelle joueuse.

— Ta voix... et la façon que tu as d'allonger une syllabe en deux.

Joey se pencha pour promener sa langue le long du cou de Robbie.

— La façon dont tu trembles quand je t'embrasse, juste ici...

Du pouce, il effleura la lèvre inférieure de Robbie. Puis il se pencha pour prendre cette lèvre entre ses dents, tira dessus doucement avant de la libérer.

— La façon dont tu trembles au moment où tu jouis.

— Est-ce que tu le penses vraiment ? Ce message que j'ai entendu, quand je suis monté dans le bus... C'était bien toi ?

— Oui, c'était moi. Et oui, je le pense vraiment. J'ai regretté de ne pas te l'avoir dit plus tôt mais quand tu es monté dans ce bus, j'ai trouvé un feuillet dans ma poche. Je l'avais imprimé le matin même pour tenter de déchiffrer ce que tu avais tapoté sur moi. Et alors, j'ai compris que je ne voulais pas te laisser partir sans te dire ce que j'éprouvais. Je n'étais pas certain que tu comprendrais mais je tenais à essayer.

Avant que Joey ait pu en dire plus, on frappa légèrement à la porte. Robbie s'écarta, la poignée tourna et le panneau s'ouvrit.

— M. Robbie, le dîner sera servi dans une demi-heure. Vous devriez vous habiller.

Joey vit pénétrer dans la pièce une Afro-américaine toute menue.

— Merci, Adelle. Voici Joey Sutherland.

Elle eut soudain un sourire lumineux qui la rendit très belle.

— Alors, voici le jeune homme que tu attendais avec tant d'impatience !

Elle reporta son attention sur Robbie et continua :

— Faites bien attention, tous les deux, ta maman a demandé à tout le personnel de vous surveiller de très près. Mais avec moi, vous ne risquez rien, ajouta-t-elle, l'expression radoucie.

Joey la regarda retourner vers la porte, la refermer avec soin, puis sortir de son tablier un objet qu'elle pressa dans la main de Robbie en disant :

— Ce soir, veillez juste à ne pas faire de bruit.

Sur ce, elle rouvrit la porte et les laissa seuls. Robbie montra alors à Joey ce qu'il tenait dans la main : deux clés, deux passe-partout.

— Qu'a-t-elle voulu dire ? Il faut se changer pour dîner ?

— Maman insiste pour que nous fassions le soir un effort de toilette, surtout quand mon père se trouve à la maison.

Joey sentit à nouveau les papillons prendre leur envol.

— Je n'ai rien apporté de sophistiqué.

— Il te suffit d'une chemise et d'une cravate. Et tu peux emprunter une des miennes si tu en as besoin.

— Non, ça va aller.

Joey porterait ce qu'il avait de mieux et si ça n'était pas suffisant ou que ces gens-là se montraient trop snobinards, tant pis pour eux ! Il était venu pour voir Robbie, pas pour jouer les dandys.

— Dans ce cas, je vais me changer.

Joey s'empara une dernière fois des lèvres de Robbie, puis il le regarda ouvrir la porte et s'éloigner dans le couloir d'un pas incertain.

147

Étonné, il s'approcha de l'entrebâillement pour surveiller ce qui se passait, il ne comprenait pas la maladresse du jeune aveugle. À la ferme, Robbie se déplaçait toujours d'un pas si confiant, il retrouvait son chemin sans difficulté. Joey finit par refermer sa porte, il ouvrit sa valise et sortit ses affaires, dont sa plus belle tenue.

Une fois lavé et changé, il s'examina dans le miroir. Il portait une chemise de couleur vive et un pantalon à peu près correct, à la place de son jean. Il espérait qu'il n'aurait pas à s'habiller tous les soirs, sinon il porterait éternellement ce même pantalon.

Tandis qu'il étudiait son reflet, Joey remarqua que ses cicatrices avaient bel et bien commencé à s'effacer. Il ne se regardait pas souvent, aussi nota-t-il pour la première fois que les marques jadis rosées blanchissaient, et disparaissaient même pour de bon à quelques endroits, ainsi que le chirurgien l'avait promis. Il haussa les épaules et attacha sa cravate, vérifiant qu'elle était bien droite, puis se dirigea vers la porte. Celle de Robbie était toujours fermée. Joey pensa le jeune aveugle déjà descendu, aussi avança-t-il jusqu'à l'escalier.

Il ne trouva personne dans la salle à manger mais la table était mise et le couvert impressionnant. Les mains dans les poches, Joey suivit un bruit de verres qui s'entrechoquaient ; il vit Claudine à côté d'un homme grand et large qui devait être le père de Robbie.

L'homme était occupé à servir à sa femme un verre qu'il lui tendit.

— Vous devez être Joey, déclara-t-il en levant son pichet. Je vous sers un verre ?

— Je vous remercie.

Le père de Robbie se chargea des présentations après avoir terminé sa tâche et déposé son pichet sur la table.

— Robert Edward Jameson.

Il tendit la main, Joey la serra vigoureusement.

— Joseph Sutherland. Mais tout le monde m'appelle Joey.

— Je suis ravi de vous rencontrer.

Tout en parlant, il tendait à Joey son cocktail martini. Le jeune homme ne cessait de chercher un sens caché aux paroles qu'il entendait, sous-entendu moqueur ou sarcasme, mais il n'en trouvait aucun.

— Où est Robbie ? s'affola Claudine Jameson.

— J'ai cru qu'il était déjà descendu, répondit Joey, un peu surpris. Sa porte était fermée.

Il ne comprenait pas du tout la réaction de cette femme. Elle paraissait de plus en plus inquiète.

— Comment ? Vous ne l'avez pas attendu pour descendre ? Je vais charger Adelle de le faire.

Sa voix était nettement réprobatrice, Joey se demanda ce qu'il avait raté.

— Mais pourquoi quelqu'un doit-il se charger d'escorter Robbie ?

Il prit une gorgée de son cocktail et faillit s'étouffer. Le père de Robbie n'y avait pas été de main morte sur le vermouth. Bon sang, c'était puissant !

— Parce qu'il est aveugle !

Elle le regarda comme s'il était complètement idiot avant de quitter la pièce. Joey ne savait pas comment réagir mais quelque chose n'allait pas. Il tenta de s'expliquer :

— Quand Robbie était à la ferme, il se déplaçait très facilement dans la maison. Et également dans l'écurie.

— Je sais.

Joey retint de justesse un sourire devant l'accent du père de Robbie, qui s'asseyait dans un des larges fauteuils du salon.

— Sa mère insiste pour l'assister en permanence au lieu de lui laisser un peu d'autonomie.

Il sirota son cocktail en haussant les épaules. Apparemment, c'était un point de discorde que le couple avait régulièrement et le père de Robbie ne tenait pas à y revenir.

— Vous trouvez mon accent comique, mon garçon ?

Joey comprit que, contrairement à ses illusions, il n'avait pas réussi à garder une expression impassible.

— Non, mais je comprends pourquoi vous le pensez.

Le père de Robbie se frappa la cuisse avec un éclat de rire.

— Ah, vous avez le sens de l'humour ? Ça me plaît.

Il but à nouveau une gorgée de son cocktail avant d'indiquer un siège en disant :

— Asseyez-vous.

Joey obtempéra et resta le dos raide sur son fauteuil en se demandant ce qu'il pouvait dire. Il décida que rester muet était aussi bien. Il essaya aussi de ne pas renverser le verre qu'il tenait à la main.

Quelques minutes plus tard, Claudine revint avec Robbie à son bras. Joey se leva pour lui céder son siège et s'installa sur le canapé à côté de

149

Robbie. Claudine le fusilla des yeux. *Le dîner va être charmant*, pensa Joey. Il espérait seulement qu'il aurait une chance de s'expliquer.

Il se promit de demander plus tard à Robbie ce qui se passait. Son père dut remarquer l'atmosphère tendue parce qu'il commencera à lui poser des questions anodines concernant son voyage, pour meubler la conversation.

— D'après ce que j'ai compris, vous vivez dans une ferme ?

Joey adorait son accent sudiste.

— Oui, monsieur. Nous possédons plus de mille deux cents hectares et deux mille têtes de bétail, sans compter les chevaux.

— Que faites-vous exactement dans cette ferme ?

Joey savait bien qu'il était discrètement mis sur le grill, aussi resta-t-il calme et répondit-il d'une voix aussi tranquille que possible.

— Je m'occupe de la superficie productive, nous faisons pousser du maïs, du foin, du soja et de la luzerne.

— Que représente cette superficie ?

— Environ quatre cents hectares.

Le père de Robbie parut impressionné. Joey continua :

— Quand je suis sorti diplômé de l'université, Geoff et Eli m'ont offert un poste.

Il s'agita sur le canapé et sentit la jambe de Robbie contre la sienne. Ce léger contact fut rassurant.

— Ce sont eux qui possèdent la ferme ?

Des regards, rapides et subtils, furent échangés entre Claudine et Robert.

— Oui monsieur. Geoff a hérité cette ferme de son père, elle est dans sa famille depuis plusieurs générations. Geoff et Eli sont ensemble depuis maintenant six ans.

Joey ne cacha pas la satisfaction qui résonnait dans sa voix. Il était fier de sa ferme et de ses amis, il tenait à le faire savoir. Avant qu'il ait à subir d'autres questions, Adelle pénétra dans la pièce et croisa le regard de Claudine, elle s'éloigna ensuite sans un mot. La mère de Robbie se leva.

— Allons-y, si vous le voulez bien.

Joey prit Robbie par le bras – il ne tenait pas à encourir une fois de plus la colère de sa mère – et le guida jusqu'à la salle à manger.

D'après Joey, le dîner fut un peu étrange. La conversation, ou du moins ce qui passait pour telle, fut assez animée, grâce au père de Robbie, mais Claudine, assise en face de Joey, ne perdit aucune occasion de le dévisager. Au début, Joey pensa qu'elle s'intéressait à ses cicatrices, mais il comprit très vite qu'elle ne l'appréciait pas du tout. Elle s'exprima parfois au cours du dîner mais s'adressa très peu à lui, juste quelques mots imposés par la politesse. Quant à Robbie, il ne dit presque rien. Il se contenta de manger lentement sans prêter attention à son environnement. C'est vrai que l'animation restait essentiellement visuelle, ce qui lui échappait complètement.

Après ce qui parut à Joey des heures, les convives se levèrent de table et Robbie souhaita bonne nuit à ses parents. Au grand soulagement de Joey, le jeune aveugle lui demanda son aide pour monter à l'étage. Joey se sentait épuisé, mal à l'aise, pour ne citer que ça. Après son voyage, ce dîner et l'incessante attention de Claudine, il en avait assez. Il voulait simplement retrouver son lit. Ou pour être plus honnête, il voulait retrouver Robbie dans son lit, dans ses bras, mais il n'était pas certain de l'obtenir.

Joey quitta Robbie devant sa porte, il vérifia rapidement que le couloir soit désert, puis il l'embrassa doucement avant de retourner dans sa chambre. Il regarda la pièce, de plus en plus mal à l'aise. Il ouvrit sa valise et en sortit un vieux short et un tee-shirt. Il ôta ses vêtements de soirée, les plia avec soin, puis enfila sa tenue confortable. Il se laissa tomber sur le lit, son cerveau tourbillonnant à toute vitesse. *Je n'aurais pas dû venir.* Robbie et lui avaient passé à la ferme des moments merveilleux mais le jeune homme plein d'enthousiasme qu'il avait connu n'était pas le Robbie qui se trouvait dans la chambre, de l'autre côté du couloir.

Joey se rassit brusquement, laissant ses pieds pendre le long du matelas tandis qu'il réfléchissait. Il savait ce qu'il allait faire. Il n'avait pas sa place ici et sa présence risquait de rendre les choses plus difficiles pour Robbie. Dès demain matin, il téléphonerait à l'aéroport, changerait son vol et rentrerait chez lui. Ayant pris sa décision, Joey éteignit sa lampe.

C'est alors qu'il perçut les sons étouffés du violon de Robbie. Il avait entendu le jeune aveugle jouer très souvent mais jamais de cette façon. C'était comme une musique funéraire, lente, basse, et triste, si triste. Joey fut attiré de l'autre côté du couloir comme un papillon par une flamme. Il poussa la porte et l'ouvrit. Il trouva Robbie assis sur le bord de son lit, à jouer doucement, les larmes coulant sur ses joues. En général, le jeune aveugle exprimait ce qu'il ressentait dans son jeu et aujourd'hui ne faisait pas exception.

— Je n'aurais jamais cru pouvoir être plus malheureux que dans ce bus, quand je m'éloignais de toi.

Les mains de Robbie s'étaient immobilisées mais son archet restait plaqué contre les cordes.

Joey referma la porte pour venir s'asseoir sur le lit, à côté de Robbie.

— Ça va aller.

Robbie déposa son violon.

— Non, ce n'est pas vrai. Tu es mal à l'aise. Je n'ai pas besoin de te voir pour le savoir. Je parie que ma mère t'a fixé durant tout le dîner.

Robbie se déplaça un peu sur son lit.

— Tu sais, je ne t'en voudrais pas si tu t'enfuyais en courant.

Joey lui prit doucement l'instrument des mains pour le ranger dans son écrin.

— Je ne vais pas te mentir. J'ai effectivement envisagé de m'en aller. Je n'ai pas ma place ici et ta mère me déteste.

— Mais mon père t'aime bien et c'est important. Tu m'as tellement manqué !

Robbie se pencha contre lui, posant sa tête sur sa poitrine. Et c'était la raison pour laquelle Joey avait entrepris ce long voyage. Il sentit sa résolution commencer à s'effriter. Robbie se tourna pour rapprocher sa bouche de la sienne. Et ce fut tout. Un seul effleurement de ces lèvres et Joey comprit que, pour Robbie, il accepterait d'endurer les regards mauvais d'une armée de mères. Il approfondit le baiser, sa langue caressant les lèvres de Robbie, goûtant sa saveur unique.

Le jeune aveugle gémit doucement.

On frappa à la porte, ce qui les força à se séparer. Joey grogna lorsque Robbie s'écarta. La porte s'ouvrit. Claudine pénétra dans la pièce.

— Tu as besoin de quelque chose avant de te coucher, chéri ?

Ses yeux effleurèrent brièvement Joey avant de revenir s'attacher à Robbie.

— Non, maman, tout va bien. Je te dis à demain.

Robbie tendit les bras vers sa mère et l'embrassa tendrement sur la joue. À nouveau, Joey vit le regard de Claudine s'appesantir sur lui, étudiant sa proximité avec Robbie. Au lieu de s'éloigner, Joey prit la main de Robbie dans la sienne et la serra. Il vit l'expression de Claudine changer mais, sans rien dire, elle quitta la pièce.

— Je devrais moi aussi me préparer à me coucher.

Joey se pencha sur Robbie et prit son visage dans ses mains pour rapprocher leurs lèvres. Il ne fut en rien subtil, il approfondit son baiser et dévora les lèvres offertes, festoyant sur cette bouche. Délibérément, il n'esquissa aucun autre geste que ce baiser, qui exprimait tout ce qu'il ressentait.

Des gémissements de gorge, ardents et impatients, atteignirent ses oreilles. Il continua à embrasser Robbie. Il savait bien qu'il le rendait fou de désir, il le sentait tenter de se rapprocher de lui, mais il l'en empêcha et le força à demeurer immobile, soumis à sa bouche exigeante. Puis il s'écarta en mordillant la lèvre inférieure de Robbie. Quand il lâcha cette chair pulpeuse, il pressa ses lèvres à l'oreille du jeune aveugle et chuchota :

— Bonne nuit.

Il fut difficile à Joey de quitter Robbie, il s'enfuit presque de la chambre. Il n'était pas certain de faire ce qu'il fallait mais il avait besoin que ce soit Robbie qui décide de la suite des événements.

Quand il ouvrit la porte et sortit dans le couloir, il se tourna en direction de sa chambre et vit Claudine postée à l'autre bout du corridor. Elle surveillait manifestement la porte de son fils tout en faisant mine d'entrer dans une autre pièce. D'un geste nonchalant, Joey leva la main pour la saluer puis, sur un hochement de tête, il entra dans sa chambre et referma la porte. Il était certain d'une chose : s'il n'avait pas quitté très rapidement la chambre de Robbie, il y aurait eu d'autres coups frappés à la porte, nettement plus impérieux cette fois.

Il espérait que Robbie viendrait le rejoindre mais sans savoir si ce serait possible avec le garde-chiourme Claudine faisant le guet dans le couloir. Et pourtant, Joey voulait avoir Robbie dans ses bras plus qu'il n'avait jamais rien voulu de toute sa vie. Embrasser le jeune aveugle et s'en aller ensuite lui avait été presque impossible, mais la décision devait provenir de Robbie.

Joey fit un brin de toilette, se déshabilla, éteignit les lampes et monta dans son lit.

Il ne put pas dormir. Son esprit était surexcité, son corps hurlait de désir pour Robbie. Le savoir si proche et pourtant si loin… Couché sur le dos, les yeux au plafond, Joey regardait dans le noir en écoutant les sons de la maison, en regrettant que Robbie ne se trouve pas à ses côtés. Il entendit des pas dans le couloir – et quelqu'un s'arrêta même devant sa porte… Joey espéra qu'il s'agissait de Robbie mais les pas inconnus éloignèrent.

Joey tenta de dormir, sans y réussir.

La maison devint silencieuse, la lumière dont les rais passaient sous sa porte vacilla et s'éteignit. Et toujours pas de Robbie. Joey se résigna à passer la nuit tout seul. Il roula sur lui-même et bourra son oreiller de coups de poing, en cherchant à forcer le sommeil à venir. En vain.

ROBBIE NE savait pas quoi faire. Il y avait des heures qu'il restait couché sur son lit en tentant de décider ce qu'il voulait. La maison était devenue silencieuse mais, plusieurs heures auparavant, il avait entendu un frôlement devant sa porte. Deux fois, il s'était levé pour aller jusqu'à sa porte, pour ensuite retourner se coucher. Il repoussa ses couvertures et quitta son lit, tâtonna sur le plateau de la commode pour retrouver les clés qu'Adelle lui avait remises. Ensuite, une fois de plus, il alla jusqu'à sa porte. Il pressa l'oreille contre le panneau et écouta… Il n'entendit rien.

Lorsqu'il tourna la poignée, le bois craqua légèrement. Pour les oreilles sensibles de Robbie, ce fut aussi violent qu'un coup de tonnerre. À nouveau, il se figea pour écouter. Rien. Personne ne lui demanda ce qu'il faisait. Soulagé, il se faufila dans le couloir et referma sa porte. Il laissa la clé dans la serrure et chercha à la tourner, sans succès. Il poussa un juron qu'il étouffa entre ses dents. Il utilisa l'autre passe-partout pour verrouiller sa porte. Il tourna les talons et, sur la pointe des pieds, détala dans le couloir jusqu'à la porte de Joey, en espérant la trouver ouverte. La poignée tourna sous sa main, il pénétra dans la pièce.

Il entendit un chuchotement entrecoupé d'un bâillement.

— Robbie, c'est toi ?

Il n'eut pas le temps de répondre. Déjà, des pas se précipitaient sur lui, des bras l'enserraient, des lèvres s'emparaient des siennes. C'était ce qu'il avait désiré au cours des dernières heures, il se demanda vraiment pourquoi il avait tant attendu.

— J'espère bien, chuchota-t-il, sinon ce serait ma mère que tu es en train d'embrasser.

Quand Robbie se mit à glousser, Joey le fit taire avec d'autres baisers.

— Nous ne devons pas faire de bruit.

Robbie se sentit entraîné, puis le matelas lui heurta l'arrière des jambes. Joey le fit s'étendre et il y eut aussitôt un craquement sonore. Les deux hommes se figèrent. Dès qu'ils se remirent à bouger, un autre craquement leur répondit.

— Seigneur !

Joey s'écarta du lit en disant :

— Attends une minute.

La chambre s'anima alors de froissements de tissu. Robbie savait bien que Joey bougeait tout autour de lui mais il n'arrivait pas à comprendre ce qui se passait ; Joey paraissait se trouver partout à la fois. Dès qu'il croyait deviner sa position, elle changeait immédiatement.

— Joey ?

Un doigt se posa sur sa bouche.

— Chut. J'en ai pour une minute.

Les lèvres lui caressant le cou, Robbie frissonna brièvement mais, déjà, le contact avait disparu. *Boum. Boum.* Robbie se tourna vers le bruit mais, maintenant, tout était silencieux.

— Voilà. Donne-moi ta main.

— Qu'est-ce que tu fais ?

Robbie sentit des mains caresser sa poitrine, descendre sur ses hanches, et faire glisser son boxer le long de ses jambes.

— Tu n'en as pas besoin.

Son sexe rigide se redressa dès que le sous-vêtement le libéra. Robbie fit un pas en avant pour s'en débarrasser. Déjà, Joey se remettait à l'embrasser tout en l'entraînant vers le sol. D'abord, Robbie se demanda pourquoi mais il sentit ensuite le contact de couvertures et d'oreillers, puis un corps nu se pressa contre sa peau.

— Il ne faut pas que nous fassions le moindre bruit.

Robbie entendit Joey ricaner contre son cou.

— Je te signale que ce n'est pas moi qui hurle en jouissant !

Il aurait voulu protester mais Joey lui coupa la parole par un baiser puissant et enivrant. Robbie en oublia tout ce qu'il voulait dire. Les mains flottaient partout sur sa peau, il ne put se retenir de gémir. Chaque fois qu'il geignait, Joey l'embrassait plus fort. Les caresses continuant, Robbie les rendit en faisant glisser ses mains sur le dos de Joey, avant de s'accrocher aux muscles de ses fesses, durcis par les efforts physiques.

— Joey, je te veux.

Il roula sur le ventre, sous le corps de son amant qu'il sentait peser sur lui. Il se tordit la nuque pour continuer à l'embrasser.

Des lèvres s'abreuvaient aux siennes, elles glissèrent ensuite sur ses épaules, le long de son dos. Il eut la chair de poule quand Joey déposa sur son corps une pluie de baisers. Quand la bouche atteignit son postérieur, Robbie dut cacher son visage dans l'oreiller pour ne pas hurler. Mais quand Joey lui écarta les fesses pour plonger profondément sa langue en lui, Robbie cria en se plaquant contre la bouche le coussin de plume.

Il dut brièvement relever son visage pour pouvoir respirer. Une langue tiède et humide le préparait, un long doigt plongeait en lui… Très vite, Robbie enfouit à nouveau son visage dans le coussin, ses hanches se levant d'elles-mêmes. Robbie se remit à geindre quand Joey trouva en lui l'interrupteur magique. En avant, en arrière. Ses hanches s'enfonçaient dans le nid de couverture. Il tenta de crier un avertissement mais la langue de Joey le pénétra en profondeur. Il explosa dans un éclair qui lui parut plus sonore que le bouquet final de Beethoven. Ensuite, vidé, il s'écroula sur le sol.

Robbie grogna quand Joey embrassa le moindre centimètre carré de son dos, puis le fit rouler sur lui-même pour s'attaquer au côté face qu'il caressa de ses lèvres de la tête aux pieds, sans manquer un seul endroit. Ensuite, Joey lui souleva les jambes. Robbie pressa ses lèvres contre celle de son amant et ils s'embrassèrent pendant la lente pénétration. Robbie ne voyait pas Joey mais il sentait son souffle… et c'était comme si son propre cœur battait à ses oreilles.

— Joey, encore…

Son corps ayant repris feu, il avait du mal à respirer. Il devint de plus en plus pantelant tandis que Joey le pilonnait. *Plus vite, plus fort. Plus vite, plus fort.* Le mantra résonnait dans sa tête. Robbie aurait voulu le hurler. Joey sembla l'entendre malgré tout parce que dès que Robbie pensait vouloir quelque chose, Joey le lui donnait. La pression monta en lui jusqu'à ce qu'il ne puisse plus se retenir ; il dut presser son poing dans sa bouche pour ne pas hurler sa joie en jouissant pour la seconde fois. Il sentit Joey se vider en longs jets pulsatiles au plus profond de lui.

Joey s'écarta ensuite tout doucement et le serra très fort contre lui. Robbie se sentit embrassé, aimé ; des doigts glissaient doucement sur sa peau.

— C'était bon ?

Il entendit les mots. En guise de réponse, il gémit tout doucement, parce que Joey lui mordillait l'oreille.

— Dis-moi au moins que je ne t'ai pas fait mal.

— C'était merveilleux.

À tâtons, Robbie trouva les joues de son amant et frotta doucement la peau rugueuse de barbe.

— *Tu* es merveilleux, ajouta-t-il.

Joey referma ses bras autour de lui, emmêlant leurs jambes, avant de les enrouler ensemble dans une couverture qui formait un cocon de chaleur.

— Je suis tellement heureux d'être là.

— Et moi donc.

Robbie commençait à s'endormir, l'esprit court-circuité.

— Je t'aime, Joey.

Il entendit la réponse : '*je t'aime aussi*', prononcée d'une voix étouffée, endormie. C'était la plus belle musique qu'il ait jamais entendue, surtout accentuée par l'étreinte des bras solides serrés contre lui. Le corps de Joey était plaqué à son dos, en cuillère. Ses lèvres lui effleurèrent l'épaule. Puis, le souffle de son amant se faisant régulier, la chambre devint peu à peu silencieuse, Robbie le suivit très vite dans un sommeil plein d'étoiles.

Un son à la limite de sa conscience finit par pénétrer dans les rêves de Robbie. Il commença à s'éveiller en réalisant qu'il s'agissait d'un grincement de gonds. La porte de la chambre s'ouvrait lentement.

— M. Robbie, chuchota une voix dans la pièce endormie.

— Adelle ? s'étonna Robbie.

— Oui, c'est moi, bébé.

Il entendit des pas et la porte se referma. Il sentit Joey se réveiller à ses côtés. Quelque chose de doux remonta sur lui, cachant sa nudité.

— Il faut que tu retournes dans ta chambre avant que ta maman se réveille, dit Adelle.

Robbie commença à bouger mais une main se posa sur son épaule.

— Je t'attends dehors. Et je te suggère de t'habiller avant de sortir. Je n'ai plus l'âge de te voir en tenue d'Adam, tu sais.

Elle riait sans bruit en retournant jusqu'à la porte, un grincement indiqua qu'elle l'ouvrait, et la refermait.

— Bonjour…

Robbie fut immédiatement empoigné et étreint, des lèvres se plaquèrent aux siennes, son esprit oublia tout le reste. Le baiser s'adoucit, puis disparut.

— Il faut que tu retournes dans ta chambre.

Il entendit Joey se lever et marcher à travers la pièce.

— Tu cherches à te débarrasser de moi ? demanda Robbie, mi-figue mi-raisin.

Les pas s'arrêtèrent une seconde, puis se rapprochèrent très vite.

— Bien sûr que non ! Mais j'ai entendu ce qu'a dit Adelle – et ta mère me prend déjà pour le diable incarné.

— Eh bien, tu es un peu diable, ricana Robbie.

Joey lui tendit son boxer, il l'enfila et se redressa. Il entendit un grognement et une couverture lui tomba sur les épaules.

— Adelle m'a déjà vu tout nu, tu sais.

À nouveau, ce grognement tandis que Joey serrait davantage la couverture autour de lui.

— Dis-moi, est-ce que tu ne serais pas un peu possessif ?

— Oui, tu peux parier ton joli petit cul là-dessus !

Joey n'hésita pas à lui pincer les fesses avant de le pousser jusqu'à la porte. Quand Robbie l'ouvrit, il entendit Adelle dire quelque chose à son compagnon. Elle lui prit ensuite la main et l'entraîna presque au pas de course de l'autre côté du couloir jusque dans sa chambre.

— Je croyais que tu m'avais donné tes clés.

Elle émit un bruit de gorge réprobateur.

— Je t'ai donné celles de ta mère. Tu me prends pour une idiote ?

Sa voix moqueuse indiquait qu'elle n'était pas vraiment fâchée.

— Allez, habille-toi maintenant. Je reviendrai tout à l'heure. Je vais d'abord aider ton ami à remettre son lit en place.

— Merci, Adelle.

Il lui serra les doigts avant de la laisser s'en aller. Dès qu'il entendit la porte s'ouvrir et se refermer, il laissa tomber la couverture et se dirigea jusqu'à sa salle de bain. Au moment où il coupait l'eau et sortait de sa douche, il entendit bouger dans sa chambre, puis plus rien. Il noua une serviette autour de sa taille, termina sa toilette, remit tout en place, et se prépara à s'habiller.

Il suivit des mains le rebord de son lit pour avancer jusqu'à sa commode. Il remarqua que la couverture avait disparu et que son lit était refait. Il comprit aussi que ses vêtements avaient été préparés. Adelle... Elle s'occupait si bien de lui, tout en veillant à ne pas en faire trop. Exactement comme Joey.

Robbie trouvait la routine réconfortante, il appréciait ce qui était prévisible. Avec un sourire, il laissa tomber sa serviette pour commencer à s'habiller.

Il avait juste terminé et s'apprêtait à faire sécher sa serviette quand il entendit frapper à la porte. Peu après, elle s'ouvrit.

— Tu es prêt ? Adelle me dit qu'elle nous a préparé un petit déjeuner.

Tout à coup, Joey était très proche ; Robbie sentit la chaleur émaner de lui et son pantalon commença à le serrer. Il décida que la prochaine fois, il veillerait à se réveiller bien plus tôt.

— Allons-y, je suis mort de faim.

Il se pencha plus près de ce corps qui rayonnait et susurra :

— … et je ne parle pas seulement de nourriture.

Sa main glissa le long du corps de Joey, jusqu'à la barre rigide qu'il trouva dans son pantalon. Il la caressa avec un sourire.

— C'est vraiment vache de ta part ! se plaignit Joey. Surtout que ta mère arrive déjà dans le couloir.

Robbie enleva précipitamment sa main et recula si vite qu'il faillit en perdre l'équilibre. Joey le rattrapa, puis lui prit la main tandis que les pas de Claudine se rapprochaient. Robbie les aurait reconnus n'importe où. Ils s'arrêtèrent brièvement devant sa porte avant de continuer. Robbie avait la sensation de mal se conduire en tenant la main de Joey sous les yeux de sa mère, mais ce n'est pas pour autant qu'il s'écarta.

— Bonjour, maman.

Sans doute ne l'avait-elle pas entendu parce qu'elle ne lui répondit pas. Déjà, ses pas dévalaient les marches de l'escalier.

— On y va ? proposa Joey.

Sa voix rendait un son étrange… Robbie ne savait trop quoi en penser. Il laissa Joey le conduire jusqu'à leur petit déjeuner.

Au sommet des marches, Joey demanda :

— Qu'as-tu prévu pour aujourd'hui ?

— Rien de particulier. Qu'aimerais-tu faire ? Je ne pourrais te servir de guide, pour des raisons évidentes.

Il descendit l'escalier lentement.

— Je veux juste passer la journée avec toi.

Au bas de l'escalier, Robbie perçut des bruits de vaisselle.

— Pourquoi ne pas téléphoner à Arie et lui demander de te faire faire le tour de la ville ?

Il sentit Joey se figer et s'en étonna.

— Qu'est-ce qu'il y a ?

— Je suis venu pour te voir, pas pour passer mon temps avec Arie pendant que tu restes seul, enfermé chez toi.

Sa voix se fit très ferme lorsqu'il répéta :

— Je suis venu te voir.

Robbie trouva sa véhémence très agréable, il aimait être le centre de cette attention fort bienvenue. Pour dire la vérité, il avait cru que Joey préférerait passer la journée à l'extérieur et que lui-même ne le reverrait que plus tard.

— Dans ce cas, je vais demander à Arie de nous emmener en balade tous les deux.

Robbie pensa que si cela rendait Joey heureux, il pouvait s'imposer. De plus, il risquait de bien s'amuser.

Il garda son sourire pendant tout le petit déjeuner que lui et Joey prirent dans la cuisine. Adelle l'informa que sa mère, ayant une réunion avec les Filles de la Confédération, avait déjà quitté la maison.

— Dans ce cas, elle sera absente toute la journée, c'est ça ?

Adelle grommela et devint plus brusque avec sa vaisselle dans l'évier.

— Oui, après la réunion, ces dames iront déjeuner ensemble. Elle ne reviendra pas à la maison avant l'heure des cocktails.

Robbie eut un sourire et sentit Joey lui serrer les doigts tandis qu'Adelle marmonnait, mécontente :

— Ça, elle ne manque jamais ses cocktails !

Joey intervint :

— Adelle, et si vous vous asseyiez avec nous ? Ça me met mal à l'aise de vous voir travailler pendant que je ne fais rien.

— M. Joey, il faut bien que je fasse ma vaisselle.

— Asseyez-vous un moment, je vous aiderai ensuite pour la vaisselle.

Robbie entendit une chaise grincer sur le carrelage, puis le claquement d'une tasse sur la table.

— Merci beaucoup, dit Joey.

Adelle se mit à glousser.

— Vous autres, les Yankees, vous êtes bien étranges.

Cette fois, ce fut au tour des deux amis de rire. Robbie sentit immédiatement qu'il lui fallait expliquer à Adelle la cause de son hilarité, mais Joey s'en chargea le premier.

— Vous savez, à la ferme, nous nous aidons tous les uns les autres.

— Et qui s'occupe de la cuisine ?

Robbie se mit à manger tout en écoutant les réponses de Joey :

— La plupart du temps, c'est Eli, parce qu'il est de nous tous le meilleur cuisinier, mais en vérité, nous nous en chargeons à tour de rôle. Et nous participons tous au rangement et à la vaisselle. Quand c'est au tour de Geoff de se mettre aux fourneaux, nous finissons au restaurant, en ville.

Adelle paraissait fascinée.

— Qui est-ce au juste, 'nous' ?

Robbie continuait à manger avec ardeur, mais aussi avec soin, il ne voulait pas causer de dégâts qui donneraient à Adelle du travail en plus.

Joey ne se fit pas prier pour donner de plus amples explications :

— Geoff et Eli, les propriétaires de la ferme. Je vis avec eux. Geoff est comme un grand frère pour moi.

Robbie entendit claquer l'assiette de Joey sur la table.

— Adelle, c'était vraiment délicieux !

Elle eut un éclat de rire.

— Vous avez un bon coup de fourchette !

Un silence retomba sur la cuisine, aussi Adelle ajouta très vite :

— Ce n'était pas un reproche, au contraire. J'aime voir les gens manger, cela signifie qu'ils apprécient ma cuisine.

— Je me suis régalé, affirma Joey.

Robbie savait déjà que Joey venait de gagner le cœur d'Adelle.

— Bien, terminez de manger tous les deux. Et ne vous avisez pas de chercher à m'aider. J'ai du travail à faire. Je vais peut-être vous faire du poulet grillé ce soir.

Robbie ne chercha même pas à retenir son sourire.

— Tu sais, elle fait le meilleur poulet grillé de tout l'État, je te le jure.

Adèle fit 'pfutt' mais Robbie savait qu'elle était contente.

— Maintenant, sauvez-vous et amusez-vous. Profitez de ce calme répit, cela ne durera pas.

Ravi du coup de téléphone de Robbie, Arie accepta sans se faire prier de les emmener faire le tour des environs. Aussi, une demi-heure plus tard, déjà prêts, Robbie et Joey attendaient sous le porche. Robbie entendit une voiture arriver, puis le rire d'Arie qui sortait du véhicule.

— Vous avez vraiment l'air chou tous les deux ensemble !

Robbie se mit à rougir comme une fille et sentit Joey glisser un bras rassurant autour de sa taille.

— C'est aussi mon avis, répondit Joey d'un ton très assuré.

— Allez, venez les amoureux, en route.

La main d'Arie se posa sur son bras pour le guider jusqu'à la voiture.

— Tu as pris ta canne ?

Robbie tapota son flanc où pendait une petite besace en cuir, attachée à sa ceinture.

— Parfait, tu n'en auras probablement pas besoin parce que nous sommes là, mais…

161

La voix d'Arie s'étouffa un peu lorsque la portière de la voiture s'ouvrit, Robbie tâtonna pour trouver le siège arrière et s'y installer.

— Pourquoi tu ne monterais pas avec lui, Joey ? Ça ne me gêne pas de jouer au chauffeur.

— Merci, Arie.

Robbie appréciait vraiment la gentillesse de son ami. Il entendit les portières claquer puis sentit Joey s'asseoir à ses côtés sur le siège. La voiture démarra et un air conditionné fort bienvenu se mit à souffler des aérateurs.

— Je pensais d'abord vous conduire en ville pour montrer à Joey nos quartiers historiques, ensuite nous pourrions faire un tour en bateau sur le Mississipi, à Natchez.

Manifestement, Arie adorait jouer au guide, Robbie sentit Joey vibrer d'excitation.

Ils restèrent dans la voiture durant l'heure qui suivit, à arpenter la ville, tandis qu'Arie discourait des principaux sites, expliquant l'histoire des divers quartiers et de quelques maisons. Joey, comme un enfant, bondissait d'enthousiasme sur le siège à ses côtés. Robbie était enchanté d'être venu. Il trouvait l'excitation de Joey contagieuse. Même s'il ne voyait rien de ce dont ses deux amis discutaient, il le ressentait à travers son amant.

— Quand part le vapeur ? demanda Joey.

Robbie sentit au même moment une main se glisser dans la sienne.

— Dans trois quarts d'heure. J'ai déjà réservé nos places par téléphone.

— Super !

Joey paraissait prêt à exploser d'impatience. Robbie éclata d'un rire qui reflétait son bonheur sans limites.

La voiture finit par s'arrêter et la porte s'ouvrit. Robbie sentit Joey lui prendre la main et l'aider à sortir. Le parking était rempli de gens, Robbie perçut quelques bribes de conversation en traversant la foule. Joey lui tenait le bras d'un côté, Arie de l'autre. Le trio avança avec prudence jusqu'au bateau, l'odeur du fleuve devenant de plus en plus marquée tandis qu'il s'approchait.

— Bienvenue à bord.

Le plancher ondula souplement sous ses pieds lorsqu'il fit ses premiers pas sur la passerelle jusqu'au pont du bateau.

— C'est vraiment génial ! s'exclama Joey à ses côtés.

— Si tu t'excites davantage, tu finiras par exploser.

162

Robbie sourit en tournant la tête en direction de Joey, du moins il espérait ne pas se tromper. Il reçut en retour une brève étreinte et, peu après, il sentit Joey s'asseoir près de lui.

— Pourquoi ne vas-tu pas faire le tour du bateau, Joey ? Je reste avec Robbie.

Le jeune aveugle accueillit avec soulagement la proposition d'Arie. Il savait bien qu'il ne bougerait pas de toute la croisière. Si personne ne poussait Joey à s'amuser en explorant les lieux, son ami resterait tout le temps coincé à ses côtés.

— D'accord, je ne serai pas long.

Un violent coup de sifflet annonça que le bateau quittait le quai.

Robbie effleura la main de Joey… Du moins, il espérait qu'il s'agissait bien de la sienne.

— Prends ton temps et amuse-toi.

Il entendit ensuite le 'vroum-vroum' des pales de l'hélice qui heurtaient l'eau et les grincements de l'arbre de transmission indiquant que la roue tournait.

Arie l'aida à se relever, tous deux traversèrent le pont d'un pas prudent. Un flot régulier d'instructions chuchotées parvenait aux oreilles de Robbie. Il comprit, à la fraîcheur climatisée de l'air qui l'entourait, avoir pénétré à l'intérieur du bateau où Arie leur trouva vite une table.

— Que voulez-vous boire ?

Il s'agit probablement d'un serveur, pensa Robbie. Arie commanda une bière mais Robbie n'avait pas soif.

— Je peux te demander quelque chose ?

La voix d'Arie paraissait inquiète.

— Tout ce que tu veux, Arie.

Puis Robbie se corrigea, une main sur la bouche pour étouffer ses ricanements entendus :

— Enfin, *presque* tout.

Il entendit Arie grogner doucement.

— Je vois bien que ça te plaît qu'il soit venu, je sais combien il t'a manqué.

Robbie se contenta de hocher la tête en silence. Son ami reprit :

— Dis-moi, as-tu envisagé ce que tu voulais faire ?

— À quel sujet ?

— Robbie, réfléchis un peu. Dans quelques jours, Joey va rentrer chez lui et toi, tu te sentiras aussi mal que lorsque nous avons quitté le Michigan, peut-être pire encore.

Robbie ne répondit rien. Arie continua :

— Tu as été horriblement malheureux durant tout le trajet retour. Je dois t'avouer que même Adelle commence à en avoir assez de cette musique funéraire que tu leur as jouée pendant quinze jours pleins.

La colère simulée de son ami faillit tirer à Robbie un sourire, mais il se retint, le sujet était trop grave.

— Je pense que seul le coup de fil de Joey, lorsqu'il a demandé à te rendre visite, a réussi à te tirer de ton abattement.

Arie ne faisait que chuchoter mais la véracité de ses paroles atteignait Robbie jusque dans la moelle de ses os.

— À ton avis, que faut-il que je fasse ?

Soudain, il avait le vertige, il craignit d'en avoir la nausée.

— Tu dois te préparer et l'accepter. Profites-en bien pendant qu'il est là mais tu devras ensuite le laisser s'en aller.

Robbie déglutit. Il entendit à ce moment un verre se poser sur la table. Il regretta de ne pas avoir passé commande. Il avait tout à coup la bouche très sèche.

— Je suis désolé. Je n'aurais peut-être pas dû t'en parler ici, ou maintenant, mais je ne sais pas quand j'aurais l'occasion de te revoir en tête-à-tête.

— Ce n'est pas grave, Arie. Tu ne m'as rien dit que je ne sache déjà. En principe…

Robbie avait perdu toute la joie précédemment éprouvée. Qu'allait-il faire ? Il était certain d'une chose : il ne voulait plus jamais se sentir aussi triste et abandonné. Il y avait tant de choses qu'il aurait voulu demander à Arie… Trop tard. Il entendit des pas arriver, une chaise bouger juste à côté de lui, puis l'odeur de Joey lui monta aux narines. Sous la table, une main glissa dans la sienne. Malheureusement, cette fois-ci, au lieu de le rendre heureux, le geste ne fit qu'accentuer sa solitude. Il savait que Joey n'allait pas tarder à rentrer chez lui.

Le bateau continua sa croisière le long de la rivière. Joey convainquit Robbie de revenir sur le pont. C'était une journée dont il se souviendrait longtemps : l'odeur de l'eau, le roulis du bateau, le léger contact de la main de Joey sur son bras. Peu à peu, Robbie sentit se dissiper la morosité dans laquelle il s'était laissé sombrer. Il avait retrouvé le sourire au moment où la balade se termina. Il ne pourrait jamais ressentir de tristesse en présence de Joey, c'était totalement impossible.

Joey le guida hors du bateau, jusqu'à la terre ferme.

— Et maintenant, qu'as-tu prévu ? demanda Robbie à Arie.

— J'ai pensé que nous pourrions aller à Windsor.

Robbie eut un grand sourire.

— Excellente idée !

— C'est quoi, Windsor ? demanda Joey.

— Les ruines d'une immense propriété, il faut que tu les voies, répondit Robbie tout excité. Je me souviens de les avoir visitées quand j'étais enfant, c'était l'un de mes endroits préférés.

Plein d'enthousiasme, Robbie accéléra le pas en direction de la voiture. Peu après, le trio se remettait en route. Robbie devina instantanément le moment de leur arrivée.

— Oh la vache ! s'écria Joey à peine la voiture arrêtée.

— Plutôt impressionnant, pas vrai ? s'exclama un Arie très animé depuis le siège avant. La maison a été bâtie dans les années 1800, c'est l'une des plus importantes demeures qui datent du Sud d'avant-guerre. Elle a été détruite par un incendie en 1890. Il n'en reste que ces colonnes et quelques balustrades.

Les portières s'ouvrirent, Joey aida Robbie à sortir. Le jeune aveugle attendit et laissa Joey le guider.

— J'adore cet endroit.

— Pourquoi ? chuchota Joey tout en marchant. Bien sûr, c'est absolument merveilleux à voir, mais…

Robbie eut un sourire.

— Tu vas vite comprendre. Fais-moi encore avancer…

Le sol se fit moins lisse sous ses pieds lorsque les deux amis traversèrent la pelouse.

— Voilà, tu es juste au milieu. Qu'est-ce que nous attendons ?

Robbie mit ses lunettes, il sentait le soleil sur sa peau. Il faisait chaud et humide, mais il attendait que la brise se lève, que le vent bruisse en passant dans les arbres.

— Écoute…

Le vent trouva son chemin à travers les hauts piliers, il souffla et fit gémir ce qui restait des balustrades reliant entre elles les quelques colonnes. Plus le vent forçait, plus les sonorités devenaient aiguës, variées… le son monta, plus riche encore, jusqu'au moment où tout s'arrêta.

— C'est de la musique !

Robbie sentit que Joey s'était figé à ses côtés. Le vent revint, les colonnes se remirent à jouer, cette fois toutes ensemble, chacune ayant une sonorité différente, une harmonie.

— C'est un endroit où la musique émane des ruines.

— C'est magnifique, Robbie.

La main de Joey se posa sur son bras.

— Je te remercie de me l'avoir fait découvrir.

Autour du trio, d'autres touristes allaient et venaient, visitant la vieille demeure et s'émerveillant de l'amplitude de ses ruines, mais Robbie restait silencieux, heureux d'être encadré par son meilleur ami et son amant, tandis qu'il écoutait la mélodie des colonnes défuntes.

IX

LES DERNIERS jours avaient été pour Joey de vraies vacances. Il avait obtenu ce qu'il était venu chercher : du temps à passer en compagnie de Robbie. Au cours de la journée, les deux amis faisaient des choses ensemble. Parfois, ils restaient simplement assis dans l'une ou l'autre des pièces de l'immense demeure du jeune aveugle, lisant à tour de rôle ; ou bien Joey écoutait tranquillement Robbie jouer pour lui. Parfois, Joey se sentait nerveux, mais il se souvenait alors qu'il n'était pas à la ferme.

La veille, pendant que Robbie répétait, Joey s'était faufilé un moment dans la cuisine pour aider Adelle à préparer son fameux poulet frit. Quand Joey lui avait demandé sa recette, elle avait pris soin de refermer la porte avant de lui faire jurer le secret. Ensuite seulement, elle lui avait accordé le droit de la regarder s'activer. Les deux complices terminèrent juste à temps : Robbie avait terminé ses gammes. Et le repas qui suivit fut absolument délicieux.

Oui, Joey passait de très bons moments.

Pour l'heure, il était assis dans la cuisine, à écouter les notes du violon de Robbie traverser toute la maison.

— Vous allez terriblement manquer à ce garçon lorsque vous repartirez.

Adelle continuait à travailler mais Joey ne manqua pas l'inquiétude qui résonnait dans sa voix.

— Je sais.

C'était la vérité. Et Robbie lui manquerait tout autant. Si leur précédente séparation avait été horrible, la prochaine serait encore pire. Joey savait désormais ce qu'il éprouvait concernant Robbie. Il n'avait plus le moindre doute. Son cœur le lui criait avec une clarté absolue.

— Le problème, c'est que je ne sais pas comment l'éviter. Je resterais ici si c'était possible, mais…

Il ne put terminer sa phrase. Il entendit des éclaboussures, ensuite une poêle fut déposée dans le lave-vaisselle.

— Vous ne serez jamais véritablement accepté dans cette maison.

— À cause de Claudine… Oui, je l'ai bien senti.

167

Au cours des derniers jours, la mère de Robbie s'était montrée plus aimable envers lui : elle lui parlait, elle lui souriait même à l'occasion. D'après Joey, elle était juste heureuse de son prochain départ. À présent, il ne lui coûtait plus rien de démontrer son hospitalité.

— Le plus étrange, c'est que Robbie a été très bien accepté chez nous, par tous ceux qui vivent à la ferme.

— Comment est-ce possible ? Il n'y a séjourné que quinze jours.

Adelle paraissait extrêmement sceptique. Joey éclata de rire avant d'expliquer :

— Je vous parle d'une ferme qui appartient à deux homosexuels, dont l'un a été élevé par un père gay et son partenaire.

Se moquant d'elle-même, Adelle joignit son rire à celui de Joey.

— Je vois. C'est une réflexion très juste, M. Joey.

Ensuite, elle garda le silence jusqu'au moment où Joey se leva pour aller retrouver Robbie.

— Vous étiez sérieux ? Chez vous, les gens ne se soucient pas d'une origine, sudiste ou nordiste ?

Une fois de plus, sa voix marquait son scepticisme.

— Les gens que je connais ne s'en soucient certainement pas, affirma-t-il, en reprenant les mots d'Adelle. Mais je vis dans une ferme. Qui pourrait protester, les chevaux ? Personnellement, je trouve Robbie tout particulièrement attirant grâce à ses origines sudistes. Elles font partie de sa personnalité unique.

Elle le chassa ensuite de la cuisine. Il traversa le hall en direction de la salle de musique ou Robbie s'entraînait. Lorsqu'il approcha, Joey entendit des voix étouffées, il vit Robbie et sa mère discuter. Robbie hochait la tête mais il paraissait mécontent. Il avait la mâchoire crispée, le corps raidi.

Quand Claudine cessa de parler, elle tapota le genou de son fils et se leva, adressant au passage un sourire à Joey. Elle se dirigea vers le salon. Ce devait être l'heure des cocktails.

Lorsque Joey pénétra dans la pièce, il vit l'expression de Robbie s'éclairer. Comme toujours, il semblait reconnaître son approche. Et Joey appréciait cette perception. Il savait bien que les autres sens de Robbie s'étaient renforcés pour compenser sa cécité mais ça le surprenait toujours de voir le jeune aveugle discerner sa présence même quand Joey ne disait pas un mot.

Robbie tapota le siège près de lui en demandant :

— Alors, tu as bien papoté avec Adelle ?

— Oui. Tu sais, je l'aime bien. C'est quelqu'un de très spécial.

Joey ne savait pas trop ce qui différenciait Adelle, peut-être simplement qu'il était facile de lui parler. Il sentait qu'elle écoutait vraiment.

— En grandissant, j'ai passé beaucoup plus de temps avec Adelle qu'avec mes parents. Elle m'a pour ainsi dire élevé toute seule. Quand je suis devenu aveugle, c'est elle qui m'a aidé à apprendre le braille. Elle n'a jamais baissé les bras, même quand je lui jetais mes livres sur la tête.

— Pourquoi le faisais-tu ?

Joey posa la main sur celle de Robbie, espérant entendre la suite de ses confidences.

— Par frustration, j'imagine. J'avais douze ans. Jusqu'ici, je portais des lunettes et, en moins d'un an, j'ai complètement perdu la vue. J'étais fou de rage contre le monde entier et c'est à elle que je m'en prenais. Mais elle a patiemment supporté tous mes caprices.

Robbie s'interrompit et frotta ses grands yeux aveugles.

— J'ai failli abandonner le violon. Maman disait que c'était aussi bien mais Adelle a formellement refusé. Elle ne cessait de me demander de jouer… alors, à la fin, j'ai cédé, j'ai suivi ses conseils. Elle m'a démontré que, même aveugle, je pouvais encore jouer.

Robbie s'enfonça dans son siège.

— Excuse-moi, tu n'es pas venu jusqu'ici pour entendre tout ça.

Il s'essuya les yeux avant de baisser les mains.

— Bien sûr que si ! Je veux tout savoir à ton sujet.

Après un moment de silence, Joey prit son courage à deux mains pour demander :

— Est-ce que tes parents t'ont traité différemment une fois que tu es devenu aveugle ?

Robbie ne put retenir un rire un peu gêné.

— À ton avis ? Tu les as vus faire, non ?

Il continua à ricaner, sans le moindre humour.

— C'est mon père qui a le plus changé. Autrefois, quand je voyais, nous faisions des choses ensemble. Ensuite, je crois qu'il n'a plus su quoi faire de moi. Maman s'est mise à séjourner davantage à la maison pour rester avec moi. Mais nous ne faisions rien ensemble, elle avait plutôt tendance à me surveiller. Un jour, Adelle m'a dit qu'à son avis, maman avait très peur de me perdre.

Voilà qui expliquait ce que Joey avait remarqué : Claudine surprotégeant son fils et Robert travaillant beaucoup à l'extérieur. Joey

169

regarda la pièce autour de lui ; il se leva et referma les lourdes portes de chênes pour que Robbie et lui ne soient pas dérangés.

— Je pense qu'il est temps que nous parlions mais je ne sais pas trop comment commencer.

Il revint jusqu'au canapé et s'installa près de Robbie. Puis, il enchaîna :

— Quand tu es parti, j'ai réalisé que je t'aimais. Sans toi, j'ai été très malheureux. Dans quelques jours, je vais devoir retourner à la ferme. Et j'aimerais que tu viennes avec moi.

Voilà, il l'avait dit. Robbie pouvait refuser sa proposition mais, cette fois au moins, Joey avait eu le courage de l'énoncer clairement. Il attendit la réaction de Robbie. Il n'espérait pas une réponse immédiate mais il fut rassuré en voyant l'air béat de Robbie, son grand sourire.

— Tu es sérieux ?

— Bien sûr que oui !

Joey sourit en sentant monter en lui l'excitation et l'espoir.

Puis il vit le sourire de Robbie disparaître.

— Je ne peux pas.

Joey eut la sensation d'avoir reçu un coup de poing dans les tripes. Seule la main de Robbie qui se posait sur la sienne le retint au moment où il s'apprêtait à se lever pour quitter la pièce.

— Joey, dans une ferme, je n'ai aucun rôle. Je ne peux ni vous aider ni contribuer aux taches communes. Je ne serais qu'un fardeau.

— Foutaise !

— C'est la vérité et tu le sais très bien. Je ne peux pas vous aider. Pas vraiment. De plus, Eli et Geoff n'ont pas besoin d'une bouche supplémentaire inutile dans la maison.

Évidemment, les arguments de Robbie n'étaient pas sans fondement, mais Joey refusa d'en tenir compte. Il eut l'étrange pressentiment que Robbie ne lui disait pas tout.

— Je ne pense pas que ce soit la véritable raison. Parce que tu le sais très bien, si je te ramène avec moi, Eli et Geoff t'accueilleront à bras ouverts. Alors pourquoi ne me dis-tu pas le vrai motif de ton refus ? Est-ce parce que tu ne m'aimes pas assez ?

Seigneur, il espérait vraiment que ce n'était pas le cas.

— Non, bien sûr que non !

La voix de Robbie vibrait de sincérité.

— C'est juste qu'ici… C'est ma maison…

Et voilà, toujours la même rengaine.

— Tu pourrais peut-être rester ? offrit Robbie.

— Ce n'est pas possible et tu le sais très bien, répondit Joey d'une voix adoucie. Je voudrais vraiment… Non, j'ai *besoin* que tu viennes avec moi.

Joey étudia le visage de Robbie, que traversait une myriade d'émotions. Il fut heureux de ne pas recevoir un refus immédiat.

— Pourquoi est-ce si vital que je vienne avec toi ? Ta vie compte-t-elle davantage que la mienne ?

Joey déglutit avec difficulté et réfléchit un moment avant de répondre.

— Non. Pour te dire la vérité, ta vie est bien plus importante que la mienne à mes yeux. Et c'est pour ça que je veux te ramener avec moi.

Le visage de Robbie se crispa d'incompréhension.

— Je ne comprends pas du tout ce que tu veux dire.

— Et pourtant, j'ai raison.

— Explique-moi pourquoi ?

Joey chercha les mots exacts, puis il décida d'exprimer simplement ce qu'il ressentait.

— Je veux retrouver mon Robbie, bredouilla-t-il, très vite.

— *Ton* Robbie ?

Les yeux bleus aveugles flamboyaient.

— Oui, mon Robbie. Je veux le Robbie qui montait à cheval avec moi et qui me suppliait de l'emmener faire un tour en moto. Je veux le Robbie qui passait ses après-midi à m'aider à planter le jardin ou à conduire un tracteur.

Joey parlait d'une voix de plus en plus forte, ses mots jaillissaient plus vite.

— Je veux le Robbie qui est capable de se déplacer dans la maison sans avoir besoin qu'on l'aide à faire un pas. Mais plus que tout, je veux le Robbie qui me répète sans arrêt que je suis magnifique et qu'il n'existe pas de limites dans la vie – sauf celles qu'on s'impose à soi-même.

Joey continuait, craignant que s'il s'interrompait, il ne trouverait jamais plus le courage de dire ce qu'il lui fallait dire.

— Je suis allé avec toi sur la rivière, nous avons passé du temps en ville. Les gens se tournent et me regardent, certains me dévisagent. Penses-tu que j'aurais été capable de le faire avant de te rencontrer ?

Il inspira profondément et continua :

— Tu m'as démontré que j'étais capable de faire tout ça, que je me condamnais moi-même en me cachant.

Robbie parut choqué mais Joey ne s'était pas autant livré pour s'arrêter à présent.

— Ensuite, je suis venu ici et j'ai vu l'homme que j'aime, le diablotin que je connaissais, incapable de se déplacer seul dans sa propre maison.

— Ils cherchent juste à m'aider.

La réponse de Robbie paraissait peu convaincue.

— Comment ? En t'étouffant sans jamais te laisser la moindre autonomie ?

Joey commençait à se sentir en colère de voir son amant ainsi étouffé. Il tenta de se calmer... Et tout à coup, il entendit sa voix résonner à travers la pièce immense :

— Je t'aime, Robbie, plus que je n'ai jamais aimé dans ma vie. Et j'aime celui que tu es vraiment. Tu te rappelles tout ce que tu as fait à la ferme ? Tu te rappelles comme nous nous amusions ensemble ? Tu te rappelles cette sensation que tu avais de pouvoir tout accomplir ?

La voix de Joey baissa de plusieurs tons :

— Tu te rappelles ce que c'était d'être mon Robbie... sans limites ?

Il se pencha et embrassa doucement un Robbie éperdu.

— La décision t'appartient. Si tu préfères rester ici, je comprendrais.

Joey attendit une réaction mais Robbie resta figé, immobile. Alors, Joey tenta un autre moyen d'obtenir une réponse.

— S'il te plaît, joue pour moi.

Robbie secoua la tête.

— Non, je pense que je préférerais rester seul un moment.

Joey ne sut que penser de cette déclaration. Il se demanda s'il n'avait pas trop insisté. Se relevant, il alla jusqu'à la porte mais, avant de l'ouvrir, il se tourna et scruta Robbie à la recherche d'un signe quelconque, d'un indice. Il ne trouva rien sauf une mâchoire serrée et une expression troublée. Très lentement, Joey ouvrit la porte, il entendit des conversations et des glaçons cliquetant dans du cristal.

Robert l'interpella depuis le salon :

— Joey, c'est vous ? Robbie et vous vous êtes-vous enfin décidés à nous rejoindre pour prendre un verre ?

Tandis que Joey se dirigeait vers le 'parloir', les notes d'un violon résonnèrent derrière lui. Il se figea pour écouter, espérant trouver dans la musique une réponse, mais elle n'exprimait rien, absolument rien.

172

Joey n'était pas certain de pouvoir affronter Claudine mais il n'avait pas d'alternative, aussi il pénétra dans la grande pièce.

Il parla peu durant l'heure consacrée aux cocktails, tout comme durant le dîner. Il ne cessa de regarder Robbie, en se traitant de tous les noms pour lui avoir mis trop de pression. Robbie restait lui aussi quasiment muet mais, par chance, Claudine avait un projet pour restaurer les colonnes du porche avant et elle discourut de ses plans pendant tout le repas. Quand ce fut terminé, Robbie se leva et Adelle apparut à l'entrebâillement de la porte. Joey voulut aider le jeune aveugle mais il recula en croisant le regard d'Adelle. Il la regarda escorter Robbie jusqu'à la salle de musique. Quelques minutes plus tard, une autre mélodie se répandit dans toute la maison.

Joey se rendit jusqu'à la porte pour regarder Robbie jouer. Il sursauta en sentant une légère pression sur son épaule.

— M. Joey, il faut que vous lui donniez un peu de temps.

— Il vous a dit quelque chose ?

Il se tourna vers elle, arrachant son regard de Robbie. Elle secoua la tête en signe de dénégation.

— Il n'en a pas eu besoin.

Elle regarda autour d'elle puis, d'un signe de tête, indiqua la cuisine avec une mine de conspiratrice. Sans un mot de plus, elle se précipita dans le couloir pour rejoindre l'office par la porte arrière. Joey s'attarda quelques minutes encore à regarder Robbie mais le jeune aveugle ne cessa pas de jouer, entièrement concentré sur son jeu. Avec un soupir, Joey finit par se résigner à s'en aller.

Il trouva Adelle occupée à ranger la cuisine. Il n'arrivait absolument pas à comprendre comment elle pouvait préparer de si délicieux dîners avec aussi peu de désordre et de vaisselle.

— Asseyez-vous. Je vais vous servir une tasse de café.

Joey obtempéra. À sa grande surprise, Adelle s'installa également à table avec lui, une tasse à la main.

— Ceci ne me regarde pas mais j'adore ce garçon comme s'il était à moi. Je l'ai élevé depuis sa naissance. Le voir devenir aveugle a failli me tuer.

Joey ouvrit la bouche mais elle le fit taire d'un claquement de langue réprobateur.

— Laissez-moi vous expliquer.

Joey hocha la tête et la laissa continuer.

— Je sais que vous lui avez demandé de venir avec vous à la ferme.

Elle dut remarquer la surprise de Joey parce qu'elle lui expliqua :

— Dans cette maison, je n'entends jamais rien, mais je sais tout, si vous voyez ce que je veux dire.

Joey hocha la tête. Enfin, quelque chose qu'il comprenait. Ce n'était pas trop tôt.

— Alors, je vais rompre une de mes règles habituelles pour vous parler. Il est troublé, il a très peur. Ici, il a l'habitude d'être bien entouré et protégé – peut-être trop – mais il se sent à l'abri et il sait qu'il ne risque rien. Partir avec vous serait se lancer dans le vide.

Elle but une longue gorgée de son café puis reposa la tasse en silence pour laisser à ses paroles le temps de s'incruster.

— Je sais que vous l'aimez. Et Dieu sait que lui vous aime aussi ! N'en doutez pas, quoi qu'il finisse par décider. Pour lui, tout changement est difficile, les événements le surprennent parce qu'il ne les voit pas arriver.

La porte de la cuisine s'ouvrit, Claudine passa la tête et fronça les sourcils. Très vite, elle s'esquiva en refermant la porte derrière elle. Adelle se leva et se remit au travail sans un mot de plus. Joey lui tendit sa tasse avant de quitter la cuisine, veillant à ce que Claudine le voie traverser le hall vers la salle de musique. Sans bruit, pour ne pas rompre la concentration de Robbie, il s'installa dans un des fauteuils et écouta, sans parler, sans bouger, sans même remuer dans son siège.

Des heures durant, la musique magnifique jaillit et, pour Joey, elle semblait partie prenante de son amant. Tandis que les envolées emplissaient la pièce, Joey avait la sensation de changer avec elles, comme si elles le traversaient et prenaient racine dans son cœur. Lorsque s'éteignit la dernière note, Joey remarqua combien la poitrine de Robbie se soulevait rapidement. Le jeune musicien, épuisé, baissa son violon et parut seulement reprendre conscience de son environnement. Il rangea son instrument dans son écrin et se leva, se dirigeant jusqu'à la porte de derrière, d'où il appela doucement Adelle. Ce fut alors que Joey réalisa une chose : Robbie ignorait sa présence. Auparavant, aussi discret soit-il, Robbie la percevait toujours, mais pas cette fois. Peut-être que la magie les ayant jadis connectés s'était évanouie. Joey n'en savais trop rien mais il fut surpris de constater combien il se sentait vacant, comme s'il avait perdu un trésor infiniment précieux.

Joey surveilla Adelle guider Robbie jusqu'à la porte, puis quitter la pièce. Quelques minutes plus tard, il entendit le bonsoir que le jeune aveugle adressait à ses parents, suivi par le bruit de ses pas dans l'escalier. Joey se força enfin à quitter son siège et à souhaiter à son tour une bonne nuit à ses hôtes.

Une fois dans sa chambre, il fit sa toilette et grimpa dans son lit, d'où il écouta les sons de la nuit sudiste qui lui parvenait de derrière les vitres. Chaque bruit de la maison lui donnait de l'espoir mais les lumières du couloir s'éteignirent et la demeure s'endormit sans que Robbie le rejoigne.

Pour la première fois depuis son arrivée à la plantation, Joey passa la nuit tout seul.

ROBBIE ENTENDIT Joey monter l'escalier et s'arrêter devant la porte de sa chambre. Il fut soulagé qu'il ne frappe pas à sa porte et retourne plutôt dans la pièce qui lui avait été attribuée, à l'autre bout du couloir. Il ne comptait pas le punir, il avait juste besoin de réfléchir, ce qui lui était impossible quand Joey se trouvait avec lui, à le toucher, à l'aimer. Aussi Robbie se déshabilla-t-il et se mit-il au lit.

Plus tard, il entendit frapper à sa porte, et la voix de son père lui parvint de l'entrebâillement. Il en fut extrêmement surpris. Il n'arrivait pas à se souvenir de la dernière fois où son père s'était donné la peine de s'arrêter lui parler.

— Je suis désolé. Tu es déjà couché.

Il sentit que son père allait s'en aller.

— Non, papa, ce n'est pas grave. Je ne dormais pas.

Robbie se rassit dans son lit et tourna le visage en direction de son père. Bien sûr, pour lui, ça ne changeait rien, mais il avait pris l'habitude de le faire, ses interlocuteurs se sentant mal à l'aise quand il regardait dans le vide.

Il entendit les pas lourds de son père résonner sur le plancher, puis le bas du lit tressauta sous son poids.

— Il y a bien longtemps que je ne suis pas venu… Trop longtemps sans doute. Si j'avais passé plus de temps avec toi, peut-être ne serais-tu pas devenu… tu sais.

Il entendit son père déglutir avant de prononcer :

— Gay.

— Papa !

— Robbie, peut-être devrais-tu m'appeler père ? Tu es un homme maintenant, tu devrais agir en adulte. Papa, c'est bon pour les enfants, je pense qu'il est temps que nous cessions de te traiter comme tel.

Robbie en reçut un choc.

— Pap… Je veux dire, père, tu n'as rien fait pour me rendre gay. C'est juste dans ma nature. Même si toi et moi avions lancé la balle, été à la pêche, ou chassé l'alligator ensemble, ça n'aurait rien changé. Je serais quand même à la fois gay et aveugle

Il souriait. Il espérait que son père souriait aussi.

— Tu ne me facilites pas les choses, tu sais ?

— Pourquoi le ferais-je ? Au cours des dix dernières années, nous n'avons presque jamais passé un moment ensemble.

Tout à coup, Robbie se sentit peu enclin au pardon. Après tout, son père l'avait bel et bien ignoré depuis une décennie. Et c'était douloureux.

— Pourquoi, père ? Qu'est-ce que j'ai fait ?

Il sentit une main sur son épaule.

— Rien, mon fils. Tu n'as rien fait du tout. C'est juste que… j'ignorais comment gérer ta cécité, et plus le temps passait, plus c'était difficile pour moi. Avant que je le réalise, tu étais déjà adulte, et je ne te connaissais plus du tout.

— Alors pourquoi maintenant, père ?

— Il t'a fallu beaucoup de courage pour nous annoncer ton homosexualité, à ta mère et à moi. Il t'en a fallu davantage pour inviter à la maison cet homme dont tu es manifestement amoureux. J'ai enfin pris conscience que tu n'étais plus un enfant. Tu es un homme, tu as désormais à prendre tes responsabilités d'adulte.

Robbie écoutait, mais il se demandait où son père voulait en venir.

— Ce qui signifie, père ?

— Joey t'a probablement demandé de partir avec lui.

— Et alors ?

— Et alors…

Robbie pensa entendre un sourire dans la voix de son père.

— … Je me souviens de la première fois où j'ai rencontré ta mère, il y a près de trente ans. Son père se montrait odieux envers moi mais elle était la fille la plus jolie et la plus intéressante que j'aie jamais rencontrée. Il m'a fallu des années pour oser lui demander de sortir avec moi et ensuite, je l'ai suivie deux ans comme un toutou avant de la convaincre de m'épouser. Tu sais, le jour de nos noces a été le plus heureux de ma vie, jusqu'à celui de ta naissance, deux ans plus tard.

Il paraissait à la fois si fier et si triste.

— Ce que je veux te dire, fils, c'est que j'ai supporté ton grand-père pendant des années parce que j'aimais ta mère, et chaque jour passé avec elle valait bien cet effort.

— Je ne comprends toujours pas où tu veux en venir, père.

— Je m'explique sans doute mal mais je veux te démontrer que l'amour, le véritable amour, vaut toutes les épreuves endurées.

Robbie sentit son lit bouger quand son père se releva, pour le prendre dans ses bras et le serrer très fort.

— Je suis fier de toi, Robbie. Et je t'aime infiniment.

Son père le libéra, ses pas éloignèrent. Il y eut un cliquètement de serrure.

— Et tu es l'homme le plus courageux que je connaisse.

Sur ces derniers mots, la porte se referma.

— Waouh !

Robbie était sidéré, mais heureux. Est-ce que son père lui conseillait de s'en aller ? Quelque part, Robbie n'en était pas certain. Peut-être son père lui avait-il seulement annoncé que, quel que soit son choix, il serait là pour le soutenir. Sentant venir une migraine, Robbie se laissa retomber dans son lit, l'esprit mitraillé par toutes sortes d'idées et de questions.

Ses parents accepteraient-ils de le laisser partir ? Apparemment, son père ne s'y opposerait pas, mais le cas de sa mère serait très différent. Dès qu'il quittait la maison, elle lui téléphonait sans arrêt. Depuis son retour, elle s'était comportée comme de coutume : très présente, étouffante. C'était seulement depuis l'arrivée de Joey qu'elle avait accordé un peu d'espace à Robbie. Il savait qu'elle se comportait volontiers envers lui comme une lionne défendant son petit.

Geoff et Eli accepteraient-ils de le recevoir ? L'argent n'était pas un problème, il avait des fonds placés qui lui permettaient de vivre sans travailler tout le reste de sa vie. Mais pouvait-il n'être qu'un fardeau à la ferme ? C'était le problème – ou un des problèmes – qu'il n'arrivait pas à dépasser. Il savait bien qu'il ne pourrait aider de façon conséquente. Chez lui, il ne le faisait pas davantage mais au moins, il se trouvait en famille.

Aimait-il Joey ? Oui, sans l'ombre d'un doute. L'aimait-il assez pour courir un tel risque ? Et Joey l'aimait-il assez pour s'encombrer à vie d'un partenaire aveugle ? Des questions, encore des questions, toujours des questions, qui ne cessaient de lui traverser l'esprit, encore et encore.

Aux petites heures de l'aube, après une nuit blanche, Robbie parvint enfin à une décision, bonne ou mauvaise. Il savait ce qu'il devait faire pour son bonheur et, plus important encore, celui de Joey.

Il faillit quitter son lit pour rejoindre Joey dans sa chambre mais ce n'était pas possible. Pas encore.

Quand le soleil se leva, des bruits à l'intérieur et à l'extérieur de la maison le tirèrent d'un sommeil agité. Il était encore très tôt mais Robbie se leva pourtant et traversa sa chambre jusqu'à la porte. Il avança ensuite dans le couloir. Sans frapper, il ouvrit la porte de Joey et pénétra dans la pièce. Il repéra les ronflements discrets qui émanaient du lit.

Se guidant au bruit, Robbie tâtonna et trouva la peau de Joey, sa chaleur contre ses paumes. Les ronflements cessèrent quand Joey lui prit la main et le fit tomber dans son lit, comme un enfant s'accrochant à une grosse peluche.

Robbie sourit tandis qu'il était attiré plus près, au creux du lit. Puis il entendit le rire de Joey et sut qu'il était fichu. Bras et jambes s'enroulèrent autour de lui. Robbie se retrouva à rire comme un fou, et Joey avec lui.

Son gloussement devint vite un gémissement assourdi quand il sentit les jambes de son amant caresser les siennes. Une peau brûlante se frotta contre lui et il sentit, au niveau de sa hanche, le sexe dur de Joey, dans sa prison de tissu. L'esprit embrumé par le désir, Robbie oublia tout le reste.

Perdu dans le labyrinthe de sa passion, il marmonna :

— Joey … S'il te plaît… il faut que je te parle.

Les mains s'immobilisèrent, le lit trembla légèrement tandis que le poids de Joey se déplaçait.

— Quelque chose ne va pas ? demanda une voix inquiète.

— Non. Si. Je veux juste te parler.

Il ne voulait pas le faire ici même, mais il devait s'exprimer avant que la situation dérape. Le lit bougea encore, Robbie perdit une bonne partie de la chaleur corporelle de Joey, son toucher disparut. Puis un grand soupir résonna dans la pièce.

— Je sais ce que tu vas me dire… Tu ne reviens pas avec moi.

Le chuchotement exprimait un désespoir profond.

— Je ne peux pas.

Quatre petits mots qui firent exploser le cœur de Robbie. Arie avait raison : c'était encore plus douloureux que la fois précédente, infiniment pire. Des larmes lui brûlaient les yeux, il fut incapable de continuer à parler. Le poids de Joey se rapprocha de lui et Robbie comprit qu'il lui fallait s'en aller. Il glissa du lit, retourna jusqu'à la porte, la referma derrière lui et parcourut le couloir jusqu'à sa chambre où il s'enferma à double tour. Il réussit à retrouver son lit avant de s'effondrer en larmes.

Il entendit les pas de Joey devant sa porte. Il entendit les coups frappés sur la porte. Mais il ne pouvait pas le voir, pas dans cet état. Ce qu'il venait de faire était la plus pénible épreuve de toute sa vie mais elle était nécessaire au bien-être de Joey.

Au bout d'un long moment, Joey s'éloigna. Robbie réussit alors à se reprendre. Une clé tourna dans sa serrure, il faillit crier à Joey de s'en aller, mais… c'était la voix d'Adelle. La porte s'ouvrit, elle pénétra dans sa chambre.

— Ça va aller, bébé. Ça va aller.

Il se retrouva dans ses bras. Elle le berça comme autrefois, lorsqu'il était enfant.

Peu à peu, Robbie se reprit, Adelle le relâcha sans dire un mot de plus. Elle s'activa dans la chambre et lui tendit ses vêtements avant de lui serrer l'épaule une dernière fois. Puis elle s'en alla. Robbie réussit à faire sa toilette et à s'habiller. Maintenant qu'il se sentait mieux, il espérait pouvoir expliquer à Joey sa position. Juste avant qu'il quitte sa chambre, il entendit la porte s'ouvrir et des pas se précipiter sur lui.

— Que s'est-il passé ?

C'était la voix d'Arie.

— Joey m'a demandé de retourner à la ferme avec lui. Je lui ai expliqué que c'était impossible.

Il déglutit la boule qui l'étouffait et tenta de se maîtriser.

— Quoi ? Pourquoi aurais-tu fait quelque chose d'aussi stupide ?

Arie ne laissa pas à Robbie la moindre chance de lui répondre. Il enchaîna :

— J'ai croisé Joey en bas des escaliers, il avait l'air encore plus effondré que toi. Je ne pensais pas que c'était possible.

— Il mérite davantage.

— Davantage que…

Arie fit une pause avant de reprendre :

— Robbie, tu ne veux quand même pas dire… ? Bon sang, pour un aveugle, tu ne vois vraiment rien…

Tout à coup, il se mit à rire.

— Ce n'est pas ce que je voulais dire.

— Non, sans blague ?

— Je voulais juste… Écoute, je croyais être amoureux de toi et au début, j'ai été odieux avec Joey parce que je pensais qu'il t'éloignait de moi. Et alors, j'ai réalisé que ce n'était pas de l'amour, mais une très forte affection. Je voulais te protéger et m'occuper de toi.

Robbie croisa les bras sur sa poitrine.

— Oui, et alors ?

Il n'avait pas besoin d'un sermon, juste d'un peu de soutien pour se sentir mieux.

— Alors, Joey t'aime. Il est follement amoureux de toi. Il ne veut pas t'avoir avec lui pour te protéger, ou s'occuper de toi, ou je ne sais quoi. Il t'aime. Point final. Il t'aime pour ce que tu es. Il sait déjà que tu es aveugle mais il t'aime parce qu'il te voit tel que tu es.

Robbie sentait sa belle résolution se dissoudre.

— Et comment sais-tu tout ça ?

Il entendit Arie ricaner.

— Je vois bien la façon dont il te mate !

Arie esquiva la gifle que Robbie lui envoyait.

— Je suis sérieux. Je ne sais pas quelle raison tu as concocté dans ton merveilleux cerveau mais fais bien attention ! Il faut que ce soit la bonne parce que tu t'apprêtes à faire deux malheureux.

Robbie entendit Arie se diriger vers sa porte. Il se sentait de plus en plus troublé.

— Alors, d'après toi, je devrais m'en aller ?

Les pas s'arrêtèrent.

— Non, d'après moi, tu es le seul capable de décider ce que tu veux faire de ta vie. Pas ce que tu 'penses' vouloir ni ce qui ferait plaisir à ta mère ni ce qui serait le mieux pour Joey. Lui, il t'a exprimé ce qu'il voulait en te demandant de venir avec lui.

Le plancher craqua doucement, indiquant qu'Arie avait recommencé à se déplacer. Robbie entendit peu après sa porte s'ouvrir.

— Tout le monde t'attend au rez-de-chaussée.

La porte claqua vigoureusement.

180

Robbie s'assit sur le bord de son lit, la tête dans les mains. Il avait passé l'essentiel de la nuit à décider ce qu'il lui fallait faire et voilà qu'il était à nouveau plus indécis que jamais. Il avait fait de la peine à Joey et se sentait lui-même très malheureux à l'idée de ne pas vivre avec lui. Il pensait avoir agi pour le mieux, mais maintenant…

Sa migraine empira.

Robbie n'avait plus qu'une seule certitude : il avait le cœur brisé.

X

QUAND JOEY entendit qu'on appelait son vol, il quitta son siège pour se rendre à la porte d'embarquement. Il donna à l'hôtesse sa carte d'accès à bord et s'engagea sur la passerelle. Quelques minutes plus tard, il avait déposé ses bagages à main dans le compartiment et pris son siège. Autour de lui, les gens allaient et venaient, mais Joey, perdu dans ses pensées, était à des kilomètres d'eux. Faire ses adieux à Robbie, sur le perron de sa grande maison, sous les colonnes majestueuses, avait été la pire épreuve de toute sa vie.

Une hôtesse déclama les habituelles consignes de sécurité et Joey sentit l'avion se mettre à rouler, s'écartant de la porte d'embarquement pour rejoindre la piste de décollage. Après d'autres annonces du personnel de bord, l'avion quitta le sol. Joey, l'estomac noué, fit son mieux pour se calmer. Il rentrait chez lui. Il allait retrouver Geoff et Eli, sa famille, la ferme et les animaux qu'il aimait tant.

Lorsque l'avion atteignit sa vitesse de croisière, Joey finit par ressentir les effets de la fatigue après ses dernières nuits blanches. Il ferma les yeux et tenta de se détendre. Par miracle, il sombra dans un sommeil agité.

Il se réveilla alors que l'avion était secoué, cahoté. Le pilote demanda à tous les passagers d'attacher leur ceinture. Une pluie violente frappait les hublots désormais assombris. Joey comprit que l'avion perdait de l'altitude. Il poussa un soupir de soulagement quand, après une approche plutôt mouvementée, les roues reprirent contact avec la piste d'atterrissage. N'ayant pas trouvé de vol direct, il faisait escale à Cleveland. Lorsqu'il quitta l'avion et se retrouva dans l'aéroport, les écrans d'information annonçaient 'retardé' pour presque tous les vols en cours.

Au cours des heures suivantes, les retards ne firent que s'aggraver. De violents orages condamnaient les avions à rester au sol. Certains vols furent même annulés et Joey se retrouva coincé. La compagnie aérienne lui proposa un autre vol dans la matinée mais il aurait plusieurs heures à attendre. Il sortit son téléphone portable pour appeler la ferme et prévenir Eli de ce qui le retenait. Ensuite, il s'installa dans un secteur tranquille de l'aéroport pour y passer la nuit.

Lorsqu'il se réveilla le lendemain, sa première pensée fut pour Robbie. Il se reprit très vite et se releva, il avait dormi à même le sol. Il trouva des toilettes et se nettoya de son mieux puis alla vérifier les horaires de son vol. C'était incroyable la différence en seulement un jour ! Le soleil brillait derrière les vitres, son avion serait parfaitement à l'heure. D'ici peu, Joey atterrirait chez lui et quelques heures plus tard, il serait à la ferme.

Après un vol sans encombre, Joey se retrouva en voiture, ses bagages dans le coffre arrière. Une fois sur l'autoroute, il prit la direction du nord, vers la ferme, son foyer. Deux heures après, il tourna au feu clignotant sur l'US10, le dernier tronçon de son parcours. Encore dix minutes de route et il emprunterait l'allée familière pour se garer à sa place habituelle.

— Joey !

Il entendit la porte arrière s'ouvrir et vit Eli se ruer vers lui pour le serrer dans ses bras.

— Nous nous faisions du souci pour toi !

Joey ouvrit le coffre et Eli l'aida à transporter ses bagages dans la maison.

— Je t'ai gardé un encas. Assieds-toi et raconte-moi tout ce qui s'est passé pendant ce voyage.

La valise tomba sur le plancher avec un bruit sourd. Joey examina son environnement si familier. La ferme n'avait rien de sophistiqué ni de grandiose, elle ne comportait certainement pas de meubles somptueux ou d'antiquités, mais c'était son foyer. Et il le trouvait superbe.

— Où est Geoff ? Il travaille à l'extérieur avec les gars ?

Eli se rendit au fourneau pour faire réchauffer un plat.

— Non, il avait une course à faire. Il reviendra d'ici quelques heures.

Ce qu'il préparait sentait merveilleusement bon, Joey en eut l'eau à la bouche. Il se servit une tasse de délicieux café et l'emporta avec lui jusqu'à la table, où il s'installa.

— Alors, comment était Natchez ?

Joey sirota son café tout en narrant les principales anecdotes de son séjour. Tout en l'écoutant, Eli lui remplit une assiette qu'il déposa devant lui. Joey se mit à manger avec entrain, il n'avait pas réalisé combien il était affamé ! Eli l'informa ensuite de tout ce qui s'était passé à la ferme durant son absence. Au cours du repas, Rex entra dans la cuisine, la queue battant en signe de bienvenue et vint poser le museau sur les genoux de Joey. Derrière le chien, les chatons cabriolaient, ils se poursuivirent entre ses pattes.

Quand Joey eut terminé de manger, il bâilla à s'en décrocher la mâchoire. Eli débarrassa son couvert en disant :

— Monte tes affaires à l'étage, tu devrais te reposer un moment.

Joey bâilla une fois de plus, avant d'acquiescer. Il souleva sa valise en se faisant la réflexion qu'elle était devenue plus lourde au cours de la dernière heure. Il monta l'escalier jusqu'à sa chambre.

Aussi heureux soit-il d'être revenu chez lui, tout lui paraissait déserté, comme c'était le cas depuis la minute où Robbie était monté dans ce fichu bus. Sans se soucier de vider sa valise, Joey la déposa sur sa commode. Il ôta juste ses chaussures et s'étendit sur son lit. Les bruits familiers de la maison le berçant, il s'endormit, caressé par la brise estivale qui pénétrait dans la chambre par la fenêtre ouverte. Joey se tourna et se retourna quelques fois, il ouvrit même un œil de temps à autre, mais pour la première fois depuis plusieurs jours, il profita enfin d'un vrai repos. Il était chez lui. Quel que soit son avenir, au moins, il était revenu à la maison.

Il se réveilla des heures plus tard, non pas qu'il y ait du bruit ou qu'il soit assez reposé, mais parce que la chaleur devenait insoutenable dans la pièce. Après un grand bâillement, Joey se décida à se lever.

Toujours endormi et vaseux, il déambula à travers la maison, à la recherche de compagnie. En vain, tout était tranquille, désert. Il étendit l'oreille et perçut des rires joyeux emportés par le vent. Bâillant encore, il sortit du frigo une bouteille d'eau et s'aventura à l'extérieur. Il traversa la cour en direction de l'écurie. Il n'y avait personne mais les animaux se trouvaient là et Joey tenait à leur dire bonjour.

Les nobles têtes se relevèrent dès qu'il approcha. Tiger traversa sa stalle en quelques foulées et s'arrêta près de la palissade, espérant des caresses. Il renifla aussi la poche de Joey et parut déçu.

— Désolé, vieux, je ne t'ai rien apporté. Je reviendrai tout à l'heure avec une friandise, c'est promis.

Il flatta la longue encolure noire, puis fit quelques pas pour saluer Twilight et les autres bêtes.

Désormais, les rires étaient plus audibles, ils se mêlaient à la voie patiente d'Eli. Joey comprit qu'il y avait un cours, là dehors. Avec un sourire, il sortit de l'écurie pour se rendre au manège et regarda Eli s'occuper d'un groupe de débutants. Les enfants étaient aussi excités que d'ordinaire.

— Jimmy, baisse les talons ! cria Eli.

Se rapprochant de l'endroit où Joey se tenait, contre la barrière, Eli demanda :

— Tu as bien dormi ?

Joey acquiesça.

— J'en avais bien besoin !

Il étudiait des yeux le groupe qui trottait en cercle dans le manège.

— Carrie Ann, laisse le poney te guider, tu n'as pas besoin de tirer sur les rênes.

Eli approuva d'un hochement de tête, puis il alla jusqu'à la petite fille montée sur Cacahouète. Joey regarda son ami expliquer avec douceur à l'enfant comment placer ses mains.

Un bruit derrière lui attira son attention, il se retourna. À travers l'écurie, il vit arriver le 4x4 de Geoff et deux silhouettes en descendre.

— Geoff ! cria Joey.

Il attendit que l'homme émerge de l'ombre dense de l'écurie et lorsqu'il le fit, Joey réalisa enfin qui l'accompagnait, accroché à son bras. Il en perdit le souffle.

— Robbie ?

Il resta figé sur place, sans bouger, jusqu'à ce que Geoff guide le jeune aveugle jusqu'à lui.

— Je n'aurais jamais cru que tu viennes aussi vite ! Je ne t'attendais pas avant plusieurs semaines…

En secret, Joey craignait surtout que Robbie ne change d'avis, aussi avait-il préféré ne pas trop croire à son retour. Et maintenant, Robbie était là, jusque devant lui, si près que Joey sentait son souffle le caresser. Très vite, il fut dans ses bras, à l'embrasser.

— Oooh ! Ils s'embrassent ! s'exclama derrière eux une petite voix flûtée.

D'autres enfants, toujours sur leurs montures, gloussaient et ricanaient comme s'ils avaient surpris un spectacle décadent. Joey s'écarta et se mit à rire. Robbie également.

— J'ai réussi à prendre un vol ce matin de bonne heure, expliqua Robbie. J'ai téléphoné à Geoff, il m'a dit que tu étais bloqué à Cleveland. Un problème d'intempéries d'après ce que j'ai compris.

— Si j'avais su que tu venais, je t'aurais attendu.

Joey jeta à Eli un regard entendu et reçut en échange un grand sourire. Bien sûr, le petit salopiot était au courant… et il ne lui avait rien dit !

— Après ton départ, maman et moi avons longuement discuté. Mais je pense que mon père lui avait déjà parlé.

— J'espère que ça s'est mieux passé que la première fois. Juste avant de partir, j'ai entendu un vrai concert de hurlements.

Quand Robbie avait annoncé à sa mère sa décision de vivre avec Joey, elle avait émis des sons qui paraissaient humainement impossibles, du moins de l'avis de son fils.

— Elle s'était calmée. Bien sûr, elle a tenté de me faire changer d'avis, mais…

La voix de Robbie fut étouffée par un chœur de rires et d'applaudissements : Eli venait de mettre fin à son cours.

— Je lui ai dit que j'étais un homme à présent. Je prends seul mes décisions.

Joey ne put se retenir de sourire.

— Et qu'a-t-elle répondu ?

— Rien.

— Dans ce cas, qu'est-ce qui a pu la convaincre ?

— Je lui ai expliqué ce que tu m'avais dit concernant les limites, les restrictions… et qu'il était temps que j'élargisse les miennes. Je pense que, pour la première fois, maman a réalisé m'avoir élevé dans un cocon et que cela ne m'aidait pas.

Robbie posa la tête sur l'épaule de Joey.

— Mais quand même, ne t'étonne pas trop si nous recevons très vite un coup de téléphone de sa part qui annoncera sa visite.

Robbie tenta de retenir son rire. En vain.

— Je lui ai dit que ça ne poserait pas de problème. Je lui ai aussi demandé si elle savait monter.

Sa joie était contagieuse, Joey n'y résista pas.

— Je vois mal ta mère avec son maquillage et sa coupe sophistiquée traverser les champs à cheval.

Robbie gloussa de plus belle.

— Justement, c'est le meilleur. Elle m'a répondu…

Il prit un ton hautain pour copier la voix de sa mère, qu'il imitait parfaitement :

— *Bien entendu, je sais monter. Mon grand-père était dans la cavalerie.*

Les deux hommes explosèrent de rire. Quand Joey se calma un peu, il demanda :

— Et toi ?

— Et moi, quoi ?

— Tu as envie d'une petite chevauchée ?

L'odeur de Robbie lui monta aux narines, effaçant tout le reste alentour.

— Oh que oui, je rêve d'une chevauchée sauvage.

Robbie garda un visage impassible mais Joey y vérifia à deux fois avant de l'entraîner jusqu'à l'écurie. Robbie patienta le temps que son compagnon selle Twilight, puis Joey aida Robbie à monter, avant de le rejoindre sur le dos de la jument. Aussitôt, il sentit les mains de Robbie se nouer à sa taille.

Dès qu'ils furent tous les deux prêts, Joey incita Twilight à se mettre au pas d'un claquement de langue.

Ils s'élancèrent à travers champs. Très vite, Joey sentit les mains baladeuses de Robbie glisser d'abord sur sa poitrine, puis sous sa chemise.

— Tu peux t'arrêter une minute ? proposa le jeune aveugle.

Tout en se demandant ce qu'il avait en tête, Joey fit stopper la jument. Il sentit son passager s'agiter derrière lui. Sa chemise fut relevée puis, avec une certaine maladresse, ôtée. La peau de Robbie se pressa à son dos, un doux soupir caressa son oreille.

— C'est beaucoup mieux.

Joey ne put qu'approuver. C'était beaucoup mieux. Et ça le devint encore plus lorsque Robbie se mit à le caresser partout, ses mains explorant son torse, ses doigts ciblant ses tétons. Joey adorait ce contact, il se pressa davantage contre la douceur de Robbie.

La jument avançait toujours, Joey fit de son mieux pour prêter attention au chemin parcouru tandis que les mains de son compagnon poursuivaient leur danse magique. Il sentit des lèvres se presser sur son épaule et s'étira malgré lui comme un chat sous ce toucher. La main de Robbie s'aventura plus bas le long de son torse jusqu'à son ventre mais, au lieu de s'y arrêter, elle continua à descendre. Des doigts agiles firent sauter le bouton de son jean, puis se glissèrent à l'intérieur, s'agrippant à lui et caressant son sexe désormais rigide.

— Robbie…

— Quoi ? fit une voix faussement innocente à son oreille. Tu veux que j'arrête ?

Les deux hommes pénétraient au même moment à l'ombre des bois.

— Oh… Seigneur !

Le tissu de son jean s'ouvrit davantage, Robbie utilisait maintenant ses deux mains, l'une passant sous Joey pour doucement masser ses testicules.

187

— Robbie, je suis baisé !

— Oui, c'est exactement ce que j'espère, Joey.

Le cheval continuait à marcher, Joey le dirigea vers le ruisseau et le poussa jusqu'à atteindre la clairière. Il n'avait rien prévu pour simplifier les choses mais, dès que Robbie descendit de cheval, il n'hésita pas à ouvrir son pantalon avant de s'en débarrasser.

Joey étala sur l'herbe la couverture qu'il avait emportée par habitude et attira Robbie à lui. Très vite, chaussures et vêtements s'entassèrent sur le sol, leurs deux bouches se retrouvèrent, leurs deux corps se pressèrent l'un contre l'autre.

— Je suis désolé de t'avoir fait subir tout ça, haleta Robbie entre deux baisers.

— Tu n'as pas à être désolé. Tu es là, à présent, c'est tout ce qui compte.

Puis ils n'eurent plus de mots parce qu'ils faisaient l'amour à l'ombre des arbres. Il n'y eut plus dans la clairière que des gémissements et des cris de désir, Robbie laissant son fauve intérieur prendre le contrôle de son être. Ses mains paraissaient être partout à la fois, ses lèvres sucèrent et léchèrent le corps de son amant, du bout du nez au creux des genoux. Quand Robbie le prit enfin dans sa bouche, Joey craignit de voir sa tête exploser.

— Je te veux, Joey.

Robbie laissa le sexe de son amant lui glisser des lèvres et remonta se plaquer sur le corps étalé sous lui.

— Mais je n'ai rien…

Joey ne put continuer, il ne supportait pas la déception qui s'affichait sur le visage de Robbie.

— D'accord, mets-toi sur le dos. On va la jouer à l'ancienne.

Robbie obtempéra et s'étendit sur la couverture.

— C'est quoi, au juste, à l'ancienne ?

— Tourne-toi, je vais te montrer.

Sans cacher son expression curieuse, Robbie se retourna. Joey prit position entre les longues jambes, ses mains caressant l'arrière des cuisses, depuis les genoux jusqu'aux fesses. Dès que Robbie écarta les jambes, Joey fonça droit sur sa cible, sa langue pointée en avant.

— Si c'est ça, la jouer à l'ancienne…

Robbie perdit la faculté de parler lorsque Joey titilla l'entrée de son corps. Le jeune aveugle rejeta la tête en arrière et poussa un long gémissement de gorge. Il oublia ce qu'il voulait dire en hurlant son plaisir.

188

La saveur musquée du corps de Robbie explosa sur la langue de Joey lorsqu'il l'enfonça plus profondément. Il sourit en voyant son amant se tordre et tressauter sous lui. Alternant ses doigts et sa langue, Joey savoura les geignements et les plaintes qui montaient dans la clairière, assez forts pour étouffer les glouglous du ruisseau. Il savait exactement où caresser, où appuyer, et il s'en donna à cœur joie, obtenant des cris de plaisir de plus en plus vifs, surtout lorsqu'il pressa cet interrupteur spécial à l'intérieur de son amant.

Lorsqu'il sentit les muscles de Robbie se détendre, Joey se positionna et pénétra avec soin le corps offert. Dans une union parfaite qui ne faisait qu'un de leurs deux êtres, il s'enfonça profondément.

— Oh, Seigneur !

Robbie se mit à geindre sous la force de l'intrusion et Joey ferma très fort les yeux en entendant cette voix qui, combinée à la chaleur interne qui l'enserrait, faillit le faire basculer par-dessus bord. Il se figea et respira profondément, puis se mit à bouger, d'abord doucement, en ondulant des hanches tandis que l'incendie émanant de Robbie prenait possession de lui. Il tomba lourdement sur le corps étendu sous lui. Leur passion montait crescendo, lentement mais sûrement. Robbie hurlait de plus en plus fort, Joey perdait le souffle chaque fois qu'il baissait les yeux sur cet homme magnifique, altruiste et aimant qui était son amant.

Lorsqu'il ne put plus supporter la pression, lorsque les cris de Robbie indiquèrent que lui aussi était au bord de la rupture, Joey changea légèrement son angle de pénétration. Cette fois, Robbie ulula et son orgasme résonna tout au fond des bois. Joey poussa lui aussi un grand cri de triomphe et de jouissance fiévreuse.

DEUX SEMAINES... Robbie était revenu à la ferme depuis deux semaines, il se sentait à la fois épuisé et ravi. Quel idiot il avait été de se croire incapable d'aider ! Les autres l'avaient accablé de travail, l'occupant à chaque minute de chaque journée, et Robbie adorait ça.

Descendant les escaliers derrière Joey, Robbie comptait inconsciemment les marches. Rex marchait sur ses talons. Il ne savait pas trop où se trouvaient les chatons mais ils ne devaient pas être loin derrière, c'était certain. La nuit, le lit qu'il partageait avec Joey ressemblait à une vraie ménagerie. Lorsque Robbie étirait ses membres, il dérangeait souvent un corps endormi ou l'autre mais il n'avait jamais à s'inquiéter d'avoir froid, pour sûr.

La maison lui était devenue si familière qu'il n'avait même plus besoin de réfléchir pour se déplacer. Il savait exactement où tout se trouvait. Une fois au bas des marches, il se tourna et traversa le corridor jusqu'à la cuisine, il entendit la télévision donner les nouvelles du jour lorsqu'il passa devant le salon.

— Robbie.

Un bruit, qu'il supposa être celui du café siroté, suivi par un claquement de langue, qui n'appartenait qu'à Geoff.

— Tu peux t'occuper ce matin de revoir les détails du prêt avec la banque ?

Robbie tira une chaise, la sienne, et s'installa.

— Oui, bien sûr. Le dossier est sur ton bureau ?

— Oui, à l'endroit habituel.

Robbie avait vite oublié ses doutes quant à l'accueil qu'il recevrait à la ferme. Pour lui, Geoff avait réaménagé son bureau, y installant tous les outils dont un aveugle pourrait avoir besoin : un clavier spécifique avec des touches en braille et en relief, un second PC avec haut-parleurs hauts de gamme, le meilleur logiciel de reconnaissance vocale existant sur le marché, et des tas d'autres accessoires du même genre. Dorénavant, Geoff parlait de Robbie comme de son 'très capable assistant'.

— Très bien, je m'y mets dès que la banque sera ouverte.

Robbie s'était découvert un don inné pour la paperasserie, il passait une bonne partie de la journée à gérer pour Geoff les commandes et divers autres petits problèmes.

— Merci. Je ne me suis jamais vraiment entendu avec Jenkins mais il semble avoir un faible pour toi.

Si Robbie passait ses matinées à travailler au bureau, il aidait Joey autant que possible durant l'après-midi. Il avait même découvert qu'il était capable de donner un coup de main durant la fenaison et autres projets communs. Bien sûr, il avait des limitations, mais ses journées étaient bien occupées et ses nuits… merveilleuses.

Son attention revint au petit déjeuner lorsqu'Eli lui posa une question :

— Robbie ? Tu veux un œuf ou deux ?

— Un seul, merci.

Il entendit Joey s'asseoir à ses côtés, sentit Rex se coucher à ses pieds et devina que les chatons galopaient sur le plancher de la cuisine. Une assiette fut déposée devant lui, Joey lui expliqua où tout se trouvait sur la table, avant de se mettre à manger.

Les conversations tournaient autour de la ferme et les projets du jour, échanges d'idées ou débats d'opinion. La porte arrière s'ouvrit et se referma tandis que les employés arrivaient, un par un, pour recevoir leurs ordres. C'était l'époque des moissons, il y avait beaucoup à faire.

— Il vous reste beaucoup à engranger ? s'enquit Robbie entre deux bouchées.

— Suffisamment pour nous occuper toute la journée.

— Dans ce cas, ne perdez pas de temps. Il ne va pas tarder à pleuvoir.

Robbie entendit des couverts cliqueter sur de la porcelaine, ils venaient d'être jetés dans les assiettes.

— Et comment tu sais ça ?

Il y avait dans la voix de Geoff beaucoup de scepticisme mêlé à une nervosité soudaine.

— Je le sens, indiqua Robbie qui se tapota le nez.

Le bois d'une chaise craqua.

— Je ne vois pas un seul nuage dans le ciel.

— En tout cas, je t'aurais prévenu…

Robbie était certain de l'acuité de ses sens. Autour de lui, la table fut silencieuse durant un moment.

— Très bien, décida Geoff, je vais devoir réclamer de l'aide supplémentaire. Je vais de ce pas passer quelques coups de fil.

Geoff prenait son avis au sérieux ? Robbie trouvait ça génial ! Il termina son petit déjeuner et se leva, marchant avec soin jusqu'au bureau. Il emportait une tasse de café avec lui. Une fois, il avait failli tout renverser mais depuis lors, Eli lui avait trouvé un modèle spécial, en aluminium, et avec un couvercle, ce qui évitait tout accident.

Robbie trouva le dossier et écouta son ordinateur lui réciter une liste de noms et de numéros de téléphone. Il terminait à peine lorsque son portable sonna, avec une musique qui autrefois le faisait grimacer.

— Bonjour, maman.

Désormais, elle ne lui téléphonait plus que deux ou trois fois par semaine, ce qui était une amélioration notoire.

— *Ton père et moi envisageons de te rendre visite le mois prochain, si ça te convient.*

— Bien sûr !

Robbie était tout excité à l'idée de faire découvrir la ferme à ses parents. Il précisa cependant :

— Maman, tu sais que je ne rentrerai pas avec vous.

Il entendit sa mère soupirer.

— *Oui, je sais. Mais tu me manques terriblement.*

Robbie entendit une autre voix en arrière-fond. Sa mère ajouta :

— *Adelle me charge de te dire que tu lui manques aussi.*

— Et vous me manquez tous mais je suis heureux ici, je me sens utile.

Il continua, racontant à sa mère ce qui composait ses journées : l'équitation, les tâches administratives pour aider Geoff, la façon dont il avait réussi à convaincre Joey de l'emmener faire une autre balade en moto, qui s'était cette fois-ci déroulée sans incident. Son discours fut suivi par un très long silence.

— Maman, qu'est-ce qui ne va pas ?

Il faillit lâcher son téléphone lorsqu'il perçut un reniflement.

— *Est-ce vraiment moi qui te coupais les ailes ?*

Oui !

— Tu t'inquiétais pour moi parce que tu es ma mère et que tu m'aimes. Je sais que tu as agi pour mon bien, pour ce que tu pensais être le mieux.

— *Et pour ta musique, comment ça se passe ?*

Robbie, accroché à son téléphone, eut un grand sourire.

— C'est le plus merveilleux ! J'ai obtenu un poste au collège de Ludington, je commence cet automne. Je vais apprendre le violon aux enfants. Ce sera seulement trois jours par semaine mais je meurs d'impatience.

La porte arrière s'ouvrit, Robbie entendit Geoff l'appeler.

— Maman, je dois y aller. Rappelle-moi pour me dire quand tu veux venir nous voir. Je t'aime très fort.

— *Je t'aime aussi. Salue Joey de ma part.*

Il entendit un cliquètement lorsqu'elle raccrocha. Il avait du mal à se remettre de sa stupéfaction. *Peut-être,* décida-t-il, *ma mère sera-t-elle enfin capable de converser normalement avec mon amant lorsqu'elle viendra nous rendre visite.*

Les pas pressés de Geoff pénétrèrent dans le bureau.

— Tu as préparé la glacière ?

— Mais oui, elle est juste à côté de la porte arrière. Dis, c'est moi qui suis aveugle ! Vérifie, elle doit être là.

La première fois que Geoff l'avait chargé de remplir la glacière, Robbie s'était gonflé de fierté. Il avait trouvé tout seul où elle était rangée, puis sorti les canettes du frigidaire et les packs de glace du congélateur. Malheureusement, au toucher, toutes les canettes se ressemblaient. Robbie pensait avoir offert un panel de choix mais il avait découvert après coup n'avoir mis que des Diet Coke… et rien d'autre. Les gars les avaient bus mais Robbie avait entendu Pete râler et dire à Geoff qu'un aveugle n'était pas vraiment apte à remplir la glacière. Depuis lors, Eli veillait toujours à placer les différents containers à une place spécifique dans le frigidaire. Et Robbie n'avait plus reçu la moindre plainte.

— Combien d'hommes supplémentaires as-tu trouvés ?

— Quatre. Ils ne devraient pas tarder.

Il entendit les pas de Geoff s'éloigner précipitamment, puis un dernier cri :

— Merci !

— De rien ! s'écria Robbie au moment où la porte se refermait.

Durant de tels jours, il aurait souhaité pouvoir les aider mais il savait qu'il valait mieux ne pas se trouver dans leurs pattes. Il tâtonna sur le bureau et découvrit la liste que Geoff avait préparée. Il la lut du bout des doigts, reprit son téléphone et appela la banque.

Durant toute la matinée, les gens entrèrent et ressortirent à la hâte, pressés de retourner au travail. Il y eut des bruits de moteur qui allaient et venaient, des hurlements, des questions, tout un brouhaha d'activité dans la cour de la ferme. Le repas fut constitué de sandwiches qu'Eli avait confectionnés le matin même et qui furent avalés sur le pouce.

Quand Robbie eut terminé tout ce qu'il pouvait faire pour aider Geoff, il monta à l'étage. Une fois dans sa chambre, il sortit son violon et se mit à jouer. Il se sentait satisfait et heureux au-delà de tout ce qu'il avait pu imaginer. Il laissa la musique jaillir de son cœur et lui traverser les doigts avant de s'exprimer à travers son instrument.

— Je ne connais pas cette chanson.

Surpris d'entendre la voix de Joey, Robbie cessa de jouer.

— Elle n'existe pas, je viens de l'inventer.

— Elle paraissait pleine de joie.

Robbie déposa son instrument sur ses genoux.

— C'est parce que je le suis aussi. Personne n'a besoin de toi dans les champs ?

— Nous venons juste de terminer.

Il sentit les mains de Joey sur ses jambes, puis ses lèvres sur les siennes.

— Pourquoi ce baiser ?

— Écoute…

Robbie entendit alors le grondement sourd du tonnerre à distance.

— Heureusement que vous avez pu engranger les moissons avant la pluie.

— C'est grâce à toi. Si tu n'avais pas prévenu Geoff ce matin, nous n'aurions pas eu assez de mains disponibles.

Robbie sentit Joey s'éloigner de lui.

— Bien, il faut maintenant que j'aille ranger les outils et le reste du matériel avant la pluie.

Un dernier baiser puis les pas s'éloignèrent, Joey quitta la chambre et dévala l'escalier. Robbie reprit son violon et se remit à jouer ; il n'arrêta pas avant d'entendre claquer la porte arrière de la maison et la pluie tambouriner sur les fenêtres. Devinant qu'il avait une audience, il cessa de jouer et se tourna vers la porte.

— Joey.

Il savait que c'était lui.

— Tu es si beau quand tu joues. Presque autant que quand tu…

Robbie sentit que son violon lui était enlevé des mains, il se retrouva plaqué sur le lit. Jusqu'ici, Rex lui tenait compagnie, mais le matelas remua quand le chien se leva pour ne pas être écrasé.

— Je t'aime, Robbie Jameson.

La main de Joey glissa sous sa chemise, sa paume brûlante lui caressant la peau. Robbie commença à se tortiller. Son pantalon devenait trop serré, il voulait que Joey le touche. Il leva les hanches pour tenter d'attirer l'attention de son amant sur la partie inférieure de son corps. En vain. Les doigts persistaient à torturer ses tétons tandis que les lèvres ardentes lui ôtaient le souffle de la bouche.

— Robbie !

L'appel lancé à tue-tête provenait du bas des escaliers.

Joey se releva à contrecœur.

— Parfait timing, Geoff, maugréa-t-il.

— Téléphone pour toi !

Robbie se redressa, effleurant au passage le visage de Joey. Sa peau, sa barbe qui repoussait, ses cicatrices presque effacées qui se discernaient à peine sous ses doigts.

— Moi aussi, je t'aime.

Il reçut un baiser pour sa peine, puis se dirigea vers la porte, suivi par le rire de Joey.

— Tu marches de travers comme un marin en bordée !

— Ah oui, et à qui la faute ?

Robbie tenta de se reprendre en descendant les escaliers. Une fois en bas, il croisa Geoff qui lui tendit le combiné.

— M. Jameson, ici Juanita Figueroa de Mason Lake, l'école primaire du district,

Robbie plissa le front, sans comprendre. La femme continua :

— J'ai discuté avec M. Laughton concernant le projet de créer à la ferme un programme de TAC – thérapie avec le cheval ou équithérapie. Il est d'accord. Il m'a chargé de discuter avec vous des détails d'application.

— L'équithérapie, chuchota Robbie.

Il se parlait à lui-même mais elle l'entendit.

— Oui. Il s'agit d'un programme complémentaire aux soins médicaux, qui prend en considération le patient dans son entité physique et psychologique, et utilise le cheval afin d'atteindre un objectif fixé. Nous nous chargeons pour le moment d'aider les enfants handicapés en leur donnant une chance de pratiquer l'équitation. Cela les aide à renforcer leur masse musculaire et, pour vous dire la vérité, cela permet beaucoup de ces enfants de pratiquer un sport qu'ils n'auraient jamais cru possible dans leur cas.

Robbie se retrouva à sourire béatement. Puis il sursauta légèrement en sentant des bras le ceinturer par derrière.

— En quoi consiste au juste ce programme ?

Cette perspective l'enchantait de plus en plus.

— J'espérais pouvoir vous rencontrer pour tout mettre au point.

Robbie trouva l'idée excellente.

— Bien sûr. Vous pourriez passer à la ferme ?

— Bien entendu. Cela vous convient-il si je passe demain, disons, vers dix-sept heures ?

Robbie se tourna vers Joey pour lui expliquer rapidement la situation. Joey hocha la tête avec un sourire qui marquait son approbation, oubliant complètement que Robbie ne pouvait pas le voir. Il se reprit et chuchota :

— C'est parfait. Nous serons là pour veiller sur toi.

— Une dernière chose, déclara son interlocutrice. Il faut que je vous demande si vous avez déjà l'expérience des personnes handicapées ?

Robbie se mit à rire. Il se sentait aimé, utile, il avait trouvé sa place. Pour la première fois de sa vie, il avait un rôle à jouer où il se sentait bien. Il termina sa conversation et mit au point les derniers détails. Joey le serra plus fort, leurs corps se fondant l'un dans l'autre. Blotti dans les bras de son amant, Robbie sentit se dissiper les dernières limites qu'il s'était lui-même imposées.

Il sut de façon certaine qu'avec Joey à ses côtés pour le soutenir, il était capable de tout accomplir.

ÉPILOGUE

JOEY AVAIT du mal à en croire ses yeux.

— Cici, tu te débrouilles comme un chef.

— Merci, M. Joey.

Elle avait peut-être des attelles aux deux jambes mais elle apprenait à diriger un cheval en cavalière accomplie. Elle lui adressa un sourire ravi tandis que le petit groupe, cinq montures et six cavaliers, continuait à avancer lentement sur le chemin de randonnée.

— Ils s'en sortent vraiment très bien, chuchota Joey à Robbie.

Comme de coutume, Robbie avait pris place derrière lui, sur Twilight, qui ouvrait la route. Derrière les deux hommes se trouvait Cici sur Belle, suivie par trois autres chevaux et cavaliers, chaque enfant guidé par un adulte responsable de lui.

— Je n'arrive pas à croire que ce programme se déroule aussi bien.

Joey entendit le chuchotement discret de Robbie. Il savait que le jeune aveugle surveillait d'une oreille attentive la moindre anicroche, tout comme lui veillait sur le petit groupe les yeux grands ouverts.

— Moi, ça ne m'étonne pas, puisque c'est toi qui l'as organisé.

Joey était certain d'une chose : tout ce que son compagnon décidait d'accomplir ne pouvait que réussir. D'ailleurs, Robbie commençait lui aussi à y croire. Ils avaient trois sessions d'équithérapie par semaine, chacune avec quatre élèves, quatre enfants. Aujourd'hui, Cici et trois petits aveugles. Pour l'instant, Cici représentait la plus belle réussite du programme. Lorsqu'elle était arrivée à son premier cours, elle avait si peur qu'elle avait failli refuser de monter à cheval. Au dernier moment, ayant vu Robbie monter derrière Joey, elle avait consenti à essayer. Au début, deux adultes encadraient la petite fille, un de chaque côté. Dès qu'elle trouva la bonne assiette, sa mère se chargea de guider son cheval autour du manège.

Joey se souvint du jour où Cici déclara à sa mère qu'elle pouvait chevaucher seule. Et ce fut le cas. Elle se débrouillait très bien. Elle avait besoin qu'on l'aide à monter, rien de plus.

— Juanita a téléphoné. Ils veulent ajouter ton programme au site Internet du district.

Joey arrêta Twilight et tordit la nuque pour surveiller le groupe. Tout allait bien, les chevaux paraissaient heureux – comme s'ils réalisaient porter des cavaliers particulièrement fragiles – les enfants et leurs accompagnateurs souriaient et riaient.

— Elle a dit aussi qu'il nous fallait lui trouver un nom.

— Oui, elle m'en a déjà parlé. J'ai pensé à 'Cheval... sans limite', qu'est-ce que tu en penses ?

— C'est parfait.

Pour reprendre le chemin du retour à l'écurie, Joey fit tourner la jument sur elle-même, guidant par son exemple le groupe à l'imiter. En passant devant les accompagnateurs, il surveilla la façon dont chacun faisait faire volte-face à son cheval. La plupart étaient un des parents des jeunes cavaliers, ce qui était merveilleux, mais le plus beau c'était la joie qu'affichait le visage des enfants.

Une fois dans la cour, Joey et Robbie descendirent, puis Joey se chargea d'aider les enfants à quitter leurs montures, obtenant de chacun d'eux une étreinte chaleureuse. Lorsqu'il souleva Cici, elle se serra à son cou et il sentit les attelles de ses jambes autour de sa taille.

— Tu sais, si tu continues à faire du sport, tu seras bientôt assez forte pour ne plus en avoir besoin.

Il lui rendit son accolade avec enthousiasme puis adressa un sourire à la mère qui s'approchait. De toute évidence, elle avait entendu sa dernière remarque.

— Vous savez, le médecin lui a dit la même chose.

Les yeux pleins de larmes, elle sourit à sa fille.

— Et tout ça, c'est grâce à vous.

Elle lui offrit un dernier sourire puis elle entraîna Cici vers sa voiture. Joey les regarda s'éloigner et les entendit parler d'aller manger des glaces.

— La vie ne pourrait pas être plus belle, tu ne crois pas ?

Joey sentit Robbie poser sa main sur son bras.

— Tu as entendu ?

Voilà qui ne devrait pas le surprendre.

— Absolument tout !

Un bref instant, Robbie accentua son accent sudiste : il avait la même voix que sa mère, Joey ne put se retenir de rire.

Il ne fallut pas longtemps pour ramener tous les chevaux dans leurs stalles. Chacun ayant reçu une friandise, ils se mirent gaiement à mâcher leur foin. Joey vit Eli et Geoff brosser leurs montures avant de les seller,

198

un regard très particulier dans les yeux. Les deux hommes s'éloignèrent ensemble en direction de la cour.

— Il commence à faire frais, déclara Robbie qui se blottit contre lui.

— C'est l'automne.

Sentant Robbie frissonner contre lui, Joey crut devoir l'avertir :

— Il va faire de plus en plus froid, tu sais, mais je pense que c'est la plus belle saison de l'année. Je regrette que tu ne puisses pas la voir.

Il posa le bras sur ses épaules pour le réchauffer.

— Raconte-moi.

— Les collines sont couvertes d'arbres aux feuillages rouge et jaune. Les chênes ont toutes les teintes de brun, quelques érables sont même orange. Quant aux pins, ils sont restés verts. On dirait vraiment que la nature a assorti sa palette de couleurs et qu'elle les a toutes utilisées.

Robbie se pelotonna davantage, Joey baissa les yeux sur son visage, aux paupières closes.

— Tu sais, je le vois dans ma tête, exactement comme tu me le décris.

Joey caressa sa lèvre inférieure de son pouce.

— Et si nous rentrions ?

— D'accord, à condition que tu n'aies pas oublié ta promesse.

Joey se mit à rire doucement. Il avait bien l'intention de tenir parole.

— Je te réchaufferais durant l'hiver.

— Je pensais utiliser cette promesse bien avant.

Le bras autour de la taille de Robbie, Joey le guida vers la porte arrière de la maison. Il entendit derrière eux Eli et Geoff enfourcher leurs montures, puis le claquement des fers des sabots s'éloigna à travers champs, s'atténuant peu à peu. Il savait que Robbie lui aussi écoutait et, à son sourire, il devinait ce qui allait se passer.

— Ils ont emporté des couvertures ?

— Oui.

Joey embrassa son amant avant d'ouvrir la porte pour pénétrer dans la cuisine douillette.

— Hmm, je crois bien reconnaître cette odeur !

Il inspira profondément, son estomac se manifestant déjà, bien qu'il ait à attendre plusieurs heures avant le dîner.

— C'est vrai, je vous prépare du poulet frit, votre plat préféré.

Adelle continua à s'activer devant le comptoir, s'assurant que chaque morceau de son poulet était bien épicé.

— J'ai aussi prévu un pain de maïs.

Robbie poussa instantanément un soupir de satisfaction.

— Tu es bien installée, Adelle ?

Elle lui adressa un grand sourire, les yeux pétillants.

— Oh que oui ! Ma chambre est tout à fait adorable.

Elle garda le sourire en se remettant à la tâche. Un mois après que Robbie eut quitté Natchez, il avait reçu un coup de téléphone d'Adelle qui lui demanda : *est-ce que par hasard vous auriez besoin de quelqu'un pour faire la cuisine et le ménage, les garçons ?* Joey et Robbie en discutèrent avec Geoff et Eli, tous les quatre décidant à l'unanimité – et avec enthousiasme – d'accepter qu'elle vienne les rejoindre.

Ils s'étaient mis à l'œuvre pour rénover une des chambres pour Adelle, abattant même une cloison pour qu'elle possède un coin bien à elle, avec salon et salle de bain privative. Elle était arrivée quinze jours plus tôt, s'installant à la ferme comme si elle y avait toujours vécu. Mine de rien, elle avait pris en main les rênes de la maison. Individuellement, elle s'adressait à eux sous le nom de M. Geoff et M. Eli, ce qui faisait rire tout le monde. Mais en général, elle parlait de 'ses garçons', ce qui leur plaisait encore plus.

Claudine avait très mal pris la désertion d'Adelle. Après un mouvement d'humeur, elle avait fini par s'y faire et cherché à la remplacer. Elle avait déjà renvoyé deux gouvernantes.

— Les garçons, est-ce que vous comptez jouer au poker ce soir ?

— Bien sûr, c'est vendredi.

— Dans ce cas, je vais vous préparer des sandwiches.

— Merci, Adelle. Ça vous dirait de jouer avec nous ?

Elle fit de son mieux pour paraître choquée.

— Len et Chris ont déjà confirmé qu'ils viendraient, ajouta Joey. Et je pense que Pete, Frank et Lumpy devraient également nous rejoindre.

Joey éclata de rire en voyant Adelle le regarder comme si elle envisageait de lui arracher le crâne à coups de torchon. Mais ensuite, elle eut un grand sourire.

— Si je jouais, je vous ruinerais tous.

Quelque part, Joey n'en doutait pas.

— Allez, sauvez-vous et allez-vous détendre. Laissez-moi terminer mon travail.

Ils quittèrent la pièce pour se rendre au salon. Joey s'installa sur le canapé, avec Robbie allongé, les jambes posées sur ses genoux. Joey lui ôta ses chaussettes pour lui masser les pieds, ce qui provoqua chez son amant un chœur de soupirs béatement satisfaits.

— Alors, comment ont été tes élèves aujourd'hui ?

Trois fois par semaine, Robbie donnait des cours de violon dans un collège des environs.

— Ils font des progrès. Ils commencent à apprendre qu'ils ne peuvent pas me chahuter, même si je suis aveugle.

Au début, Robbie avait eu quelques problèmes avec certains de ses élèves mais, très vite, les enfants avaient compris que même sans les voir, le professeur était capable de discerner tout ce qu'ils faisaient.

— Ce sont de braves gosses, quelques-uns sont même doués. Nous donnerons notre premier concert en décembre. Tu penses que tu pourras venir ?

Joey caressa le mollet de Robbie avant de le chatouiller derrière le genou.

— Bien sûr que oui !

Il se pencha davantage et l'embrassa doucement.

— Hé, rentre un peu tes griffes !

Robbie jeta un coup d'œil menaçant à l'un des chatons qui venait de sauter sur sa poitrine. Dédaignant la remontrance, la bestiole se mit en boule contre son épaule. Dès que Robbie le caressa, le chaton ronronna de joie, on aurait cru qu'un avion à réaction s'apprêtait à décoller.

— Est-ce que tu regrettes ta maison ?

Joey s'en inquiétait souvent, Robbie avait tant abandonné pour venir vivre ici avec lui !

— Si tu parles de Natchez, oui, quelquefois. J'ai bien aimé la visite de mes parents mais j'ai bien apprécié aussi de les voir s'en aller.

Robbie fit une pause, avant de continuer :

— Mais si tu me demandes si je regrette ma décision, la réponse est non. Et je veux que tu le comprennes bien, ma maison est ici. Ma maison est avec toi.

ANDREW
GREY

AMOUR...
SANS
HONTE

Amour…, numéro hors série

Geoff vit en ville, profitant pleinement la vie libre d'un jeune homme gay, lorsque la mort de son père le convainc de retourner dans la ferme familiale. Découvrant un jeune amish endormi dans sa grange, Geoff apprend qu'Eli passe une année loin de sa communauté avant de demander le 'Baptême' et vivre selon les traditions de son église. En dépit de leur attraction mutuelle, Geoff est déterminé à ne pas s'impliquer avec lui, mais Eli découvre que Geoff partage ses sentiments et il commence à le courtiser, capturant tout d'abord son attention, puis son cœur.

Leur relation naissante est menacée par des parents médisants et étroits d'esprit, ainsi que par la société en général. Un nouveau monde s'ouvre à Eli et il doit décider s'il doit retourner dans sa communauté, sa famille, le monde et futur qu'il connaît, ou rester avec Geoff et avoir foi en la puissance de l'amour.

www.dreamspinner-fr.com

ANDREW GREY

AMOUR...

ET COURAGE

Amour..., numéro hors série

Au début des années 80, Len Parker perd son emploi pendant la récession et décide de reprendre ses études dans sa ville natale du Michigan, où il renoue des liens avec Ruby, sa meilleure amie durant ses années de lycée. Len est fou de joie en apprenant que Ruby convole en justes noces avec Cliff Laughton mais sera bientôt profondément bouleversé lorsqu'elle décèdera prématurément, laissant derrière elle son mari et son fils de deux ans.

Après s'être retrouvé une nouvelle fois sans emploi, Len est embauché dans la ferme cruellement négligée des Laughton. Cliff pleure toujours sa femme et a toutes les peines du monde à élever son fils et n'a que très peu d'enthousiasme et d'énergie à consacrer au travail de la terre. Len remettra rapidement la ferme sur pied, Cliff et son fils avec. En travaillant main dans la main, Len et Cliff se rapprocheront. Mais aimer un autre homme demande énormément de courage. Ensemble, ils devront remettre sur pied une ferme en déliquescence et faire face à une sécheresse menaçante, à des parents indiscrets et aux préjugés des fermiers de cette petite ville du centre des Etats-Unis, pour protéger ce qui pourrait bien être un amour éternel.

www.dreamspinner-fr.com

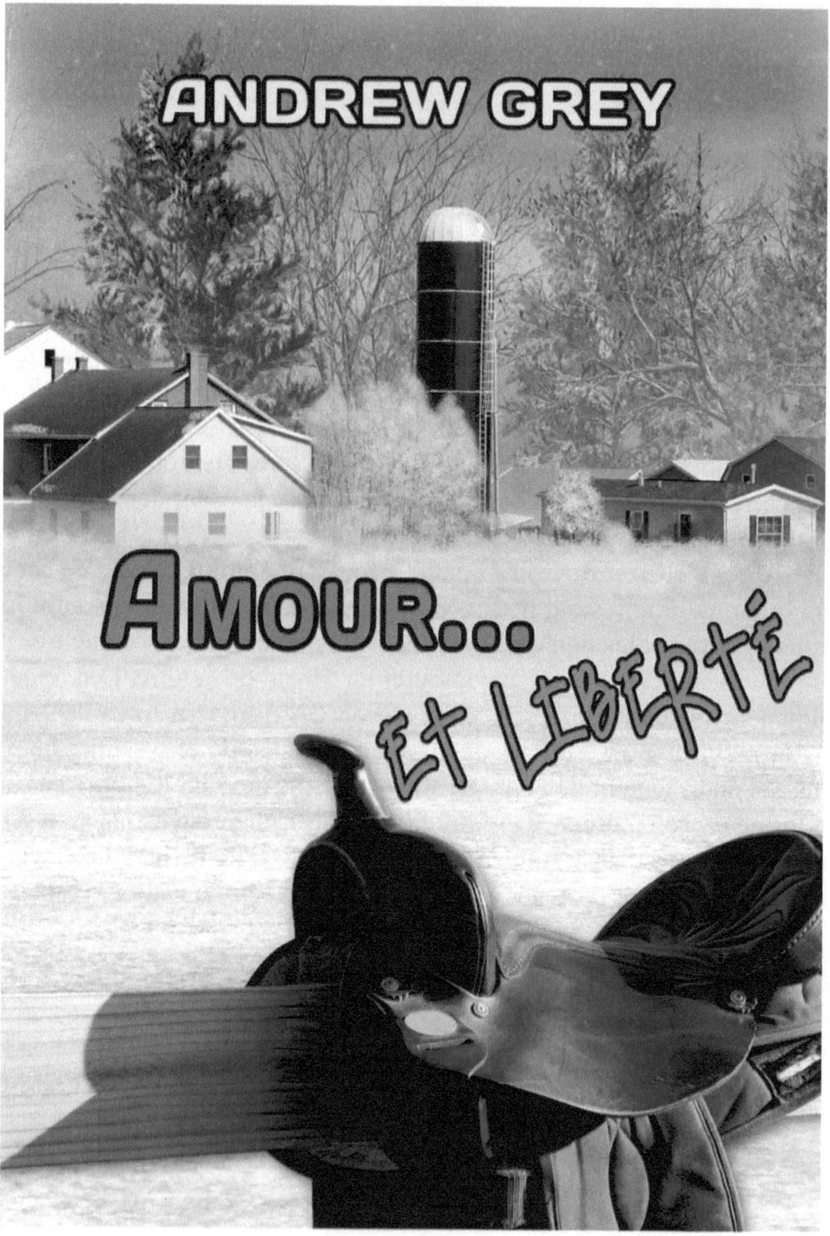
ANDREW GREY
AMOUR...
Et LIBERTÉ

Amour…, numéro hors série

Renié par son père et chassé de chez lui, Stone Hillyard erre en plein hiver dans le Michigan quand il a la chance de trouver refuge dans la ferme équestre que dirigent Geoff Laughton et son partenaire Eli. Les deux hommes l'accueillent, lui offrent un toit et un emploi : s'occuper des chevaux et les aider dans leur programme d'équithérapie « Cheval… sans limite'.

Preston Harding est devenu infirme depuis un tragique accident de voiture provoqué par un ivrogne. Il a tout perdu : son amant, son indépendance, son avenir. Toujours en fauteuil roulant après des mois de rééducation acharnée, il devient désespéré. Son thérapeute lui recommande alors le programme de Geoff et Eli. Dès sa première leçon, Preston se montre si odieux et arrogant qu'il manque être expulsé. C'est Stone qui intervient en sa faveur, malgré les insultes reçues. Ce geste inattendu oblige Preston à faire un retour sur lui-même.

Stone et Preston se soutiendront mutuellement dans leur affrontement avec leurs familles respectives, malgré la désapprobation et les vieux secrets douloureux. Ils apprendront, parfois à leurs dépens, que l'amour peut représenter la liberté.

www.dreamspinner-fr.com

Cœur DE LOUP

ANDREW GREY

Histoires de cœur, tome 1

Après une première année en fac de médecine, Dakota Holden est contraint de revenir dans le Wyoming de son enfance pour reprendre le ranch familial et s'occuper de son père, atteint d'une sclérose en plaques. Dévoué à sa famille, il ne s'autorise qu'une semaine de vacances par an. Sept jours, sept petits jours qu'il passe le plus loin possible du ranch, et durant lesquels tous les interdits du reste de l'année tombent enfin. Lors de ses dernières vacances sur une croisière, il fait la connaissance de Phillip Reardon, qui va jouer un rôle important dans sa vie.

Lorsque Phillip décide d'accepter l'invitation de Dakota de venir lui rendre visite dans son ranch, Dakota est heureux de le revoir et de rencontrer son ami vétérinaire, Wally Schumacher. Le problème, c'est que Wally n'a très vite qu'une seule idée en tête, protéger les loups que les hommes de Dakota sont obligés de chasser afin de protéger le bétail. Mais malgré leurs différends, Dakota et lui se trouvent de nombreux points communs et très vite, une forte attirance s'installe entre eux. Il leur faudra alors décider si les terres du Wyoming sont assez grandes pour le troupeau de Dakota, les loups de Wally, et leur amour.

www.dreamspinner-fr.com

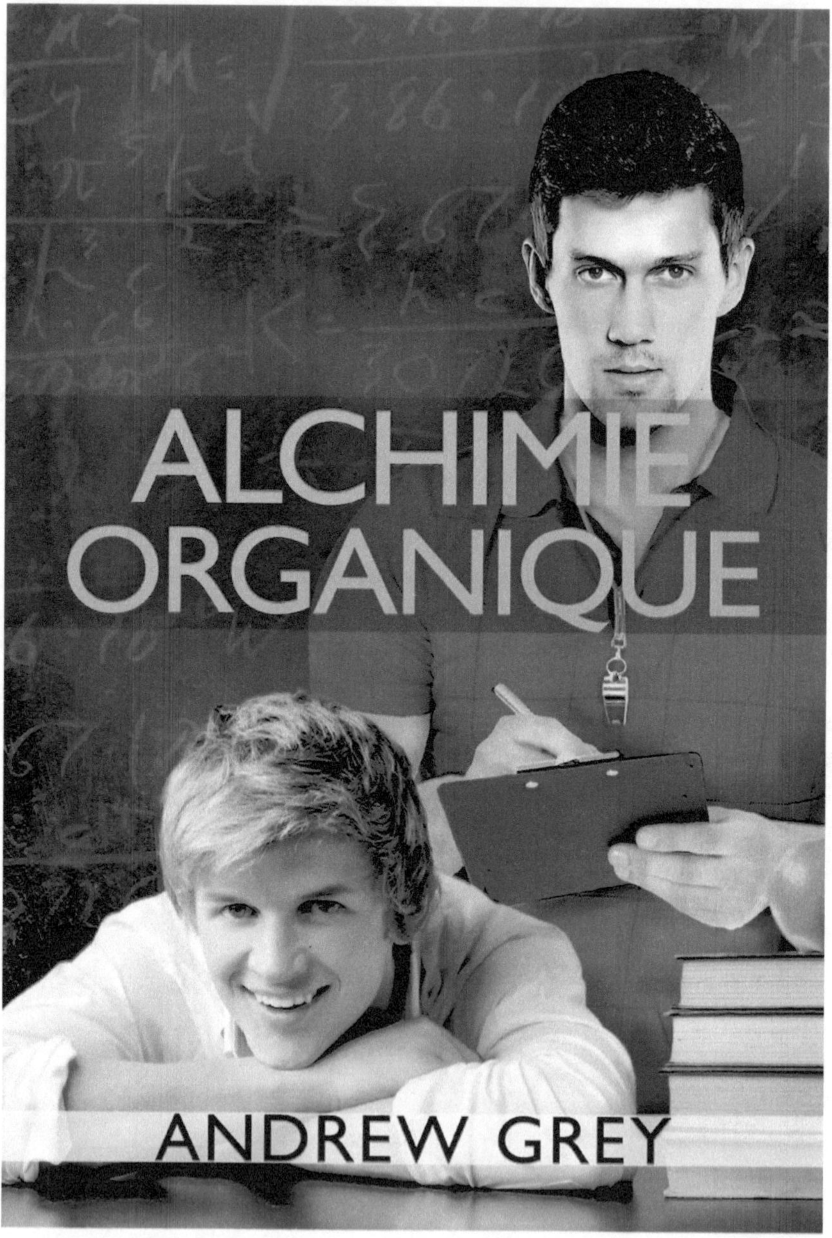
ALCHIMIE
ORGANIQUE
ANDREW GREY

Brendon Marcus ne vit que pour son travail. C'est un génie qui a sauté des classes jusqu'à devenir professeur à l'université à ses vingt ans et quelques, et qui ne connaît rien d'autre. Les interactions avec d'autres personnes le rendent confus. Alors quand Josh Horton, l'assistant du coach de football, le poursuit de ses assiduités, Brendon n'est pas sûr de la démarche à adopter.

Josh a ses propres problèmes. Ses parents, à qui tout réussi, ne sont pas particulièrement heureux de son choix de carrière, et certains joueurs n'aiment pas avoir un assistant gay. Il commence à avoir des doutes, mais Brendon rend son monde meilleur.

Mais quand le chef du département de Brendon commence à causer des problèmes, Josh et Brendon découvrent que se défendre l'un et l'autre est la première étape pour pouvoir faire face au reste du monde.

www.dreamspinner-fr.com

ANDREW GREY a grandi dans l'ouest du Michigan auprès d'un père qui aimait à raconter des histoires et d'une mère qui adorait les lire. Depuis, il a vécu un peu partout aux USA et a roulé sa boule dans le monde. Il a obtenu un Masters à l'Université of Wisconsin-Milwaukee et travaille dans le département informatique d'une grande entreprise. Ses loisirs : collectionner les antiquités, jardiner, et laisser traîner ses assiettes sales n'importe où sauf dans l'évier (surtout lorsqu'il est en train d'écrire). Il pense qu'il a de la chance d'avoir une famille tolérante qui l'accepte tel qu'il est, des amis fantastiques, et le compagnon le plus solidaire et le plus aimant du monde. De nos jours, Andrew vit à Carlisle, en Pennsylvanie.

Son site Internet : www.andrewgreybooks.com
Son blog : andrewgreybooks.livejournal.com

Par ANDREW GREY

Alchimie organique
Destinés l'un à l'autre
Une juste cause

AMOUR…
Amour… sans honte
Amour… et courage
Amour… sans limite
Amour… et liberté

LES ARÔMES DE L'AMOUR
La saveur de l'amour
Une portion d'amour

HISTOIRES DE CŒUR
Cœur de loup
Cœur à prendre
À cœur ouvert

PAR LE FEU
Le baptême du feu
Tout feu, tout flamme

Publié par DREAMSPINNER PRESS
www.dreamspinner-fr.com

www.ingramcontent.com/pod-product-compliance
Lightning Source LLC
Chambersburg PA
CBHW022141240626
47153CB00007B/2453